Lars' Winter

LARS WINTER

HONIGWEIN
UND SENSENWEIB

Alle Figuren und Handlungen dieses Romans sind frei erfunden. Jegliche Ähnlichkeit mit realen Ereignissen und Personen wären reiner Zufall.

Lars Winter
HONIGWEIN UND SENSENWEIB
Kriminalroman

Originalausgabe, 2. Auflage

ISBN 978-3-946186-45-8

Wind und Sterne Verlag – Fabienne Meyer
Hinterruthen 1 | 55571 Odernheim

windundsterneverlag@gmail.com
www.windundsterne-verlag.com

Lektorat & Korrektorat: Valerie Noack

Gestaltung und Satz: alles mit Medien, www.allesmitmedien.de

Umschlag- und Innenillustrationen: Wolfgang Keller
art@w-keller-design.de

Printed in Germany

MIX
Papier aus verantwortungsvollen Quellen
FSC® C083411
FSC www.fsc.org

LARS WINTER

HONIGWEIN UND SENSENWEIB

Kriminalroman

Wind und Sterne

POLIZEI

Personenregister der Haupt- und Nebendarsteller
auf den Seiten 320 – 321

KAPITEL 01

Der späte Abend gehörte den frühen Sternen und den neugierigen Motten.
Er hatte die Wette verloren, hatte wieder einmal eine zu große Lippe riskiert. Und zur Strafe saß er jetzt bis zum nächsten Morgen in diesem Eisenkäfig fest. Genau genommen hatte er nicht einmal genügend Platz, um zu sitzen. Hocken traf es besser. Das rostige Ding war rund, viel zu schmal für seine langen Beine und es schaukelte bei der geringsten Bewegung seines Körpers. Und er bewegte sich oft und viel. Die Beine angezogen, die Arme um die Knie geschlagen, fühlte er sich wie ein Storch in einem Kanarienvogelkäfig. Warum hatte er auch bloß so eine große Klappe gehabt? Zwar hatten ihn seine Freunde provoziert und das Schwarzbier hatte auch seinen Anteil daran, aber letztendlich hatte er diesen Blödsinn ganz allein zu verantworten. Das Zelt des Baders mit dem großen Holzbottich war wie jedes Jahr in einer der hinteren Gassen der Altstadt aufgebaut worden. Und wie jedes Jahr, am Vorabend der offiziellen Eröffnung des mittelalterlichen Marktes, saßen die Töchter und die Frau des Baders in dem Zuber und kicherten und lachten vor sich hin. Er war mit seinen Freunden vom Ebernburger Organisationsteam bei ihrem Rundgang auch wieder an diesem Zelt vorbeigekommen. Und wie jedes Jahr hatten sie Witze darüber gemacht, wie es wohl sein würde, wenn sie sich jetzt einfach ihrer Gewänder entledigen und zu den Frauen in den Bottich steigen würden. Eine war hübscher als die andere – die beiden Töchter waren um die 20, die Frau des Baders eher doppelt so alt, aber auch doppelt so schön. Vom Meister des Badewassers war weit und breit nichts zu sehen gewesen. Wahrscheinlich lag er, erschöpft

vom Befüllen des Zubers, friedlich schlummernd im angrenzenden Schlafzelt. Währenddessen aalten sich die Frauen des Baders im lauwarmen Wasser, schütteten sich gegenseitig volle Schöpfkellen davon über ihre Körper und malten mit den Füßen Kreise in die Luft. Eindeutig zweideutige Blicke, Gesten und Sätze begleiteten dieses Spiel. Dasselbe Treiben wie letztes Jahr und die Jahre davor. Und jedes Mal waren er und seine Freunde vorbeigelaufen und hatten eine andere Ausrede parat, warum sie nicht stehen blieben, sich ihre Sachen auszogen und der Einladung der Frauen folgten. Was war denn schon dabei, in aller Öffentlichkeit nackt zu baden? Im Mittelalter hatte niemand eine eigene Badewanne gehabt. Wenn überhaupt hatte es Badestuben gegeben und die hatten Frauen und Männern gleichermaßen offengestanden, natürlich zur gleichen Zeit. Er war der Jüngste im Organisationsteam und der einzige Junggeselle. Während seine Freunde ihm ihre Eheringe präsentierten, hatte er Hohn und Spott für sein Kneifen über sich ergehen lassen müssen. Dieses Jahr sollte das anders sein. Also hatte er mit ihnen darauf gewettet, dass er heute sein Gewand ablegen und zu den Frauen in den Zuber steigen würde. Er hatte es natürlich nicht getan. Männer waren nun einmal schüchterner als Frauen, abgesehen von den Ausnahmen, die die Regel bestätigten. Aber dazu zählte er nicht. Er hatte wirklich vorgehabt alles richtig zu machen, hatte sich sogar Mut angetrunken. Aber die Frauen waren einfach zu schön und zu selbstbewusst gewesen. Unter den Anfeuerungsrufen seiner Freunde war er zu dem offenen Zelt gegangen, hatte sich seine Stiefel ausgezogen, den Umhang abgelegt und war an den Bottich herangetreten. Im letzten Licht der Sonne hatten ihn sinnliche Lippen, makellose Rundungen und deren Spiegelungen auf dem Wasser hypnotisiert. Anstatt in dieses Paradies aus Körpern und lauwarmem Nass hineinzugleiten, hatte er seine Sachen zusammengesucht und war eilig weggegangen. Lautes Gelächter hatte die Aktion begleitet. Der rostige Gefangenenkäfig über den Gassen der Altstadt war die gerechte Strafe. Der Wetteinsatz sozusagen. Er hatte noch rasch ein weiteres Schwarzbier heruntergestürzt und sich anschließend in dieses Relikt vergangener Tage einsperren lassen. Erst als sie die Käfigtür hinter ihm zugeworfen hatten und das Schloss verriegelt wurde, war ihm zum ersten Mal mulmig zumute gewesen. Er hatte versucht seine Angst und seinen Ärger hinter einem Lächeln zu verstecken. Als sie den Käfig in die Höhe zogen und dieses Ding zu schaukeln begann, hatte es damit ein Ende. Vor morgen früh würde niemand das monströse Eisengefängnis wieder herunterlassen und öffnen. Das Bier meldete sich in seiner Blase. Was bin ich nur für ein Idiot, sagte er sich nicht zum ersten und nicht zum letzten Mal an diesem Abend. Während sie unten die besten Stunden – die vor dem offiziellen Beginn des mittelalterlichen Marktes – feierten, saß er in diesem Käfig fest und durfte ihnen nicht einmal dabei zusehen. Sein Gefängnis hing an einem der großen Sandsteinhäuser in einer Seitenstraße der Altstadt von Ebernburg. So lange er sich erinnern konnte, hing dieses Ding zum Festwochenende an genau diesem Haus. Früher war hier die Lagerhalle der alten Getreidemühle gewesen. Irgendjemand aus dem Rhein-Main-Gebiet hatte das Anwesen kürzlich gekauft und plante es aufwendig umzubauen. Wenigstens erzählten sich das die Leute. Dieses Wochenende schien das Haus jedenfalls unbewohnt zu sein. Die Räume waren dunkel geblieben. Zwar liebten die meisten der Ebernburger ihren zur Tradition gewordenen Mittelaltermarkt, aber einige flüchteten auch vor dem Trubel. Alles sollte am bevorstehenden Wochenende so mittelalterlich als möglich wirken – deshalb blieben Autos in der Garage und statt Glühbirnen erhellten Kerzen die Zimmer. Wenigstens in den Häusern, die bewohnt waren. Seine Gasse wirkte momentan wie ausgestorben. Wenn überhaupt fand das Leben in dieser Seitenstraße nach Einbruch der Dunkelheit statt. Erst eben hatten zwei Gewandete, so nannten sich die mehr oder weniger mittelalterlich gekleideten Teilnehmer der Märkte, unter seinem Käfig fangen gespielt. Während ihm das Stroh im Käfig in den Hintern pikste, sah er, wie der Mann die Frau einholte und wie sie keine Minute später übereinander herfielen. An einer Häuserwand, kaum fünf Meter von ihm entfernt. Aber niemand nahm Notiz von dem Typ in dem Käfig. Also hatte er sich lautstark bemerkbar gemacht. Er wollte nicht auch noch zuschauen müssen, wie zwei Menschen sich amüsierten und das taten, was er nur zu gern auch getan hätte. Die beiden hatten zu ihm hochgeschaut, gelacht, sich die Gewänder wieder zurechtgerückt und waren weitergegangen. Langsam wurde es dunkel und kalt. Zumindest hier oben. Sie hatten ihn ohne Proviant eingesperrt. Nicht mal ein Schmalzbrot oder ein Horn voll Bier hatten sie ihm mitgegeben. Er würde die ganze Nacht kaum ein Auge zumachen. Sein knurrender Magen und seine volle Blase würden ihn wach halten. Wie spät mochte es wohl sein? Im Mittelalter gab es keine Uhren, also wäre es völlig inakzeptabel gewesen, so etwas mitzunehmen. Halb zehn, schätzte er. Um zehn würden sie den Fackelzug proben. Damit wurde morgen traditionell das Markttreiben eröffnet. Der Weg der Fackelträger führte durch die breiten Gassen der Altstadt. Er würde sie in der Ferne vorbeimarschieren sehen. Ohne diese blöde Wette wäre er heute ein Teil der Generalprobe gewesen. Hoffentlich würden sich im Laufe der Nacht in seiner Gasse unter

seinem Käfig wenigstens noch ein paar Verliebte vergnügen, die er dann wieder vertreiben konnte. Die Zeit würde sonst überhaupt nicht vorbeigehen.
Weil zur Abwechslung jetzt sein rechtes Bein einschlief, versuchte er sein Körpergewicht auf die linke Seite zu verlagern und das Bein unter seinem Hintern herauszuziehen. Der Käfig quietschte und schaukelte hin und her, bis er es endlich geschafft hatte. Die rostigen Stäbe standen so eng nebeneinander, dass er kaum einen Fuß durchschieben konnte. Also legte er sich, so weit es eben ging, zurück und versuchte sein Bein auszustrecken. Eine gute Körperbeherrschung wäre jetzt sicher hilfreich gewesen, aber er war weder sportlich noch sonderlich gelenkig. Vielleicht hatten seine Freunde nach dem Fackelzug Mitleid und würden ihn aus seiner misslichen Lage befreien. Immerhin hatte er seine Bereitschaft gezeigt Buße zu tun. Andererseits hatte er sich schon ziemlich blamiert und sie würden ihn sicher zappeln lassen. Jetzt hörte er zum ersten Mal die Trommeln, die den Fackelzug begleiteten. Wie immer startete der Tross der Edlen und Offiziellen unten im Ort am Haupteingang. Es musste schon später sein, als er geschätzt hatte. Umso besser. Er hörte, wie die Trommeln immer näher kamen und wie der Tross in einiger Entfernung vorbeimarschierte. Nur von seinen Freunden sah er nichts. Der letzte Trommelschlag war längst verhallt, als sich doch etwas unter ihm regte. Zuerst sah er einen dunklen Umhang und dann einen zweiten, der dem ersten zu folgen schien. Zwei Straßenlaternen reichten aus, um die kleine Gasse auszuleuchten. Er sah auf Anhieb, dass das keiner seiner Freunde war. Die erste Gestalt war eine Frau, klein und zierlich, der Mann, der sie verfolgte, groß und breitschultrig. So viel konnte er unschwer erkennen. Wahrscheinlich das nächste Liebespaar beim Fang-mich-Spielen auf

der Suche nach einem ruhigen Plätzchen. Dieses Mal würde er nicht losbrüllen. Jede Abwechslung war besser als diese schmerzhafte Monotonie. Die Frau hatte gerade seinen Käfig passiert, als sie langsamer wurde. Vielleicht hatte sie aus den Augenwinkeln den Käfigschatten gesehen oder aber das Quietschen der Öse, an dem der Eisenkorb hing, hatte sie irritiert. Jedenfalls schaute sie für einen Moment hoch und nicht auf die strohbedeckte Straße. Während ihr Blick zwischen dem Käfig und dem sie verfolgenden Mann hin und her sprang, stolperte sie. Auch wenn sie nicht hinfiel, ließ dieses Straucheln den Mann deutlich näher kommen. Jetzt passierte er gerade den Käfig, als der Gefangene darin bemerkte, dass der Breitschultrige unter seinem Umhang etwas Unhandliches mit sich schleppte. Kurz darauf blieb dieser stehen und holte den Gegenstand unter dem Stoff hervor. Wie ein schlichtes Altarkreuz sah das aus oder wie eine Armbrust. Die Frau wollte wieder weiterrennen, als der Mann dieses Etwas an die Schulter legte und zu zielen begann. Das Geräusch des fast zeitgleich abgeschossenen Bolzens klang wie das Summen einer dicken Hummel. Nur einen Wimpernschlag später fand das Geschoss sein Ziel. Ein kurzer, überraschter Laut, ein in die Luft geworfener Arm und ein vornüber stürzender Körper waren die unmittelbaren Folgen. Das dick ausgestreute Stroh schluckte jedes Fallgeräusch. Während die Frau regungslos liegen blieb, beugte sich der Mann seelenruhig zu seiner Armbrust hinunter, klemmte sich den Schaft zwischen die Füße und spannte mit beiden Händen die Sehne. Anschließend zog er einen weiteren Bolzen aus einer Tasche, die er unter seinem Umhang trug. Als das erledigt war, bewegte er sich langsam und bedächtig auf sein Opfer zu. Kurz

bevor er die Frau erreicht hatte, streckte er wieder seinen Arm aus und zielte erneut auf sie. Das war der Moment, als der Mann im Käfig zu schreien begann.
So lange hatte es gedauert, bis sein benebeltes Gehirn die Szene unter ihm hatte einordnen können. Jetzt brach es umso heftiger aus ihm heraus. Unkontrolliert und laut schrie er um Hilfe. Mit weit aufgerissenen Augen sah er, wie der Mann mit der Armbrust sich aufrichtete und in seine Richtung schaute. Während er sich langsam auf seinen Korb zubewegte, legte er einen Finger an seine Lippen – eine Geste, die man nicht missverstehen konnte. Erst danach begann er mit der Armbrust auf ihn zu zielen. Schlagartig hörte der Mann im Käfig auf zu schreien.
»So ist es recht. Wir wollen doch keine Zuschauer haben«, sagte der Breitschultrige und zog sich die Kapuze vom Kopf. »Du hast schon viel zu viel gesehen.« Bedauern lag in seiner Stimme.
»Ich habe gar nichts gesehen«, log der Gefangene und schien selbst zu merken, wie lächerlich das klingen musste.
»Dann bist du also blind und hast dir diesen windigen Platz gesucht, um möglichst viel vom Trommelspektakel zu hören? So blöd bin nicht einmal ich, um dir das zu glauben, also versuch es gar nicht erst.« Der Mann seufzte.
»Ich habe wirklich nichts gesehen. War eingeschlafen und könnte es auch wieder tun. Wenn ich dann aufwache, sind Sie weg und es ist viel zu dunkel, um erkennen zu können, was dort vorn auf dem Boden liegt.«
»Warum denkst du, habe ich mir gerade die Kapuze vom Kopf gezogen? Weil mir warm geworden ist oder damit du mich noch besser sehen kannst? Na, keine Antwort? Dann sage ich es dir. Damit ich besser zielen kann! – Oder glaubst du ernsthaft, ich wäre so naiv, um einem Mann zu trauen, der nichts Besseres zu tun hat, als in einem Käfig zwischen Himmel und Erde herumzuschaukeln?«

Im gleichen Moment riss der Mann die Armbrust hoch und kurz darauf krachte etwas bösartig zischend und funkenschlagend gegen die Eisenstäbe des Käfigs.
»Du bist also nicht nur ein Narr, du hast auch noch Glück«, flüsterte der Mann, spannte die Waffe von Neuem und zog einen weiteren kurzen Pfeil aus seinem Umhang. »Mal sehen, wie lang deine Glückssträhne noch anhält. Dieser Schuss muss jetzt sitzen.«
Bevor der Mann wieder zielte, begann der Gefangene im Käfig erneut zu brüllen. Lauter, hemmungsloser.
Der Bolzen durchbohrte seinen Arm knapp unterhalb des Ellenbogens. Aus Hilferufen wurden Schmerzensschreie. Wieder spannte der Breitschultrige die Armbrust, zog den nächsten Pfeil aus der Tasche, zielte und schoss. Erneut prallte der gefiederte Bolzen an den Stäben ab und sein Flug endete irgendwo im Mauerwerk.
»Warum musst du auch drei Meter über dem Boden hängen? Ich habe keine Bolzen mehr und den, mit dem ich dich erwischt habe, wirst du dir kaum aus der Wunde ziehen und mir herunterwerfen wollen.«
Während der Getroffene zu wimmern begann, schien der Mann unter ihm die neue Situation zu überdenken. Rasch flog sein Blick die Gasse entlang. Der Gefangene im Käfig sah, wie der Breitschultrige sich umdrehte und ruhig und ohne Hast auf den reglos am Boden liegenden Frauenkörper zuging. Trotz der Überdosis Adrenalin im Blut registrierte er, wie der Mann sich hinkniete und an dem Pfeil im Rücken der Frau zu zerren begann. Erst mit einer, dann mit beiden in Handschuhen steckenden Händen. Es schien eine Ewigkeit zu dauern, bis er endlich den Bolzen herausreißen konnte.
»Jetzt musst du aber stillhalten, sonst zwingst du mich noch Fackeln zu holen und das Stroh in deinem Käfig anzuzünden.«

Während der Mann in seinem eisernen Gefängnis wie wahnsinnig geworden schrie, versuchte er durch hektische Bewegungen den Käfig zum Schaukeln zu bringen. Aber das gelang ihm nicht genug. Bevor sich jemand anderes in die Gasse verirrte, traf ihn der letzte Bolzen mitten ins Herz.

KAPITEL **02**

Es war morgens kurz vor halb sieben, als der alte Mann die Frauenleiche am Ende der Seitengasse fand. Er sei auf dem Weg zum Bäcker gewesen, habe erst gedacht, dass dort jemand seinen Rausch ausschlafen würde. – Wenigstens hatte er das anschließend so den Beamten der alarmierten Kreuznacher Polizei gegenüber geschildert.
Kurz nachdem die Gasse zum Tatort erklärt worden war, hatte eine Polizistin die zweite Leiche in dem Eisenkorb über ihren Köpfen entdeckt und sich im gleichen Moment übergeben müssen. Einer ihrer Kollegen hatte sie bis zum Rotkreuzzelt am Haupteingang begleitet. Das war zwei Stunden her. Seitdem war einiges passiert. Der Notarzt hatte den Tod der Frau in der Gasse bestätigt und wegen der Wunde in ihrem Rücken ein Gewaltverbrechen als wahrscheinliche Todesursache festgestellt. Die Feuerwehr hatte lange Leitern herangeschafft und diese links und rechts vom Eisenkorb an die Häuserwand gestellt. Nachdem der Arzt auch hier den Tod des Mannes im Korb amtlich festgestellt hatte, war er wieder gegangen. Jetzt wehten neben den bunten Stoffbändern, die die Zelte der Handwerker und Händler schmückten, auch welche aus Plastik im Wind.
Weil die Straßen und Gassen der Altstadt durch die aufgebauten Stände noch enger geworden waren, mussten alle Gerätschaften zu Fuß herangeschafft werden. Ein hartes Stück Arbeit für das Spurensicherungsteam und vor allem für die Männer mit den Kunststoffsärgen.
Die Nachricht von den Todesfällen hatte sich wie ein Lauffeuer im Ort und im Lager herumgesprochen.

Nicht nur Polizeidienstwagen verstopften die Hauptstraße am Eingang. Dort standen mittlerweile etliche Menschen vor der heruntergelassenen Holzschranke, die während des mittelalterlichen Marktes die Altstadt vom neuzeitlichen Ort trennte. Alles war hier vertreten. Vom Taxifahrer bis zum kohleverschmierten Waffenschmied, vom Sanitäter bis zum Axt tragenden fränkischen Krieger in Lederwams und Leinenhose. Nur Kinder waren zum Glück keine zu sehen. Die waren wohl noch in ihren Kitas und Schulen – so musste ihnen wenigstens niemand erklären, warum Särge durch die Gassen der beschaulichen Stadt getragen wurden.

Der Mann, der gerade an der Absperrung eingetroffen war, ging zielstrebig auf einen der Polizisten zu.
»Mein Name ist Fiebig. Ich bin der Marktmeister. Wo finde ich Ihren Einsatzleiter?«
Der angesprochene Polizist hatte es sich nicht nehmen lassen, den grauhaarigen Mann höchstpersönlich bei dem Hauptkommissar aus Mainz abzuliefern.
»Sie sind also der Chefermittler?«
»Wer will das wissen?«
»Jakob Fiebig. Ich bin der Kopf vom Organisationsteam des Marktes. Jemand ist eben in meinem Büro aufgetaucht und hat mir erzählt, was passiert ist wenigstens das, was er wusste.«
»Mein Name ist Bender, Hauptkommissar Andreas Bender.« Ein kurzes Händeschütteln begleitete die Vorstellung.
»Und wo ist Hauptkommissar Schuhmann? Ist nicht die Kreuznacher Polizeiinspektion für die Gegend zuständig?«
»War sie, ist sie und wird sie sein – aber der Kollege Schuhmann ist in Urlaub und sein Stellvertreter krank. Deshalb hat man Amtshilfe in Mainz angefordert. Momentan ist das also mein Fall und mich würde

brennend interessieren, wer dieser Jemand war, der Sie informiert hat – und vor allem, was er wusste!« Der Hauptkommissar versteckte jede Mimik hinter einem lauwarmen Lächeln.

»Ein ehrenamtlicher Mitarbeiter, der Name fällt mir jetzt auf die Schnelle nicht ein«, erwiderte der grauhaarige Mann. »Sagen Sie mir doch erst einmal, was eigentlich passiert ist.«

»Ich dachte, das wüssten Sie.«

»Wie denn. Der Mann war völlig neben der Spur. Brabbelte etwas von zwei Toten. Einem Mann und einer Frau. Aber schlau geworden bin ich daraus nicht. Was ist denn nun eigentlich los gewesen?«

»Wenn ich das wüsste, würde ich längst in meinem Auto sitzen und wieder Richtung Mainz fahren.« Der Kommissar seufzte. »Aber versuchen wir es ruhig einmal. Jeden Moment wird hier der Staatsanwalt auftauchen und mir die gleiche Frage stellen. Warum nicht schon einmal üben. Also, was haben wir?« Der Kommissar begann aufzuzählen. »Wir haben einen Eisenkäfig, zwei Leichen, drei Armbrustpfeile, vier ratlose Kriminalbeamte und fünf kostümierte Möchtegernritter mit Äxten und Schwertern am Gürtel, die wir vorsorglich aus dem Verkehr gezogen haben. Sitzen dort hinten an dem Weinstand.« Der Kriminalbeamte zeigte in die entsprechende Richtung. »Habe ich was vergessen? Ach ja, der Tatort, der Schauplatz der Verbrechen. Was ist das hier eigentlich?«

»Wonach sieht es denn aus?«

Der Kommissar verzog das Gesicht, bevor er antwortete.

»Nach einer Mischung aus Volksfest und Karneval.

Aber für Fastnacht ist das Wetter noch zu gut und irgendwie sind die Kostüme nicht bunt und schrill genug. Also tippe ich mal auf ein Historienspektakel oder ein Schauspiel, an dem die ganze Stadt beteiligt ist.«

»Nah dran«, sagte der Marktmeister und setzte sich dem Hauptkommissar gegenüber. »Das ist ein Teil unseres mittelalterlichen Marktes. Findet dieses Jahr schon das 29. Mal statt. Und sagen Sie nicht ›kostümiert‹ oder ›verkleidet‹, das mögen die Ebernburger und die Marktteilnehmer nämlich überhaupt nicht. *Gewandet* trifft es viel besser.«

Als hätte der Kommissar den zweiten und dritten Satz des Marktmeisters überhört, fragte er:

»Nur ein Teil des mittelalterlichen Marktes – soll das heißen, dass es noch andere Teile gibt?«

Der Marktmeister nickte.

»Der Turnierplatz und das Lager der Gewandeten liegen ein gutes Stück flussaufwärts auf den Nahewiesen. Knapp einen Kilometer entfernt.« Er zeigte über seine Schulter. »Gut zu erreichen. Es hat letzte Woche nicht geregnet.«

»Habe ich Sie richtig verstanden? Da gibt es noch mehr von diesen Freizeitrittern? Und alle haben natürlich Pfeil und Bogen, ihre Schwerter, Dolche und was weiß ich sonst noch dabei.« Der Kommissar schien den letzten Rest seiner antrainierten Ruhe zu verlieren. »Na, das sind ja schöne Aussichten. Jedenfalls war's das dieses Jahr mit den Kostümierungen. Dieser Markt wird nicht stattfinden. Kommen Sie im Februar nach Mainz, feiern Sie Fastnacht, aber lassen Sie Ihre Waffen zu Hause.«

»Aber das können Sie nicht tun!«

»Und ob ich das kann – das heißt, nicht ich, der Staatsanwalt oder jemand von der Gemeindeverwaltung in Bad Münster am Stein oder in Bad Kreuznach oder von der zuständigen Behörde in Mainz wird das tun. Wir haben hier zwei Tote – einen Mann und eine Frau. Der Mann war in einen Käfig gesperrt, der an einem Haus hing, und in ihm steckten zwei kurze, dicke Pfeile. Solange die

Hintergründe der Taten nicht ermittelt sind und es jederzeit zu neuen Verbrechen kommen könnte, wird niemand diese Veranstaltung freigeben.«
»Wissen Sie, wie wichtig dieser Markt für uns Ebernburger ist?«
»Wichtig genug jedenfalls, um einen ganzen Ort umzudekorieren und sich Eisenkäfige an die Häuser zu hängen. Woher stammt dieses Ding eigentlich?«
»Da muss ich passen, Herr Kommissar. Ist irgendwo beim Entrümpeln einer Scheune aufgetaucht und seither hängen wir das gute Stück am Marktwochenende in dieser Gasse auf.« Der Marktmeister schüttelte resignierend den Kopf. »Haben Sie eine Vorstellung davon, wann die Vorbereitungen für solch ein Spektakel beginnen?«
»Wahrscheinlich direkt nachdem der Müll vom letzten Markt eingesammelt wurde. Das ist bei uns in Mainz nicht anders. Auch wenn ich mit diesem Fastnachtsquatsch wenig zu tun habe, kriege ich das trotzdem mit.« Der Hauptkommissar warf einen Blick auf seine Uhr. »Versetzen Sie sich mal in meine Lage. Wir wissen nicht einmal, wer die Toten sind. Weder die Frau noch der Mann hatten einen Personalausweis oder einen Führerschein bei sich. Wir haben die Leichen geborgen und Bilder vom Tatort und den Opfern gemacht. Seither befragen meine Kollegen Ihre Mitbürger.«
»Kann ich die Bilder sehen?«
Der Hauptkommissar kramte sein Mobiltelefon aus der Jackentasche und öffnete die entsprechende Datei.
Der Marktmeister griff nach dem Smartphone und gab es fünf Sekunden später zurück. »Die Frau kenne ich nicht, kommt sicher nicht von hier. Der Mann ist einer von uns. Simon Dietrich ist sein Name. Arbeitet bei der örtlichen

Sparkasse und ist ehrenamtlicher Mitarbeiter im Organisationsteam des mittelalterlichen Marktes. Wohnt noch bei seiner Mutter. Er ist noch keine dreißig.«
»War«, korrigierte ihn der Hauptkommissar.

KAPITEL **03**

Bis kurz vor der offiziellen Eröffnung am späten Freitagnachmittag war es nicht sicher gewesen, ob und wie der Markt in diesem Jahr stattfinden würde. Mehrmals hatte es danach ausgesehen, als würden die drei Eingänge geschlossen bleiben. Der Staatsanwalt und die Polizei hatten dafür plädiert, die Verbandsgemeindeverwaltung und Beamte in Mainz hatten aber anders entschieden. Also wurde der Markt unter Auflagen geöffnet. Anders als in den Vorjahren war es nicht erlaubt, in der Altstadt und dem Lager der Gewandeten Waffen zu tragen. Die sollten in den Häusern und Zelten bleiben. Lediglich bei den Schaukämpfen auf dem Turnierplatz sollten Schwerter, Äxte und Lanzen zum Einsatz kommen. Ansonsten durften die Handwerker ihre geschmiedeten Klingen und Pfeilspitzen an ihren Ständen anbieten und verkaufen, mussten diese dann aber anschließend sicher verpacken. Wie sie das bewerkstelligen sollten, darüber mussten sie sich selbst Gedanken machen. Ansonsten war es in der Altstadt und dem Lager nur dem Axt- und dem Bogenmeister erlaubt, ihrem Wurf- und Schießgeschäft nachzugehen.

So gut es ging hatte die Kriminalpolizei aus Bad Kreuznach und Mainz ihre Ermittlungsarbeit aufgenommen. Mittlerweile hatte man auch die Identität der toten Frau in Erfahrung bringen können. Sie kam aus der Nähe von Frankfurt und war 34 Jahre alt. An ihrem Stand hatte sie Gewänder und Stoffe anbieten wollen. *Hexenstich – Tuchschneiderin*, stand über ihrem Zelt, das gleich neben dem zweiten Markteingang in der Oberstadt aufgebaut war. Weil sie scheinbar allein gereist war und sich auch in ihrem Schlafzelt keine persönlichen Dokumente finden

ließen, tappten sie lange im Dunkeln. Erst als einer der Kripobeamten bei einer nochmaligen Durchsuchung ihres Zeltes eine verborgene Tasche in einem beiseitegelegten Umhang fand, kamen die Ermittlungen von der Stelle. Sie hatten einen Personalausweis, Geld und eine Zugfahrkarte gefunden. Hin- und Rückfahrt. Aber davon bekamen die Ebernburger, Aussteller wie Besucher, gleichermaßen nicht viel mit. Die waren alle nur froh, als die Tore endlich geöffnet wurden und der fällige Wegezoll, das Eintrittsgeld, bezahlt werden konnte. Auch die Leute vom Lager der Gewandeten waren erleichtert, als es endlich losging. Selbst das Wetter spielte mit. Der September zeigte sich von seiner besten Seite. Keine Wolke und kein Wind störten an diesem Abend. Dann schon eher die Polizisten, die mit ihren Uniformen und den zur Schau gestellten Dienstpistolen so gar nicht ins Bild eines Mittelaltermarktes passen wollten.
Dafür schienen dieses Jahr besonders viele geschmackvoll gekleidete Teilnehmer unterwegs zu sein. Damen in langen Seidenkleidern mit spitzen Hüten und Brokatjacken und Wikinger mit authentischen Rundschilden und Beinlingen neben Helm und Kettenhemd tragenden Normannen.
Der Ort hatte sich herausgeputzt und nichts erinnerte mehr an die Morde der vergangenen Nacht. Um absolut sicher zu gehen, hatten die Organisatoren noch einmal frisches Stroh in den Straßen verteilen lassen, als müssten Blutpfützen und die Fußabdrücke der Sargträger überdeckt werden. Nur der Käfig hing noch an seinem Platz in luftiger Höhe. Allerdings leer und mit offener Tür. Um zu vermeiden, dass Schaulustige und Gaffer die schmale Gasse bevölkerten, hatte man diese kurzerhand

abgesperrt. Die wenigen Anwohner mussten sich erst bei den vor der Gasse positionierten Polizisten die Erlaubnis zum Betreten holen.
Darauf hatte der Mann mit der Kapuze und dem bodenlangen braunen Umhang verzichtet. Er hatte auf die Dunkelheit gewartet und auf einen Moment der Ablenkung. Er hatte nicht lange ausharren müssen. Zu viele Schaulustige wollten einen Blick auf den Ort des grausigen Doppelmordes werfen. Die Polizisten unter dem Torbogen hatten alle Hände voll zu tun, um die Menschen zum raschen Weitergehen aufzufordern. Solch einen Moment hatte der Mann genutzt, war hinter den Polizisten durchgeschlüpft und im Häuserschatten untergetaucht. Auf der Höhe des Eisenkäfigs hatte er sich auf der gegenüberliegenden Seite auf den Boden gesetzt. Die Gasse links und rechts von ihm war der Länge nach zu zwei Dritteln vom Mond und den Straßenlaternen ausgeleuchtet, der Rest lag im Dunkeln. Er nutzte seinen Platz im Verborgenen dazu, um die Kulisse auf sich wirken zu lassen. Mal mit offenen, mal mit geschlossenen Augen. Unter dem Stroh fühlte er das kühle Kopfsteinpflaster. Der Bürgersteig vor den verlassen wirkenden Häusern war viel schmaler als üblich. Er hatte tagsüber eine Menge an Gerüchten und Halbwahrheiten zu hören bekommen. Übrig geblieben waren einige wenige Fakten. Ein Mann und eine Frau waren ermordet worden. In dieser Gasse war das geschehen. Der Mann hatte in dem Käfig gesessen, die Frau auf der Straße gelegen. Wenigstens der Mann war von unzähligen Pfeilen oder Bolzen durchbohrt gewesen. Er hatte sofort Mantegnas *Sebastian*-Gemälde vor Augen gehabt. Nachmittags waren dann Polizeibeamte ins Lager der Gewandeten gekommen. Sie hatten nur Fragen, keine Antworten mitgebracht – und zwei Handybilder mit Gesichtern drauf. Er kannte weder die Frau

noch den Mann. Kurz darauf hatte er sich fertig gemacht und war Richtung Mittelaltermarkt aufgebrochen. Jetzt saß er hier im Schutz der Mauer und außer dem silbernen Mond und einem sanften Wind stieß nichts seine Sinne an. Sein Blick ging in Richtung des eisernen Gefängnisses. Das furchtbare Ding erinnerte entfernt an einen übergroßen, runden und rustikalen Vogelkäfig. Trotz der offenen Tür und dem leichten Schaukeln wirkte alles immer noch bedrohlich und angsteinflößend. Kaltes Mondlicht ließ den Rost wie getrocknetes Blut aussehen. Nur an zwei Stellen war er abgeplatzt. Als hätte etwas Scharfkantiges den Rost heruntergekratzt, schimmerte blankes Eisen hervor. Daneben war eine helle Stelle in der Wand zu sehen. Putz war dort herausgebrochen. Die Stelle war etwa so groß wie ein Bierdeckel. Der Mann schaute die Gasse entlang. Vielleicht waren Pfeile am Käfig abgeprallt und einer davon dort oben stecken geblieben. Wie ein Querschläger. Deren Geschosse fand man mitunter auch erst viel später und oft nur per Zufall. Er war gerade dabei, mögliche Flugbahnen mit den Augen zu verfolgen, als er neben sich ein Geräusch hörte. Ein leises Klicken und Schaben, etwas, das nicht zu einem Haus passen wollte, das scheinbar unbewohnt war und ohne Licht auskam. Der Mann hielt den Atem an und warf rasch einen Blick über die Schulter. Der Schatten verschluckte fast die ganze Häuserfassade. Er sah ein Fenster über sich, darüber noch eines. Irgendwo rechts von ihm musste die Haustür sein. So leise es nur ging, drehte er sich um und presste sich an die Wand. Das Geräusch kam zurück. Metall rieb sich auf Metall. Kurz darauf wurde ein Fenster geöffnet. Aus den Augenwinkeln sah er, wie schwarze Handschuhe auf der Fensterbank erschienen, dann Arme, dann eine Kapuze und ein Stück fahle Haut. Er rutschte ein Stück zur Seite, hoffte, dass er nicht nur seine eigenen Ohren hatte überlisten können. Die Gestalt im Fensterrahmen schien nichts bemerkt zu haben. Geschmeidig wie eine Katze wuchtete sich ein großer Körper im Schutz der Dunkelheit erst auf die Fensterbank, nur um einen Augenblick später auf die Gasse zu gleiten. Dort angekommen, ließ er sich auf die Knie nieder, zog das Fenster hinter sich zu und begann damit das Stroh am Boden mit den Händen abzutasten. Als würde die massige Gestalt etwas suchen, bewegte sie sich mal in die eine, mal in die andere Richtung, bis sie wenig später hinter einem Mauervorsprung verschwand. Er hätte jetzt bleiben können, wo er mit der Wand verschmolzen war. Aber so tickte er nicht. Er wollte wissen, warum die Gestalt mit den Handschuhen sich die allergrößte Mühe gab, nicht entdeckt zu werden. Genauso wie er, nur sicher aus anderen Beweggründen. Also schob er sich vor und blieb dem anderen auf den Fersen. Er hatte gerade das Ende der Häuserfassade erreicht und wollte vorsichtig um die Ecke spähen, als ihn dieser mächtige Schlag an der Schläfe traf. Fast im gleichen Moment überschwappte Dunkelheit seine Sinne. Er ging in die Knie und fiel, ohne sich abzustützen, auf das Stroh und in tiefschwarze Besinnungslosigkeit.

Als er wieder zu sich kam, war ihm kalt und er zitterte. Irgendwo in der Ferne hörte man noch vereinzelt Stimmen, aber auch die klangen müde. Er rappelte sich auf, spürte Übelkeit und hatte Kopfschmerzen. Dort, wo seine Augenbraue anfing, brannte ihm die Haut. Eingetrocknetes Blut markierte den Riss zusätzlich. Auf demselben Weg, auf dem er gekommen war, verließ er auch wieder die Seitengasse. Von den Polizisten, die dort am Eingang Wache hielten, sah er bloß die Rücken. Er schleppte sich Richtung Haupteingang, hakte sich bei zwei Spielleuten, die gut gelaunt mit ihren Instrumenten unterwegs waren, unter und passierte die Holzschranke. Der Weg hinunter zu den Flusswiesen und zum Lager der Gewandeten schien heute Nacht doppelt so lang zu sein. Als er endlich sein Zelt erreichte, stolperte er hinein. Alles schien sich zu drehen. Sein Kopf, die Welt und seine Gedanken. Dort, wo er hinfiel, blieb er liegen. Er registrierte nichts von dem, was um ihn herum passierte, hörte nicht mehr die vertraute Stimme und nicht die Sätze, die wie ein kurzes Gebet klangen.

»Auch wenn Gottes Wege manchmal sonderbar sind, so bringen sie uns doch wohlbehalten nach Hause.«

In Nordens Universum kämpften gerade Klingonen gegen Orks und Schwärme von Traumpiranhas fraßen jeden schönen Gedanken.

KAPITEL 04

Fast hätte ich es schon wieder getan. Im letzten Moment habe ich es mir anders überlegt. Dabei war das Wichtigste schon erledigt. Ein einziger Fausthieb hatte genügt, um diesen Kerl k.o. zu schlagen. Ein weiterer hätte ihn getötet. Es kommt nur darauf an, die richtige Stelle zu erwischen. Dass ich in der Dunkelheit der Gasse seine Schläfe getroffen hatte, war allerdings Zufall gewesen. Der Mann hatte vorsichtig seinen Kopf vorgeschoben und ich habe sofort zugeschlagen. Den zweiten Hieb hätte ich natürlich nicht dem Zufall überlassen. Nichts war leichter, als einem ohnmächtigen Mann den Kehlkopf zu zertrümmern. Aber dann wäre sicher noch mehr Polizei unterwegs gewesen. Man darf sein Glück nicht zu sehr strapazieren. Sonst wird man übermütig. Natürlich gab es einen Grund, das Risiko einzugehen und noch einmal in dieser Gasse aufzutauchen. Ich meinte, dort etwas liegen gelassen zu haben. Nichts Wichtiges, nur den Verschluss meines Pfeilköchers. Trotzdem habe ich mich deswegen so hineingesteigert, dass ich für eine Weile keinen klaren Gedanken mehr fassen konnte. Dabei war ich immer vorsichtig gewesen. Nie würden sie mir wegen möglicher Fingerabdrücke auf die Spur kommen. Bei meinen Ausflügen trug ich immer Handschuhe. Dünne aus Ziegenleder. Der verlorene Metallverschluss war aber schon alt. Sicher hatte ich ihn im Laufe der Zeit auch mit meinen Fingern berührt. Als ich sein Fehlen bemerkt hatte, war ich so durch den Wind gewesen, dass ich Hals über Kopf losstürzen wollte. Am helllichten Tag! Irgendwo in dem ausgestreuten Stroh musste der Verschluss liegen. Eine kleine bronzene Fibel an einem Lederband, so klein, dass sich die Schließe besser ohne Handschuh öffnen ließ.

Hätte ich meinen Umhang sorgfältiger durchsucht, wäre mir der Stress erspart geblieben. Dort war die Nadel der Schließe nämlich hängen geblieben. Aber das habe ich erst zu spät herausgefunden. Ich hätte mir den Überdruck in meinen Adern und das Hautkribbeln sparen können – andererseits war dieser Adrenalinkick schon richtig geil gewesen. So etwas konnte süchtig machen.

KAPITEL **05**

Üble Kopfschmerzen waren das Erste, was er am nächsten Tag spürte. Kurz darauf meldete sich sein Rücken, der sich nach einer Matratze sehnte. Er überließ es seinen Ohren einzuschätzen, wie spät es sein mochte. Draußen waren Stimmen zu hören, junge und alte. Langsam richtete er sich auf, bevor er vorsichtig die Augen öffnete. Die Wände seines Zeltes waren aus hellem Leinenstoff; dicht genug, um Regen, Wind und neugierige Blicke fernzuhalten, aber zu dünn, um abzudunkeln. Es musste schon Vormittag sein, sein Magen schätzte zwischen neun und elf. Nachdem er mit seiner Hand Kopf und Schläfe betastet hatte, rutschte er ein Stück vor und schlug die vordere Zeltplane auf. Blinzelnd begrüßte er den Tag. Er sah den Fluss, einen wolkenlosen Himmel und links und rechts einige Männer und Frauen, die vor ihren Zelten saßen. Kleine Rauchsäulen stiegen von etlichen Lagerfeuern in die Höhe. Niemand schien Notiz von ihm zu nehmen. Er richtete sich auf und drückte den Rücken durch. Erst jetzt merkte er, dass seine Füße noch in Stiefeln steckten und er über Leinenhemd und Hose noch seinen dicken Wollumhang trug.

»Ich dachte schon, Sie hätten heute gar keine Lust mehr wach zu werden.« Die Gestalt war wie aus dem Nichts vor ihm aufgetaucht und schaute ihn ernst an. »Was ist mit Ihrer Augenbraue passiert? Ich sehe schon, der Herr hat noch mit den Alkoholteufeln im Blut zu kämpfen. Oder ist es vielleicht die gewöhnliche Sprache, die ihn irritiert? Dann versuche ich es gleich noch einmal etwas authentischer. Gott zum Gruße, herber Jüngling. Hoffe, dass der feine Herr wohl genächtigt hat und er für unser anstehendes *Spectaculum* bestens gerüstet ist.«

»Schon gut«, flüsterte der so Angesprochene und verzog den Mund. »Sparen Sie sich bloß dieses Kauderwelsch. Kaum tauchen Sie auf, kriege ich Kopfschmerzen.« Stöhnend griff sich Norden mit beiden Händen an die Stirn.

»Was meinen Sie, wie elend Sie sich fühlen würden, wenn ich heute Nacht nicht zur Stelle gewesen wäre. Habe Sie quasi aufgefangen und Ihnen eine Decke übergeworfen.«

»Sie? Mich? Aufgefangen?«

»*Si, Signor* Norden. Sie erinnern sich noch an mich? Klinger ist mein Name, klingelt da was bei Ihnen? Und vielleicht fällt Ihnen ganz nebenbei auch wieder ein, dass wir verabredet waren.«

»Ist ja schon gut, *Monsignore*. Ich gehe jetzt zu diesem wundervollen Fluss, halte meinen Kopf ins Wasser und wenn ich zurückkomme, sind entweder meine Schmerzen weg oder Sie, weil ich mir das alles gerade nur einbilde.«

Ohne auf eine Antwort zu warten, war Norden losmarschiert.

Als er zurückkam, hatte er seinen Wollumhang abgelegt. Nasse Haare und ein ebensolches Hemd zeigten, dass er seinen Plan in die Tat umgesetzt hatte. Nachdem er rasch in seinem Zelt verschwunden war, tauchte er kurz darauf mit frischer Kleidung wieder auf.

»Hallo, Herr Pfarrer, schön, Sie zu sehen.«

»Geht mir genauso. Hatte mir schon Sorgen gemacht, dass Ihnen unser kleiner Abstecher ins Mittelalter nicht bekommen würde.«

»Wenn sich Hochwürden an unsere Absprache gehalten hätte und Sie nicht erst spätabends angereist wären, würde es mir sicher besser gehen.«

»Das habe ich Ihnen doch alles schon erklärt. Immerhin bin ich schon seit gestern Nachmittag hier. Habe trotz Ihrer kryptischen Platzbeschreibung auf Anhieb Ihr Zelt gefunden und meins daneben aufgebaut. Hätte sogar noch Zeit und Lust gehabt, den Abend mit Ihnen gemeinsam zu verbringen, aber Herr Norden war natürlich nicht zu erreichen. Wahrscheinlich haben Sie Ihr Handy gleich nach unserem letzten Telefonat im Fluss versenkt oder Sie haben bloß Ihr Ladekabel zu Hause liegen lassen.«

»Als wenn es hier eine Steckdose gäbe.« Norden tippte sich vorsichtig mit dem Finger an die Schläfe. »Wir sind auf einem Mittelaltermarkt – im Zeltlager der Gewandeten. Niemand, der was auf sich hält, hat so etwas wie ein Telefon dabei. Hier ist einfach alles anders und gerade deshalb ist es gut. Ich dachte, das wäre der Grund, warum Sie gleich Feuer und Flamme waren, als ich Ihnen davon erzählt habe. Luxus ist langweilig! Das hier macht einen wieder hungrig auf Leben, so wie es sein sollte.«

»Apropos hungrig – ist das Ihr Magen, der hier die ganze Zeit knurrt?«

»Sehen Sie, genau das meine ich. In einem Viersternehotel wäre Ihnen das bestimmt nicht aufgefallen«, erwiderte Norden. »Dieses einfache Leben schärft unsere Sinne, lässt uns anders planen und die Zeit besser einteilen.«

»Um was zu tun?«, fragte der Pfarrer.

Norden blies die Backen auf.

»Um etwas zu essen, wenn man Hunger hat, zu schlafen, wenn man müde ist und seinen Kopf in den Fluss zu stecken, wenn einem danach ist.«

»Oder wenn ein Kater einen dazu zwingt. Aber gut. Gehen wir etwas essen.« Der Pfarrer schaute sich suchend um. »Und wo kann man das hier tun? Kaffee und Brötchen kaufen, meine ich. Ich sehe bloß Zelte wie unsere und nach Kaffee riecht es hier schon gar nicht.«

»Kommen Sie.« Norden griff nach dem Geldbeutel an seinem Ledergürtel. »Wir gehen in die Altstadt. Ich lade Sie ein. Ziegenmilch und Hirsebrei, das dürfte Ihnen doch schmecken.«

Die Blicke des Pfarrers sprangen zwischen seinem Zelt und Norden hin und her.
»Also gut. Abgemacht ist abgemacht. Aber meine Geldbörse nehme ich doch lieber mit. Ich will niemanden in Versuchung führen. Haben Sie sonst noch irgendetwas an mir oder meiner Ausrüstung auszusetzen?«
Norden schüttelte vorsichtig den Kopf. »Alles perfekt und vom Feinsten. Nur die Uhr sollten Sie abnehmen und unter der Rollmatratze verstecken. Wo haben Sie übrigens auf die Schnelle die passende Kleidung herbekommen?«
Anstatt zu antworten, war der Pfarrer auf allen Vieren in sein Zelt gekrabbelt, nur um drei Wimpernschläge später wieder aufzutauchen.
»Na, wo wohl. Ohne Internet wäre ich komplett aufgeschmissen gewesen. Wenn Sie mich etwas früher in Ihre Pläne eingeweiht hätten, dann hätte ich alles viel besser vorbereiten können. Es kam mir fast so vor, als wollten Sie mich bei Ihrem Mittelalter-Wochenende gar nicht dabeihaben – hätten bloß aus Höflichkeit gefragt. Dabei haben wir uns in letzter Zeit viel zu selten gesehen.«
Norden vermied es, dem Pfarrer in die Augen zu schauen.
»Wir müssen da lang.« Er zeigte auf eine Böschung. »Ist eine Abkürzung. Der offizielle Weg führt an der Nahe entlang. Ist für die Touristen und für die Nächte, wenn es zu dunkel ist.«
»Wie oft waren Sie eigentlich schon hier auf diesem Mittelaltermarkt?«
»Das ist das zweite Mal, aber auf solchen Märkten war ich schon häufig. Es gibt nichts Besseres, wenn man den Kopf freibekommen will. Nur das Wetter kann einem da einen Strich durch die Rechnung machen.«
»Und dieser Markt hier ist jedes Jahr um die gleiche Zeit?«
»Immer im September – habe ich mir wenigstens sagen lassen«, antwortete Norden.

»Verstehe.«

Das glaube ich dir, dass du eins und eins zusammenzählen kannst, dachte Norden und warf einen kurzen Blick aus den Augenwinkeln auf den neben ihm gehenden Pfarrer. September, natürlich läuten da bei dir die Glocken wie sonntags vor dem Gottesdienst. Es war erst etwas über ein Jahr her, da hatte ihn ein Mord zum ersten Mal in diese Gegend geführt. Zusammen mit seinem Spurensicherungsteam und den Kripobeamten aus Kirn und Mainz hatten sie versucht den Fall aufzuklären. Er hatte sich auf Anhieb in die Gegend zwischen Glan und Nahe verliebt und in die Menschen, die hier lebten. Dem Pfarrer musste es ähnlich gegangen sein. Er war damals kurzerhand dazugestoßen und hatte ihn bei seinen Ermittlungen unterstützt. Noch im gleichen Jahr hatte er seinen Bischof um eine Versetzung gebeten und war hergezogen. In Obermoschel war eine Pfarramtsstelle frei gewesen. Norden wohnte immer noch in Mainz. Eine knappe Stunde trennte ihn und den Pfarrer voneinander. Trotzdem hatten sie sich seither nur fünf- oder sechsmal getroffen. Meistens hatte ihn der Pfarrer in Mainz besucht. Dann waren sie zum Rhein gegangen, hatten in einer zu einem Restaurant umgebauten Kirche gegessen oder ein Rockkonzert an der Nordmole im Zollhafen besucht. Telefoniert hatten sie häufiger. Norden mochte den kunstinteressierten, unanständig wohlhabenden Pfarrer, der so gar kein Problem damit hatte, sich auch um sich und seine eigene Seele zu kümmern. Der Fall letzten September war ihm fast genauso nahe gegangen wie die erste Mordermittlung, bei der sie sich kennengelernt hatten. Norden wollte nicht permanent an Menschen erinnert werden, die ihm einmal etwas bedeutet hatten. Aber genau das tat der Pfarrer. Es war schon etwas dran, dass er ihn aus purer Höflichkeit gefragt hatte, ob er ihn zu dem Wochenende in Ebernburg begleiten wollte. Er hätte nie gedacht, dass der Pfarrer so kurzfristig zusagen würde. Innerhalb von zwei Tagen hatte er eine Vertretung für seine Pfarrei gefunden und scheinbar alle richtigen Kleidungsstücke und das entsprechende Equipment kaufen können.

»Der Umhang von *Monsignore* hat sicher so viel gekostet wie meine komplette Ausrüstung.« Norden konnte sich den Seitenhieb nicht verkneifen.

»Sieht man das? *Harris*-Tweed, das schüchternste erdbraune Muster, das ich auf die Schnelle finden konnte. Dabei ist nicht einmal ein Etikett oder die Konfektionsgröße eingenäht.«

»Ich habe das nur geraten. Meine Sachen sind alle vom letztjährigen Markt. Bin von Stand zu Stand gegangen, habe die Teile ausgesucht, anprobiert und angelassen. Die Klamotten, die ich davor getragen hatte, habe ich in die nächstbesten Mülltonnen gesteckt. Mittags war ich dann ein anderer Mensch. Wenigstens äußerlich, aber eingeredet habe ich mir das auch. Es hat mir damals nach diesem Chaos gutgetan, Dinge loszulassen und ein anderer zu sein.«

Der Pfarrer nickte.

»Und? Haben Sie die Dame zwischenzeitlich wiedergesehen, oder können Sie immer noch keine Jazzplatte hören, ohne melancholisch zu werden?«

»Was wird das hier, Herr Pastor. Ein mobiles Beichtstuhlgespräch?« Auch wenn der Pfarrer absichtlich seinen Finger in Nordens Wunde gelegt hatte, musste dieser dennoch schmunzeln. »Lassen Sie uns später darüber reden, nach der dritten Schale Hirsegrütze – oder noch besser, nach dem vierten Schwarzbier, das dürfen Sie sich aussuchen.«

»Und über was reden wir bis dahin?«

»Über einen anderen Satz, den Hochwürden letztes Jahr so nebenbei fallen gelassen hat. *Wir haben den Tod im Gepäck*, vielleicht erinnern Sie sich noch schwach und düster?«
»Sie meinen die beiden Morde, die diesen mittelalterlichen Markt überschatten?«
Nordens Augenbrauen schossen in die Höhe.
»Dann haben Sie schon davon gehört?«
»Also bitte – ich bin Seelsorger. Ich höre den Menschen zu, aber vorher stelle ich die richtigen Fragen. Mir ist gleich heute Morgen aufgefallen, dass die Leute im Zeltlager ihre Köpfe zusammenstecken und überall getuschelt wurde. Zuerst hatte ich befürchtet, dass sich mein alter Freund Norden wieder einmal danebenbenommen hätte, aber dafür machten Sie heute Nacht einen viel zu platten Eindruck.« Der Pfarrer zwinkerte Norden zu. »Die Leute sind wirklich verunsichert. Eigentlich alles ganz liebenswerte Zeitgenossen, etwas sehr alternativ vielleicht. Aber die Geschichte geht vielen unter die Haut. Sicher auch, weil es scheinbar eine von ihnen erwischt hat. Eine Tuchschneiderin. Hatte wohl ihr Zelt in der Altstadt und einen Schlafplatz auf dieser Wiese. Die Polizei hat es vorhin erst untersucht und dann alles abgebaut und mitgenommen. Ist das eigentlich die übliche Vorgehensweise in so einem Fall?«
»Gute Frage, aber ich bin weder der ermittelnde Kommissar noch kenne ich seine Strategie. Ich bin bloß der Künstler, der den Herren Kriminalbeamten das Thema Audio- und Videotechnik näherbringen soll. Sie scheinen das vergessen zu haben.«

»Wie könnte ich«, erwiderte der Pfarrer, überholte Norden und machte sich als Erster daran, die vor ihnen liegende Böschung hinaufzusteigen. Oben angekommen streckte er Norden eine Hand entgegen, die dieser jedoch ignorierte.
»Wäre ja noch schöner«, murmelte er schnaufend und schaffte es ohne Hilfe auf die Straße.
»Das sieht mir nach Altersstarrsinn aus. Die passenden Geräusche machen Sie jedenfalls schon«, murmelte der Pfarrer, während er sich zu orientieren versuchte.
Norden deutete auf den Haupteingang und den heruntergelassenen Schlagbaum.
»Macht offiziell erst um elf auf, aber für uns Gewandete ist der Markt irgendwie rund um die Uhr geöffnet. Die meisten der Händler und Handwerker haben ihre Schlafplätze ohnehin in ihren Ständen.«
»Wegen dem Diebesgesindel und den Beutelschneidern?«
Norden schüttelte den Kopf.
»Wegen der Bequemlichkeit und dem Spaß, der erst so richtig beginnt, wenn die Ware zugedeckt und die Laternen hinten im Zelt angezündet werden.«
»Aha. Deshalb waren Sie gestern also auch halb tot, als Sie in Ihr Zelt gestolpert sind. Eine Überdosis Spaß sozusagen.«
»Oder ein Schlag an die Schläfe, als ich meine Nase wieder einmal zu tief in etwas hineingesteckt habe. Habe mich gestern Nacht in die Gasse geschlichen, wo die Morde passiert sind, und die Quittung dafür bekommen.«
Norden war vor einem offenen Zelt in der Nähe vom Haupteingang stehen geblieben.
»Hier gibt es alles gegen Kater, Kopfschmerzen und knurrende Wolfsmägen. Suchen Sie uns zwei Plätze an der Scheune. Ich hole uns alles andere.«

Bepackt mit Schalen, Bechern und Löffeln aus Holz tauchte Norden wenig später am Tisch des Pfarrers auf. Zwei Schemel standen links und rechts von der nur grob gehobelten Tischplatte.

»Wenn Sie Ihren Brei süßer wollen, müssen sich Hochwürden selbst zum Zelt bewegen. Da steht ein Honigtopf. Ich persönlich mag es lieber, wenn der Brei nach Korn und etwas angebrannt schmeckt.«

Der Pfarrer schüttelte den Kopf. Mit unergründlichem Gesichtsausdruck nippte er an seiner Ziegenmilch, nur um sich kurz darauf einen Löffel des dampfenden Hirsebreis in den Mund zu schieben.

»Was ist gestern hier passiert?«

»Vorgestern«, korrigierte Norden. »Ein Mann und eine Frau sind in einer der Seitengassen erschossen worden. Aber nicht mit einem Gewehr oder einer Pistole. Unser Mörder hat ganz stilecht mit einer Armbrust oder einem Bogen zugeschlagen.«

»Mit Pfeilen! – Deshalb haben Sie sich auch auf einen Mann als Täter festgelegt.«

»Unter anderem. Aber auch wegen des Fausthiebs gestern Nacht. Das war eine Männerfaust, da bin ich mir sicher. Nicht, dass Frauen nicht auch zuschlagen könnten, aber wenn die Gestalt von gestern etwas mit den Morden zu tun hat, dann war es ein Mann. Da würde ich drauf wetten.«

»Was wollten Sie eigentlich in dieser Gasse?«

»Sie fragen mich das, als ob wir das erste Mal gemeinsam auf die Jagd nach einem Mörder gehen würden. Ich sammle Eindrücke vom Tatort, brauche Bilder für meine Leinwand im Kopf. Außerdem war das, was ich gerüchteweise gehört hatte, zu abenteuerlich, als dass ich da nicht selbst nachschauen wollte. Und meine Gedanken gingen in die richtige Richtung.«

»Nehmen wir einmal an, dass Sie recht haben und dass der, der Ihnen in die Quere kam, nicht nur ein Tourist war, der sich ein bisschen Gänsehaut abholen wollte. Bei was könnten Sie den Mörder gestört haben? Kommen Sie mir bloß nicht mit dem Märchen, dass es den Täter immer zum Ort des Verbrechens zurückzieht. So etwas fällt eher in meine Zuständigkeit. Die Bisse des Gewissens können zwar ganz schön schmerzhaft sein, aber mit Reue hat das selten etwas zu tun. Eher mit Neugier oder der Angst erwischt zu werden, weil man beispielsweise etwas von sich am Tatort vergessen hat. Bleiben wir bei den Tatsachen.«

»Wahrscheinlich hat der Täter wirklich etwas gesucht«, antwortete Norden und stellte die leere Breischale vor sich ab. »Oder er hat am Vorabend etwas versteckt und ist von den zwei Opfern dabei gestört worden. Gestern wollte er dann seine Arbeit zu Ende bringen. Ganz ehrlich, Herr Pfarrer, ich habe keine Ahnung. Und normalerweise dürfte mich das alles auch überhaupt nicht interessieren. Nur – was ist bei einem Mord schon normal?«

»Und was hat Ihr Kommissar dazu gesagt? Mich wundert es, dass Sie nicht längst Ihren Umhang ausgezogen haben und bis zu den Ohren in Bildern und Skizzen vom Tatort stecken. Wer ist eigentlich der ermittelnde Hauptkommissar?«

»Bender heißt der Mann. Wenigstens habe ich das so aufgeschnappt. Eigentlich ein ganz manierlicher Typ. Macht keine großen Worte und arbeitet ergebnisorientiert«, formulierte es Norden im Beamtenjargon. »Aber ich bin ihm bisher aus dem Weg gegangen. Genau genommen habe ich mir die Kapuze über den Kopf gezogen und mich im Hintergrund gehalten. Niemand weiß, dass ich hier bin, und das soll auch so bleiben. Ich habe mir drei Tage Urlaub genehmigt. Hatte vor, einen bunten Markt mit anders tickenden Menschen, außergewöhnlichem Essen und Schwarzbier mit einem Schuss Met zu genießen. Leider kommt es meistens anders als man plant.«

»Das mit dem Essen haben Sie ja schon prima hinbekommen. Ich habe noch niemals etwas so Scheußliches wie diese Kleisterpampe mit Brandbrocken drin gegessen. Hätte ich doch bloß nicht auf Sie gehört und mir ein paar Lebensmittel von zu Hause mitgebracht.«

»Wo bleibt Hochwürdens Entdeckergeist? Wenn Ihnen das hier alles zu rustikal ist, können Sie sich nachher immer noch in Ihren schnittigen Flitzer setzen und zum nächsten Supermarkt fahren. Apropos Sportwagen, wo haben Sie eigentlich Ihren Maserati geparkt?«

»Mitten im Matsch. Auf einer großen Wiese unterhalb der Burg.«

»Es hat seit Tagen nicht geregnet. Wo kommt der Matsch her?«

»Es wird regnen, glauben Sie mir.« Der Pfarrer seufzte. »Es ist jedes Mal das totale Chaos, wenn ich mein wundervolles Auto auf Mutter Erde parke. Open-Air-Konzerte und Volksfeste sind die besten Beispiele dafür. Kaum habe ich den Motor meines *Quattroporte* abgestellt, tauchen über mir Wolken auf. Spätestens am zweiten Tag versinken die Reifen meines Prachtstücks im Wiesenschlamm.«

»Von Wolken ist hier weit und breit nichts zu sehen«, versuchte Norden den Pfarrer aufzumuntern. »Das gleißende Licht erinnert mich eher an das Wetter an der Côte d'Azur. Aber dort hat dieses unverschämte Spiel der Sonne mit dem Blau auch schon andere irritiert. Cézanne beispielsweise, oder Monet. Der soll sogar gesagt haben: *Es ist so schön, so klar, so strahlend. Man schwimmt in der blauen Luft, es ist schrecklich.* Ich bringe jetzt die Schalen zurück und anschließend machen wir einen kleinen Rundgang durch die Altstadt. Der Markt ist am schönsten, bevor die Besucher unterwegs sind.«

An diesem Samstagvormittag war das nicht anders. Ohne jede Hektik bereiteten sich die Händler und Handwerker in ihren Verkaufsständen und Zelten auf die Markteröffnung vor. Jeder freie Platz in den engen Seitenstraßen schien belegt zu sein. Da standen Kerzenzieher neben Besenbindern und Schmuck und Geschmeide wurde ebenso angeboten wie Leckereien aus dem Morgenland.
»Wann öffnet der Markt?«, fragte der Pfarrer mit scheinheiligem Unterton in der Stimme.
»Um elf.«
»Dann wäre es sicher gut, wenn wir jetzt wüssten, wie spät es ist. Ohne Uhr ist das aber schwierig. Der nächste Punkt, bei dem ich einfach nicht auf Sie hätte hören sollen.«
»Es ist noch vor elf und mehr müssen wir eigentlich nicht wissen«, widersprach Norden. »Da vorn biegen wir links ab und gehen die Gasse hoch. Ich möchte im Hellen einen Blick auf das Haus werfen, aus dem dieser Mann gestern Abend herausgeklettert ist, kurz bevor er mich zu Boden geschickt hat. Vielleicht haben wir Glück und die Polizei bewacht die Tatortgasse erst, wenn die Besucher unterwegs sind.«
Trotz des steilen Anstiegs waren auch in dieser Seitenstraße etliche Stände aufgebaut. Links und rechts warteten Laternenverkäufer neben Gewürzhändlern auf ihre Kundschaft. Hier und da wurden noch Leinentücher weggeschoben und die Ware zurechtgerückt. Nur ein einziger Stand vor einem großen Zelt im oberen Teil der Straße war noch komplett mit Leinenbahnen verhangen. Er war in einer Einfahrt zwischen zwei Häusern aufgebaut. Sie

hatten ihn schon fast passiert, als Norden plötzlich stehen blieb. Während der Pfarrer neugierig von Stand zu Stand spähend weiterging, hatte Norden seine Hand zwischen die Bahnen geschoben und diese auseinander gedrückt. Im nächsten Augenblick war er auch schon im Zeltinneren verschwunden. Die Szene, die sich ihm dort bot, passte haargenau zu dem Geräusch, das ihn eben hatte innehalten lassen. Zwei Gestalten standen hinter Bergen von Seifenstücken und schienen miteinander zu ringen. Ein Mann und eine Frau. Der Mann stand hinter ihr und hatte einen Arm fest um ihren Hals gelegt, während er ihr mit der anderen Hand den Mund zupresste. Sie zappelte, versuchte sich zu befreien, schnappte nach Luft. Aber der Griff war zu fest, die Arme zu stark. Ohne zu zögern, sprang Norden über den Tisch und krachte im nächsten Moment mit den beiden Körpern zusammen. Aus dem Gleichgewicht gebracht, lockerte der Mann für einen Sekundenbruchteil seinen schraubzwingenartigen Griff. Ein gurgelndes Geräusch war zu hören. Trotzdem ließ er die Frau nicht los. Er drehte sich um, riss ihren Körper dabei mit sich und starrte Norden aus hasserfüllten Augen an. Wie hinter einem lebendigen Schutzschild stehend verbarg sich der bärtige Mann hinter seinem Opfer.

»Lassen Sie die Frau los«, brüllte Norden und suchte nach einem Ziel für seine Faust. Das Gesicht des Mannes verschwand jetzt fast völlig im lockigen Haar der Frau. Norden griff nach den Armen des Mannes, versuchte diese vom Hals und Mund des Opfers zu lösen. Als das nicht gelang, griff er nach der Hand. Er bekam einen der Finger zu fassen, dann einen zweiten, und bog diese im nächsten Moment mit einem Ruck zur Seite. Das Geräusch brechender Knochen wurde von einem kurzen Schrei abgelöst. Im gleichen Moment ließ der

Mann die Frau los, drehte sich um und hastete davon. Norden sah, wie die Frau in sich zusammensackte und der Rücken des Mannes zwischen den hinteren Zeltplanen verschwand. Röchelnd japste die Frau nach Luft. Norden sprang erneut über den Tisch mit den Seifenstücken und drückte die Stoffbahnen in die Höhe. Tageslicht füllte augenblicklich das Zeltinnere. Pastor Klinger und Gewandete von den Nachbarständen eilten herbei. Eine Frau mit tintenverspritzter Schürze verschwand aus Nordens Sichtfeld, als sie um das Zelt herumging, nur um im nächsten Moment neben der am Boden kauernden Frau aufzutauchen. Männer sprachen durcheinander, aber in Nordens Ohren rauschte es noch zu laut, als dass er die Worte hätte verstehen können. Als sich immer mehr Leute in das Zelt drängten, zog ihn der Pfarrer beiseite.

»Kommen Sie! Wir gehen ein paar Schritte. So wie es aussieht, geht es der Frau ganz gut und Hilfe hat sie auch. Wir können später noch einmal vorbeischauen, wenn sich die Aufregung etwas gelegt hat.«

Der Pfarrer lotste Norden weg vom Ort des Geschehens.

»Wo waren Sie eigentlich? Hätte Ihre Hilfe brauchen können, aber von Hochwürden war weit und breit nichts zu sehen.«

»Gegenfrage: Was um alles in der Welt hat Sie geritten, so mir nichts dir nichts in diesem Zelt zu verschwinden?«

Norden räusperte sich und fuhr sich mit den Händen durch die Haare.

»Nur ein Geräusch. Ein Röcheln, als würde jemand ersticken.«

»Als wir an diesem Zelt vorbeigegangen sind?«, fragte der Pfarrer. »Habe absolut nichts gehört.«

»Da hatten Sie auch schon fünf Meter Vorsprung. Es war alles eine Frage des Augenblicks. Jedenfalls passte das Geräusch nicht hierher.«
»Und was ist dann in dem Zelt passiert?«
Norden zuckte mit den Schultern.
»Ich habe hineingeschaut und gesehen, wie ein Mann die Frau gewürgt hat. Besser gesagt, er hatte sie mit dem Arm im Würgegriff und hielt ihr gleichzeitig den Mund zu. Ohne groß nachzudenken, bin ich über den Tisch gesprungen und dazwischengegangen. Kurz darauf hat der Mann das Weite gesucht.«
»Und jetzt?«
»Was meinen Sie?«
»Was sollen wir jetzt tun? Unten am Eingang habe ich Polizisten gesehen. Jemand sollte denen Bescheid sagen und den Vorgang melden. Vielleicht erwischen sie den Typ«, warf der Pfarrer ein.
Norden war anderer Meinung.
»Wie Sie eben schon gesagt haben: Es kümmern sich genug Leute um die Seifensiederin. Jemand wird das sicher schon erledigen. Wir sollten uns da raushalten. Sie erinnern sich: *Urlaub und in eine andere Welt eintauchen* heißt nicht, bei erstbester Gelegenheit auf sich aufmerksam zu machen. Wir erledigen jetzt erst einmal, was wir vorhatten, und auf dem Rückweg schauen wir noch einmal bei unserer Marktfrau vorbei.«
Jetzt war es Norden, der vorweg marschierte.
Sie passierten eine große, überdachte Bühne und bogen nach links ab. Kaum dreißig Schritte später war schon die nächste Gasse zu erkennen. Ein Absperrband markierte den Eingang.
»Wir gehen weiter und biegen erst dort hinten ab«, sagte Norden, während sein Blick an den Hausfassaden entlangflog.

»Das ist die Parallelstraße – und wenn mich nicht alles täuscht, ist das die Vorderseite vom Haus, aus dessen Fenster gestern der Mann mit der Eisenfaust in die Gasse geklettert ist.«
Die Eingangstür war verschlossen, die Tür im Hoftor daneben nicht.
»Kommen Sie, oder haben Hochwürden moralische Bedenken?«
Statt zu antworten, schob sich der Pastor als Erster durch die schief in ihren Angeln hängende Tür. Der Innenhof, den sie betraten, war klein und machte einen ungepflegten Eindruck. Gras wuchs zwischen dem Kopfsteinpflaster und die Holzläden vor den Fenstern waren zugeklappt.
»Ein schönes, altes Haus. Wirkt aber unbewohnt«, stellte der Pfarrer fest.
»Wahrscheinlich ein Ferienhaus oder die Bewohner sind wie andere auch vor dem Marktspektakel geflohen«, überlegte Norden. »Diese Haustür ist jedenfalls fest verschlossen. Bleiben nur noch die Fensterläden, um reinzukommen.«
»Oder ein passender Schlüssel«, warf der Pfarrer ein. »Es soll Menschen geben, die ihre Häuser auf konventionelle Art betreten.«
»Und solche, die dafür mit einem Bolzenschneider Vorhängeschlösser aufbrechen wie bei diesem hier.« Norden hatte die Fensterläden überprüft und war schnell fündig geworden. Nachdem er das aufgebrochene Schloss aus der Riegel-Öse genommen hatte, ließen sich die Holzläden problemlos öffnen. Auf den ersten Blick sah man das Loch in der Fensterscheibe. Nicht kreisrund und präzise, wie man das vom Kino her kannte – eher mittelalterlich derb, als hätte jemand mit einem Pflasterstein ins Glas geschlagen. Groß genug jedenfalls, um einen Arm ins Innere zu schieben und das Fenster zu öffnen.

»Räuberleiter oder Helfende Hand?«, fragte Norden den Pfarrer, kurz nachdem er die beiden Seitenflügel im Erdgeschoss geöffnet hatte.
»Letzteres. Wer fasst schon gern unter schmutzige Schuhsohlen«, erwiderte der Geistliche und griff nach Nordens Schultern. Nachdem er ohne große Mühe den Fuß auf die Fensterbank gewuchtet hatte, zog er ebenso problemlos den anderen nach. Ein rascher Blick ins Innere des Zimmers, und schon war der Pfarrer im Haus verschwunden.
»Sie haben recht – ein spärlich möblierter Raum. Scheint wirklich ein Wochenendhaus zu sein«, hörte man ihn im nächsten Moment urteilen. Kurz darauf tauchte sein vertrautes Gesicht im Fenster auf. »Kommen Sie, nur nicht müde werden«, rief er und streckte ihm die Hand entgegen.
Der Raum war klein, quadratisch und nicht sehr hoch. Ein Bett und ein Schrank waren die einzigen Möbel darin. Norden betätigte kurz den Lichtschalter neben der Tür.
»Der Strom ist abgestellt. Scheint niemand da zu sein«, stellte er nüchtern fest. Trotzdem öffnete er die einzige Tür im Raum leise, als wären sie nicht allein im Haus.
»Sie wissen schon, dass wir gerade in dieses Haus eingebrochen sind und keine mildernden Umstände zu erwarten haben. Wir sind beide nüchtern und soweit ich das beurteilen kann, war auch keine Gefahr in Verzug, oder wie Ihre Kollegen das auch immer nennen mögen.«
»Ich kann noch einen draufsetzen«, sagte Norden und schob den verdutzten Pfarrer durch den Flur ins nächste Zimmer. »Sehen Sie dieses Fenster dort!« Er zeigte auf eines von zwei Nebeneinanderliegenden. »Wenn wir Glück haben, sehen wir von hier die Polizisten, die am jeweiligen Gasseneingang stehen.«
»Und warum tun wir das alles?«, fragte der Pfarrer im Flüsterton.

»Das habe ich Ihnen schon erklärt«, antwortete Norden, lotste den Pfarrer zu einem Sessel vor dem Fenster und setzte sich in den zweiten. »Sehen Sie diesen Käfig an der gegenüberliegenden Häuserwand? Dort war eines der Opfer eingesperrt. Und gestern Abend hatte jemand nichts Besseres zu tun, als in dieses Haus einzubrechen, durch das Fenster da vorn auf die Straße zu klettern und mir einen Fausthieb zu verpassen. Die Frage ist nur, was hat er hier gewollt?«

»Das scheint das Wohnzimmer zu sein. Die Möbel waren sicher teuer, aber das ist mindestens fünfzig Jahre her.«

Norden war in die Hocke gegangen und untersuchte jetzt das Fenster und den Teppichboden davor. Als er zurückkam, präsentierte er dem verdutzten Pfarrer seine verschlossenen Hände. »Links oder rechts.«

»Das sind sicher noch die Nachwirkungen von der Rangelei.«

»Dann eben nicht«, sagte Norden achselzuckend und öffnete beide Hände gleichzeitig.

Die eine Handfläche war leer, in der anderen lag etwas großes, Rundes – eine schimmernde Perle.

»Wenn die echt ist, ist sie mehr wert als alle Möbel in diesem Zimmer zusammen«, sagte Norden und ließ das Fundstück in seiner Hosentasche verschwinden.

»Dann sollten wir wieder gehen. Mehr werden wir hier sicher nicht finden.« Pfarrer Klinger fühlte sich sichtlich unwohl in seiner Haut.

»Das wäre doch nur der halbe Spaß.« Norden zwinkerte dem Geistlichen zu. »Wenn wir uns beeilen, sind wir in einer halben Stunde fertig. Dann haben wir wenigstens einen Blick in alle Zimmer geworfen. Wir müssen ja nicht alle Schubladen aufziehen. Schließlich wissen wir nicht einmal, wonach wir suchen.«

Als würde er seinen eigenen Worten nicht trauen, öffnete Norden doch eine der Wohnzimmerschranktüren.

»Aha, Sie sind also schon wieder ganz der Alte.« Der Pfarrer seufzte. »Ein Blick pro Zimmer ist in Ordnung. Dann lassen Sie uns aber auch loslegen, bevor ich es mir anders überlege.«

»Das betrifft natürlich auch die oberen Etagen und den Keller«, ergänzte Norden, bevor sie das Zimmer verließen. Der Pfarrer kniff die Augen zusammen.

»Wenn es denn sein muss«, murmelte er. »Hoffentlich wissen Sie, was Sie tun.«

KAPITEL **06**

»Und was machen wir nun?«
Nachdem sie alle Spuren ihres Eindringens so gut es ging beseitigt hatten, standen sie wieder im Innenhof des Hauses.
»Jetzt amüsieren wir uns – oder tun wenigstens so«, erwiderte Norden, während er noch dabei war, seine vom Klettern durcheinandergeratene Kleidung zu sortieren. »Habe ich Ihnen schon vom Zelt des Baders erzählt? Dort sollten wir anfangen.«
Er hatte die Hoftür vorsichtig aufgeschoben und einen Blick in die Gasse geworfen.
»Anschließend sollten wir wieder etwas für unser leibliches Wohl tun. Es gibt über 100 Zelte und Stände hier in der Altstadt. Etliche warten nur darauf, sich um unsere Gaumen zu kümmern.«
Der süßsaure Blick des Pfarrers sagte mehr als jede Kanzelpredigt.
Nacheinander waren sie durch die Tür geschlüpft und kurz darauf war Norden vor einem der Zelte stehen geblieben.
»Die Hanffladen, die sie hier machen, sind unbeschreiblich gut«, schwärmte er drauflos. »Sie können sich Knoblauchjoghurt drauf streichen oder einfach nur Puderzucker. Ich habe letztes Jahr so viele hintereinander gegessen, dass ich anschließend Bauchschmerzen hatte.«
Norden bestellte zwei der in heißem Fett ausbackenden, kreisrunden Teile. Als sie fertig zubereitet waren und er bezahlt hatte, drückte er dem Pfarrer einen davon in die Hand.
»Entscheiden Sie selbst, was Ihnen heute Morgen besser bekommt.«

Nachdem sich der Pfarrer dick Puderzucker auf das verführerisch duftende goldgelbe Gebäck gestreut hatte, runzelte er die Stirn.
»Sie sind schon ein komischer Kauz, Norden«, sagte er und biss in den Fladen.
»Warum diesmal?«
»Weil Sie so unberechenbar sind und oft das Gegenteil von dem tun, was man normalerweise tun sollte. Aber gerade das mag ich an Ihnen.«
»War das jetzt Kritik oder eine Liebeserklärung?«, fragte Norden und wischte sich den Mund an seinem Hemdsärmel ab.
»Weder noch. Ich meine die Morde und diese Überfälle und den Schlamassel, in den Sie immer hineingeraten. Einen Teil davon bringt Ihr Beruf mit sich, den meine ich nicht. Sie scheinen ein November-Mensch zu sein. So nenne ich diese Charaktere. Sie haben trotz aller anderen Eigenschaften auch das Neblige, Kühle und Triste in sich. Außerdem ist mir manches von dem, was Sie so von sich geben, einfach fremd. Und dass das ein für alle Mal klar ist: Ich liebe Sie wie meinen Nächsten. Wir wissen doch beide, wie unwiderstehlich Frauen sind und welche Wirkung sie auf uns haben.«
»Doppelamen.« Norden klopfte dem Pfarrer auf die Schulter. »Wir gehen jetzt zum Bader, waschen uns den Schmutz vom Leib und sperren die Ohren auf. Wo hat man mehr Gelegenheit, den neuesten Mittelaltermarkt-Klatsch-und-Tratsch aufzuschnappen, als mit Gleichgesinnten in einem riesigen Bottich voll lauwarmen Wassers und Rosenblättern. Außerdem stelle ich Ihnen drei wunderschöne Frauen vor – als wenn Sie da Nein sagen könnten.«

Als sie kurz darauf das Zelt des Baders erreichten, war der Bottich schon gefüllt, aber niemand saß drinnen.
»Für die Gewandeten sind wir scheinbar zu spät dran und für die Touristen zu früh«, stellte Norden seufzend fest, während sie das Zelt betraten. Ein großer, dicker Mann mit Vollbart, Leinenhemd, schwerem Ledergürtel und roter Nase begrüßte ihn wie einen guten Bekannten.
»Legt eure Sachen und Sorgen ab, steigt hinein und wascht euch den Schmutz von der Haut. Das Wasser ist eben erst aufgefüllt worden und warm ist es auch.«
Sie folgten dem Mann, der eine Plane des Seitenzeltes öffnete und auf einen Tisch und zwei Bänke deutete.
»Nur für meine Familie, meinen Freund und den Freund meines Freundes«, sagte er und seine Zunge hakte dabei.
Nachdem Norden sich ausgezogen und seine Sachen auf dem Tisch abgelegt hatte, stieg er in den Zuber. Pfarrer Klinger beobachtete das alles skeptisch, als bräuchte er erst noch einen Moment, um einzuschätzen, was das hier sein sollte. Er hatte gerade Umhang, Hemd und Hose ausgezogen, als eine nackte Frau neben ihm erschien und ihn freundlich grüßte.
»Meine Tochter«, hörte er den Bader noch sagen, aber da war der Geistliche bereits auf dem Weg Richtung hölzerner Badewanne.
Norden empfing ihn mit todernster Miene.
»Sie haben die Dame beleidigt, haben weggeschaut, als wäre sie nicht wohlgeraten und keine Augenweide«, sagte er und begann damit, sich Kopf und Oberkörper einzuseifen.
»Und Sie hätten mich warnen können«, murmelte der Pfarrer, um kurz darauf mit seinem Kopf unter Wasser zu tauchen. Als er nach gefühlten zwei Minuten wieder auftauchte, hatte sich Norden längst den Schaum wieder abgespült und prostete ihm mit einem Krug zu.

»Das beste schwarze Bier des ganzen Mittelaltermarktes«, sagte er und schien den Krug anschließend in einem einzigen Zug leeren zu wollen.
Auf einem Brett, das den Badezuber in der Mitte teilte, stand ein zweiter Krug.
»Das ist Ihrer«, sagte Norden, auf das Bier deutend.
Als der Bader wenig später am Zuber auftauchte, hatte der Pfarrer sein mit Met abgeschmecktes Bier noch kaum angerührt.
»Ist alles gut?«, fragte der Mann mit tiefer Stimme, bevor er Nordens leeren Krug gegen einen vollen austauschte.
»Sag du es mir. Wenn es stimmt, was ich gehört habe, dann kannten deine Schönen den Mann, der vorgestern in dem Eisenkorb zu Tode kam.«
Im Gesicht des Baders regte sich keine Miene.
»*Kennen* ist zu viel gesagt. Du weißt, wie Lana und die Mädchen sind. Sie baden, sie zeigen sich, sie spielen mit der Fantasie unserer Gäste. Aber mehr würden sie nie tun.« An dieser Stelle zögerte der Bader. »Sollte stattdessen lieber *selten* sagen. Der Mann hat das wohl falsch verstanden. Lana sagte, er wäre jedes Jahr an unserem Zelt vorbeigekommen. Die Augen wären ihm dabei aus dem Kopf gefallen, so sehr hat er sich in diesen Zuber hineingewünscht. Der Eisenkäfig war eine Wettschuld, die Strafe für seine Feigheit, dass er sich das am Ende nicht getraut hat. Jedenfalls haben mir das seine Freunde so erzählt. Was dann geschah, hätten sie so nicht gewollt – aber jemand anderes wohl schon.«
Norden nickte.
»Und die Frau?«
»Eine von uns.« Der Bader stöhnte. »Kam aus dem Rhein-Main-Gebiet. Wenigstens meine ich mich daran zu erinnern, so etwas mal von ihr gehört zu haben. Zog

von Markt zu Markt. Nähte die feinsten Gugeln[1] und Umhänge und die raffinierteste Unterwäsche. Wenigstens sagt man das.«

»Und beide wurden mit Armbrustbolzen getötet?«

»Auch das erzählt man sich. Aber wer kann das schon wissen außer der Person, die die Sehne gespannt hat.«

»Was sagt der Bogenmeister dazu?«, fragte Norden beiläufig. »Wenn ich es richtig gesehen habe, hat er dieses Jahr zwei Stände, an dem Pfeile in Strohscheiben geschossen werden.«

»Stimmt. Den unten am Turnierplatz macht sein Bruder. Beide sagen, dass keiner ihrer Armbrustbolzen fehlt. Die Polizei hat ihnen faustdicke Löcher in den Bauch gefragt. Sie wollten ihre Stände schon abbauen und nach Bad Dürkheim weiterziehen oder anderswohin. Nur weg von hier, Richtung Süden, zum nächsten Markt.«

»Aber sie sind geblieben.«

»Warum auch nicht? Wenn sie doch nichts verbrochen haben. Du weißt, wir alle lieben den Ebernburger Markt. Nirgendwo hast du mehr das Gefühl, dass die Zeit stehen geblieben ist – aber nicht im Hier und Jetzt, sondern damals, als unsere Sehnsucht Alltag und keine Träumerei war.«

»Ist sie auch so nicht, Meister Bader. Wir sind jetzt fertig. Unsere Haut ist rosig und riecht entsprechend. Wir wollen gleich weitergehen. Sagst du mir vorher noch, von wem du deine Seife beziehst?«

Der Mann griff nach dem Stück, das auf dem Steg lag, und roch daran.

»Ist etwas damit nicht in Ordnung? Ist sie bröckelig oder duftet sie nicht genug?«

---

1 Eine kapuzenartige Kopf- und Schulterbedeckung des Mittelalters.

»Alles gut«, beeilte sich Norden den Mann zu beruhigen. »Ich wollte nur wissen, ob du sie vielleicht von der Seifensiederin am Marktplatz beziehst – eine Frau um die vierzig mit langem schwarzem Haar und dichten Kringellocken, als würde sie es den ganzen Tag um ihre Finger wickeln.«

»Das ist Agnetha. Sie ist auch schon seit Jahren dabei. Reist mit ihrem Sohn von einem Markt zum anderen. Früher war ihr Mann noch mit von der Partie, aber irgendwie scheint ihm das alles nicht mehr gepasst zu haben. Wenn du bei ihr vorbeigehst und etwas kaufen möchtest, sag ihr, du kommst von mir, dann zahlst du nur die Hälfte.«

»Werde ich mir merken«, erwiderte Norden. »Noch eine Frage zum Mann der Seifensiederin. Ist das so ein bärtiger, untersetzter Schrank mit Händen wie Bratpfannen?«

Der Bader kniff die Augen zusammen, als würde er nachdenken.

»Jetzt wo du es sagst. Habe zwar wenig mit ihm zu tun gehabt, aber ich glaube, du liegst richtig. Ist nur schon 'ne Ewigkeit her, dass ich ihm begegnet bin. Vor zehn, fünfzehn Märkten war das, so was um den Dreh. War nicht gut Kirschenessen mit dem Herrn. Schon gar nicht, wenn es um seinen Sohn ging oder jemand damals seiner Herzensdame schöne Augen gemacht hat. Hat das anders als ich gesehen.« Wieder machte der Bader eine Pause und sein Blick schien Norden kurz zu fixieren. »Wenn du mich fragst, konnte Agnetha nichts Besseres passieren ...«

In dem Moment wurde die Plane zur Seite geschlagen und zwei Männer und zwei Frauen betraten das Zelt mit den übergroßen Holzwannen. Augenblicklich kümmerte sich der Bader nur noch um die Neuankömmlinge.

»Ihr Edlen, tretet nur ein. Dort hinten könnt ihr euch Eurer schmutzigen Gewänder entledigen und anschließend kommt her und steigt, wie Gott euch erschaffen hat, in dieses köstliche Nass.«
Während der Bader die Besucher in den hinteren Teil des Zeltes schob, verdrehte der Pfarrer die Augen.
»Wenigstens hat uns der Herr mit der roten Nase weitestgehend mit diesem geschraubten Kauderwelsch verschont.«
»Da kann sich Hochwürden was drauf einbilden. Wir gehören eben fast dazu«, sagte Norden, bevor er rasch noch einmal untertauchte. »Dieses Gehabet-euch-wohl-Getue ist bloß für die Touristen und für die Verkleideten«, sagte er, als er wieder auftauchte. »Wir sind zwar keine waschechten Gewandeten, aber schon nah dran. In der Szene duzt man sich. Kommen Sie, bevor der Bottich überläuft, sollten wir uns aufmachen.«
Als Norden und Pfarrer Klinger sich kurz darauf nebenan abtrockneten und ihre Sachen anzogen, stiegen die anderen in den Zuber.
»Was meinte der Bader mit zehn, fünfzehn Märkten? Auf wie viele Märkte gehen diese Menschen pro Jahr?«
Norden strich sich mit den Händen das feuchte Haar hinter die Ohren.
»Gute Frage. Vielleicht zwanzig oder dreißig. Kommt darauf an, wie sich die Termine überschneiden. Mittlerweile gibt es überall diese mittelalterlichen Spektakel. Aber wir werden das später in Erfahrung bringen. Jetzt setzen wir erst einmal unseren Rundgang fort und anschließend kaufen wir noch zwei Stück Seife.«

Pfarrer Klinger wusste nicht, wie lange sie jetzt schon unterwegs waren. Irgendwo zwischen Löffelschnitzern und Salzsiedern, zwischen Wahrsagerinnen und Korbflechtern hatte er jedes Zeitgefühl verloren. Als sie Hunger bekamen, hatten sie rasch jeder einen weiteren Hanffladen gegessen und einen Becher stark verdünnten Honigwein dazu getrunken. Jetzt standen sie oberhalb der steil abfallenden Straße und spähten in die Gasse, in der sich der Seifenstand befand.

»Macht einen geschäftigen und dennoch friedlichen Eindruck«, urteilte der Pfarrer, als würde ein einziger Blick dafür genügen.

»Gehen wir zu unserer schönen Seifensiederin und warten wir ab, wie sie die Aufregung verkraftet hat.«

Als sie das Zelt erreichten, standen nur zwei Frauen davor. Während die eine scheinbar an jedem Stück der Auslage roch, versuchte die andere die kantigen Brocken in ihrer Hand zu drehen.

Norden suchte die Augen der Frau im Zelt. Als sich ihre Blicke endlich gefunden hatten, blitzte für einen Moment so etwas wie Vertrautheit auf.

»Schön zu sehen, dass es Ihnen gut geht«, stellte Norden fest, der sah, dass die Frau jetzt einen Schal trug.

»Ich hatte noch keine Gelegenheit, mich bei Ihnen zu bedanken«, flüsterte sie. Ihre Stimme schien ähnlich wie die Haut am Hals in Mitleidenschaft gezogen zu sein.

»Nicht der Rede wert. Die meisten hätten das Gleiche wie ich getan«, erwiderte Norden.

»Dann danke ich Ihnen, dass Sie einer von den meisten waren. Wer weiß, was passiert wäre, wenn stattdessen einer der wenigen besonderen Menschen an meinem Stand vorbeigekommen wäre.« Ein Lächeln entspannte ihr Gesicht. Norden versuchte die Frau einzuordnen – wie ein Ermittler das tun würde oder ein Künstler. Älter als vierzig, groß, gute Figur, intelligentes Gesicht mit tiefblauen Augen wie ein Gletschersee. Ein harter Mund, erste Falten und das Ganze umrahmt von den barocksten Locken, die er je gesehen hatte. Schwarz waren sie und fest und sie gingen bis weit über ihre Schultern.

»Was sagt die Polizei?«

»Woher soll ich das wissen? Habe sie nicht gerufen. Ist ja nichts weiter passiert«, antwortete sie, während sie sich den Schal etwas enger um den langen Hals zog.

»Wer war der Typ?«

Anstelle einer Antwort zuckte die Seifensiederin mit den Schultern.

»Keine Ahnung. Wollen Sie und Ihr Freund nicht lieber zu mir ins Zelt kommen? Ich könnte Ihnen eine Holunderlimonade anbieten und mich so bedanken.«

»Ich habe leider noch etwas zu erledigen, aber der Prediger liebt Holunderlimonade. Wenn Ihr Angebot auch nur für einen von uns beiden gilt, dann machen Sie meinen Freund zu einem glücklichen Menschen.«

Das Gesicht der Frau ließ keinerlei Regung zu. Der Gletschersee blieb knapp unter null und der Mund völlig regungslos.

»Eine gute Idee«, meinte sie nach einer Weile und sagte an Pfarrer Klinger gewandt: »Dann kommen Sie herein und schwärmen Sie Ihrem Freund nachher vor, wie einzigartig meine Limonade schmeckt.«

Norden schmunzelte, als er sich verabschiedete.

»Passen Sie auf sich auf – und auf Ihren Sohn.«

Ein Lächeln taute augenblicklich das Gesicht der Frau auf.

»Werde ich tun«, sagte sie und richtete das Wort wieder an den Geistlichen. »Ich habe hier hinten wundervolle Schaffelle auf zwei Holzschemeln, die nur darauf warten benutzt zu werden.«
»Wir sehen uns später«, murmelte Norden, klopfte dem Pfarrer auf die Schulter und ging fort. Erst als er den Festplatz mit der Bühne wieder erreicht hatte, warf er einen Blick über seine Schulter. Der Stand der Seifensiederin war nun leer. Er ging nach rechts Richtung oberem Eingang des mittelalterlichen Marktes. Der war viel kleiner, aber anders als am Haupteingang, wo es mehr zu essen und zu trinken gab, stand hier ein Handwerkerzelt neben dem anderen. Norden ging zielstrebig auf eines davon zu und begrüßte die alte Frau darin mit einem Kuss auf die Wange.
»Welche Maus macht heute das Rennen?«, fragte er, während seine Augen die Nager in ihrem Holzkäfig zu beurteilen schienen.
»Die Hungrigste, natürlich.«
Er nickte. »Wie geht es dir, meine Schöne? Ich freue mich, dich zu sehen. War gestern schon einmal an eurem Stand – aber die Kinder haben dich so belagert, da war kein Durchkommen.«
»Das sagt man so«, rief die Frau und gab Norden einen Klaps auf die Backe. »Wie ist es dir seit letztem Jahr ergangen? Hatte gehofft, dich auf Burg Satzvey oder in Horb am Neckar zu sehen – aber der Herr hat sich rargemacht.«
»Es gab gute Gründe – glaub mir.« Norden ignorierte den skeptischen Blick der grauhaarigen Frau.
»So welche wie letzten September?«
»So ähnlich, aber irgendwie auch wieder nicht. Jetzt bin ich ja da und nur froh dich zu sehen. Wie geht es deinem Göttergatten? Was macht sein schlechter Musikgeschmack und was seine morschen Knochen? Mein Angebot gilt

immer noch: Wenn du den alten Mann satt hast, sag mir Bescheid. Dann brennen wir durch. Richtung Süden, da wo das Licht so prächtig ist, dass man selbst in der Nacht noch eine Sonnenbrille tragen muss.«

»Du bist ein Spinner und ein Schwärmer, aber gerade das mag ich so an dir. Und deshalb sind meine Antennen immer so aktiv, wenn du auftauchst. Komm, Norden, sag mir, was du wissen willst. Was können wir für dich tun? Geht es um die Tuchschneiderin?«

»Du kannst hellsehen – aber das wissen wir ja alle. Stell dir vor, Hermine, zwei Morde und ein weiterer, der beinahe passiert wäre, und das alles innerhalb kurzer Zeit auf diesem wunderbaren Markt – das kann dir nicht gleichgültig sein.«

»Wer ist der Beinahemord?«

Norden erzählte rasch von dem Überfall auf Agnetha.

»Und du meinst, dass alles zusammenhängt?«

»Nicht zwangsläufig, aber komisch ist es schon. Die Seifensiederin schien jedenfalls zu wissen, wer sie überfallen hat. Ich würde auf ihren Mann tippen. Dürfte nicht schwer sein, das herauszufinden. Habe ihm mindestens einen, eher zwei Finger gebrochen. Der Typ hätte ihr sonst die Luft abgedrückt. Mich interessiert mehr, was du von deiner Standnachbarin weißt. Die Tuchschneiderin von gegenüber scheint eine von euch gewesen zu sein. Niemand sollte mit einem Armbrustbolzen im Rücken und der Nase im Stroh sterben.«

»Du bist wenigstens ehrlich – und auch das mag ich.«

Jetzt streichelte die alte Frau Norden mit ihrer Hand übers Gesicht.

»Wir gehen besser nach hinten. Soll Gero sich halt die nächste Stunde um unsere amüsiersüchtigen kleinen Gäste kümmern.« Nachdem sie entsprechende Sätze mit einem ebenfalls grauhaarigen Mann gewechselt hatte, kam sie zurück.

»Er wollte dich zwar auch begrüßen, aber ich habe ihn weggeschickt. Du gehörst mir. Wenigstens für die nächste halbe Stunde«, sagte sie, bevor sie im hinteren Teil des Zeltes verschwand. Kurz darauf tauchte sie mit zwei dampfenden Steingutbechern neben ihm auf.

»Kakao – ich weiß, wie sehr du flüssige Schokolade liebst«, sagte sie, drückte ihm einen Becher in die Hand und setzte sich Norden gegenüber.

»Bettina war eine ganz gute Schneiderin. Hat manierliche Sachen genäht. Konnte von ihrer Kunst auf den Märkten leben, mal besser, mal schlechter. Aber du weißt ja, wie wir ticken. Manchmal ist *mal schlechter* immer noch viel besser als das, was wir hinter uns gelassen haben.«

»Ihr seid halt die Hippies des neuen Jahrtausends. Wusste ich übrigens immer«, sagte Norden und verbrannte sich die Zunge an dem Kakao. »Was war mit Männern?«

»Was soll schon gewesen sein«, die grauhaarige Frau zuckte mit den Schultern. »Ihr macht immer Ärger. Am besten wäre es, wenn man einen großen Bogen um euch machen würde. Eigentlich müsstet ihr alle ein Pestglöckchen tragen, damit wir armen Weibsleute wenigstens die Gelegenheit haben, uns vor euch in Sicherheit zu bringen.«

»Das ist unfair.«

»Das ist die Wahrheit. Jedenfalls hatte auch Bettina ihren Liebeskummer.«

»Traust du ihrem Kummergrund zu, dass er eine Armbrust auf sie abfeuert und die Gute zu seinen Füßen verbluten lässt?«

»Ich traue euch Männern alles zu, aber ich bin mir gar nicht sicher, ob es so etwas war – Liebeskram und Eifersucht, meine ich. Sie kam vorgestern noch zu mir rüber. Wir hatten gerade unser Zelt aufgebaut und saßen fix und fertig in unseren Sesseln, da kam sie hereinstolziert. Sie hätte noch etwas zu erledigen. Ob wir kurz ein Auge auf ihren Stand haben könnten. Sie wäre auch nicht lange fort. Ein, zwei Stunden vielleicht. Daraus ist dann für immer geworden. Jedenfalls habe ich sie nicht mehr gesehen. Nur ihr Gesicht auf einem Tablet-Computer, so heißen die Dinger doch? Ein Mann in Uniform hat es mir präsentiert. Hätte auch ein Pestglöckchen tragen sollen, dann wäre ich wenigstens vorbereitet gewesen.«
Norden griff nach der faltigen Hand der Frau.
»Hast du irgendeine Idee, warum die Tuchschneiderin ermordet wurde? Gibt es Gerüchte oder Tratsch?«
Die Frau schien nicht lange nachdenken zu müssen.
»Habe mir selbst schon den Kopf zerbrochen. Du weißt, dass ich den Grassamen in der Tüte wachsen höre. Seit über zwanzig Jahren ziehen Gero und ich von Markt zu Markt. Wir haben schon viel erlebt und noch mehr gesehen. Wenn es jemanden gibt, für den man das Wort ›unscheinbar‹ erfunden hat, um ihn zu beschreiben, dann für Bettina. Ich weiß nichts über ihr Privatleben. Wir haben oft unsere Zelte nebeneinander oder vis-à-vis gehabt. Sie hatte immer gut zu tun, so wie wir. Während die Mütter ihre Kinder bei uns abgegeben haben, damit sie sich mit Rennmäusen, Holz-Labyrinthen und Rätselspielen beschäftigen, haben sie nebenan bei der Tuchschneiderin ihre Unterwäsche gekauft. Nicht diese authentischen Windelleibchen, die wie Dreieckstücher aus dem Erste-Hilfe-Koffer aussehen. Richtig nette Sachen meine ich, so aus dünnem Leinenstoff, mit witzigen Öffnungen an den richtigen Stellen und versteckten Taschen dran.«

»Taschen?«

»Ja, oder kleine Beutelchen. Da konnte man beispielsweise einen Lavendelhalm reinschieben oder getrocknete Jasminblüten.

Ihre Ware war immer schnell ausverkauft. Hat alles die Polizei eingepackt und abgeholt. Wer weiß, was die damit machen?« Ein Lächeln huschte über die Lippen der Frau. »Ich wollte mir auch immer mal so etwas zulegen. Nun ist es zu spät.«

»Wie hat die Dame bei eurem letzten Treffen auf dich gewirkt? War sie aufgeregt? Hatte sie Angst? Oder hat sie euch irgendetwas zur Aufbewahrung gegeben – einen Brief oder eine Tasche?«

Die Frau schüttelte den Kopf.

»Nichts Wichtiges jedenfalls. Wir haben über die nächsten Märkte gesprochen, über die letzten Termine vor dem Winter. Sie hat mir ihren *Karfunkel* vorbeigebracht.«

»Sind das nicht irgendwelche roten Edelsteine?«

»So heißt auch eine Zeitschrift für uns Mittelalter-Verrückte. Ist gut gemacht. Interessante Themen und Reportagen und vor allem stehen alle Termine und alle Märkte drin. Sie hat gesagt, ich sollte mir in Ruhe alles anschauen. Sie hätte ihre Termine bis Dezember mit einem Kreuz versehen.«

»Kann ich mir das Heft ausleihen?«

»Du kannst es sogar behalten«, sagte die Frau, stand auf und brachte es ihm. »Für Gero und mich ist dieser Markt hier sowieso der letzte, für immer. Du hast vorhin mit *Richtung Süden verschwinden* den Nagel auf den Kopf getroffen. Wir haben unsere Flugtickets schon gebucht. La Gomera, Mitte Oktober. Für den Rest unseres Lebens.«

»Sag ich doch: Hippies«, meinte Norden, während er aufstand und die Frau noch einmal drückte. »Du musst mir später mehr davon erzählen.« Aus den Augenwinkeln meinte Norden eine bärtige Gestalt in einem dunklen Umhang gesehen zu haben, die rasch an dem Stand vorbeigegangen war. »Wir sehen uns später«, rief er der verdutzten Frau zu. »Ich will nach einem Stand suchen, an dem sie Pestglöckchen verkaufen, und nebenbei nach einem bärtigen Gesicht und einer bandagierten Hand.«

Norden fand weder das eine noch das andere. Er musste sich getäuscht haben. Bärtig und schwarzer Umhang traf hier auf ebenso viele Menschen zu wie T-Shirt und Jeans in einer Fußgängerzone.

Weil sich immer noch keine Wolke am Himmel zeigte, war der Markt schon nachmittags mehr als gut besucht. Die vielen Handwerker und Händler hatten an ihren Ständen alle Hände voll zu tun.

Norden bewunderte die Schnitzer und Schmiede, die Spielleute und Gaukler, die das Publikum mit ihrer Kunst unterhielten. Er traf Pfarrer Klinger am Stand eines Münzenschneiders. Mit Geduld und Fingerspitzengefühl sägte der Mann in seinem Zelt winzige Kunstwerke aus gewöhnlichen Geldstücken heraus. Die so entstandenen Segelschiffe, Tiersilhouetten und Gesichter waren filigrane Meisterwerke.

»Am liebsten würde ich gleich ein ganzes Dutzend davon kaufen«, sagte der Pfarrer, während er eine Münze nach der anderen begutachtete.

»Dann machen Sie das doch. Der Meister der Säge räumt Ihnen sicher einen Mengenrabatt ein.«

»Normalerweise bin ich auf dem Ohr taub«, mischte sich der Mann sofort ein. »Aber weil heute so ein prächtiger Tag ist, kosten die Anhänger auf der linken Seite vierzig, die auf der rechten das Doppelte und die in der Mitte könnt ihr für fünfzig Taler das Stück haben. Der Aufwand bestimmt den Preis.«

»Taler? – Das verwirrt mich genauso, wie dass die Leute hier alle keine Nachnamen zu haben scheinen.«

»Das muss so sein, Hochwürden«, erwiderte Norden.

»Ihr nehmt aber schon Euroscheine für Eure Münzen?«, fragte Pfarrer Klinger.

»Auch amerikanische Dollar, britisches Pfund und japanischen Yen – vorausgesetzt mein Hirn ist noch nicht zu benebelt, um das jeweils umzurechnen. Nur Münzen nenne ich meine kleinen Kostbarkeiten nicht. Sie sind Geschmeide. Ich befreie den Adler aus seinem runden Käfig und das Segelschiff, das dem Herren so gut zu gefallen scheint, hat erst meine Säge vom Anker gelöst.«

»Sie haben mich überzeugt.« Der Pfarrer suchte sich zwei der Anhänger aus und kramte umständlich die zusammengerollten Scheine aus seinem Geldbeutel.

»Wenn Ihr mir jetzt noch zwei von den Lederbändern verkauft, dann kann ich mich anschließend sogar mit Eurem Geschmeide schmücken.«

»Der Mann lernt schnell«, sagte der Handwerker an Norden gewandt, während er die Bänder mit einem Messer abschnitt. »Wollt Ihr das andere Schmuckstück auch gleich anlegen?«, fragte er ihn.

»Das ist nicht für den wackeren Jüngling neben mir«, beeilte sich Pfarrer Klinger klarzustellen. »Ich nehme das Geschmeide und das Band an mich«, ergänzte er und verstaute alles in seinem Geldbeutel.

»So ist das Leben«, sagte der Münzenschneider. »Dem einen gönnt es kein Geschmeide und dem anderen keinen Schluck Bier.« Mit kleiner Geste griff er nach dem neben ihm stehenden Becher und drehte ihn um.

»Dann muss ich mir wohl oder übel erst eine neue Flasche aus dem Zelt holen.«

Norden und Pfarrer Klinger wollten gerade weitergehen, als sie bemerkten, dass der Mann in einem Rollstuhl saß. Braune, bis auf den Boden reichende Schaffelle hatten die Räder des Stuhles verdeckt. Mit geschickten Handgriffen legte sich der Meister der Säge die Felle auf den Schoß und bugsierte seinen Rollstuhl ohne anzuecken ins Zeltinnere.

»Wenn das mit dem Geschmeide nicht geklappt hätte, würde ich auf dem Marktplatz Kunststücke mit meinem rollenden Untersatz vorführen. Ist zwar noch weniger authentisch als die Münzensägerei, aber wen interessiert's«, rief er ihnen zu.

»Wie ist das passiert?«, fragte Norden mit steinerner Miene.

»Bei einem Zweikampf zu Pferd, vor zwei Jahren. Ich war einer der Stuntmen vom Ritterturnier. Lanzenreiter, *Lanzelotharich*, stand auf dem Schild vor meinem Zelt. Bin vom Pferd gefallen, das Tier konnte nichts dafür«, sagte er noch, bevor er eine Bierflasche aus einem Weidenkorb fischte.

»Du heißt Lothar?«, fragte Norden.

»Nur wenn es sich nicht vermeiden lässt. Hier nennen mich alle Rollo.«

»Aber Sie leben«, warf der Pfarrer ein, als würde er Argumente in eine Waagschale legen.

»Und ich befreie Eulen aus ihren Drachmen-Käfigen und den Planeten in unserem Sonnensystem nehme ich das Nichts, das sie umgibt. Wohl war, ich lebe und darauf trinke ich jetzt. Prost, Ihr Edlen. Schaut morgen noch einmal vorbei, dann kosten die übrig gebliebenen Geschmeide vielleicht noch ein paar Taler weniger.«

Schweigend verließen Norden und Pfarrer Klinger das Zelt. Erst als sie das Podest auf dem oberen Platz erreicht hatten, meldete sich Norden zu Wort.

»Ich könnte jetzt etwas Abkühlung gebrauchen. Keine Sorge, nicht schon wieder ein Besuch beim Bader«, beantwortete Norden den sorgenvollen Blick des Pfarrers. »Mir ist jetzt eher nach einem schattigen Innenhof und einem großer Radler.«

»Etwas typisch Mittelalterliches also. Da bin ich sofort dabei.«

Norden zeigte auf ein einladend aussehendes Haus mit einem großen Holztor. Dahinter waren mindestens zwanzig Tische und doppelt so viele Bänke aufgebaut. Eine einzige leere Bank schien auf sie zu warten.

Nachdem sie ihre Bestellungen aufgegeben hatten, war es wieder Norden, der zu reden begann.

»Ich hoffe, die Holunderlimonade der Seifensiederin war wohl temperiert und der Herr Pfarrer der clevere Gesprächspartner, den ich erwarte.«

»Irgendwie sind Sie noch direkter als sonst.« Der Pfarrer verzog den Mund. »Aber wenn es Sie beruhigt: Es war ein nettes und ein tiefer gehendes Gespräch. Agnetha ist eine interessante Frau mit einer ebensolchen Geschichte im Gepäck. Hätten Sie gedacht, dass Sie noch vor ein paar Jahren Lehrerin war? Irgendwann hatten sie und ihr Mann, übrigens auch ein Lehrer, die ›Faxen dick‹, wie sie sich ausgedrückt hat. Sie hatten etwas Geld gespart und standen vor der Frage ein Haus zu bauen oder ein Wohnmobil zu kaufen. Am gleichen Tag, an dem sie beide ihre Jobs kündigten, hat sie erfahren, dass sie schwanger war. Sie haben das trotzdem durchgezogen. Zwei Jahre lang war auch alles gut gewesen – dann hat ihr Mann plötzlich wieder sesshaft werden wollen. Wie hat sie das ausgedrückt: Er hätte sein ›Häuslebauer-und-Trollinger-Trinker-Gen‹ wiederentdeckt. Sie kommt aus der Nähe von Bad

Urach. Jedenfalls hat sie ihren Gatten tags darauf am Bahnhof abgesetzt und ist alleine zum nächsten Mittelaltermarkt weitergefahren.«

»Und das Kind?«

»Ist bei seiner Mutter geblieben. Ein aufgeweckter Junge übrigens. Wir haben unser Gespräch beendet, als er aufgetaucht ist.«

»Weil er seine Mutter vor einem aufdringlichen Wanderprediger beschützen musste?«

»Sehr witzig.« Der Pfarrer blies die Backen auf. »Weil wir gerade über den Überfall vom Vormittag sprachen und der Junge ein helles Köpfchen ist.«

»Und wer hat die interessante Agnetha nun gewürgt?«

»Damit wollte sie nicht rausrücken. Sie hätte den Mann nicht richtig sehen können. Er wäre plötzlich hinter ihr aufgetaucht. Dann hätte sie seinen Arm unter dem Kinn gespürt und eine Hand auf ihrem Mund. Die Frau ist Ihnen wirklich dankbar, Norden. Ich soll Ihnen sagen, dass das Angebot mit der Holunderlimonade auch auf jedem anderen Markt gelten würde.«

»Warum hat sie keine Polizei eingeschaltet? Dieser Mensch kann jederzeit zurückkehren, um zu Ende zu bringen, wobei er gestört wurde.«

»Nachts teilt die Dame Zelt und Lager mit ihrem Freund und ihrem Sohn. Habe den Typ kennengelernt. Der Waffenschmied. Er hat seinen Stand nur hundert Meter entfernt und Arme wie Oberschenkel. Der Würger sollte sich gut überlegen, ob er mit denen Bekanntschaft machen möchte.«

»Vorausgesetzt, unser Bärtiger weiß das«, ergänzte Norden. »Außerdem ist er jetzt gehandicapt. Zum Würgen braucht man zwei gesunde Hände. Natürlich kann er jederzeit wieder die Methode wechseln. Ein Messer oder ein Armbrustbolzen wären Alternativen.«

»Und was machen wir jetzt?« Der Pfarrer trank seinen Becher in einem Zug leer und fuhr sich mit dem Handrücken über den Mund.
»Keine Ahnung. Sagen Sie es mir?«
»Also ich würde immer noch einen der Polizisten ansprechen und mir sagen lassen, wo der Hauptkommissar steckt.«
»Und dann?«
»Würde ich ihm von den Überfällen erzählen – von dem auf Sie und von dem auf die Seifensiederin – und vielleicht von dieser Perle. Ist schon komisch, dass wir so etwas Wertvolles ausgerechnet auf dem staubigen Teppichboden eines unbewohnten Hauses finden, in das auch der große Unbekannte eingebrochen zu sein scheint.«
»Aber so ticke ich nicht«, widersprach Norden. »Was könnte ich denen schon sagen? Das meiste sind Ahnungen. Bauchgefühle passen vielleicht auf einen Mittelaltermarkt, aber bei unseren Ermittlungen sind das schlechte Ratgeber. Außerdem habe ich mein freies Wochenende.«
»Das heißt?«
»Dass wir weiter einen Bärtigen suchen und vor dem Abend einen Abstecher zum Turnierplatz machen. Den haben Hochwürden sicher noch gar nicht gesehen. Liegt noch ein ganzes Stück hinter unserem Zeltlager flussaufwärts. Da gehen wir jetzt hin und zwischendurch halten wir die Augen offen.«
»Sie meinen wegen des Bärtigen?«, der Pfarrer verzog den Mund. »Ich habe den Mann nicht gesehen. Hier hat jeder zweite Kostümierte einen Bart und die Hände stecken viel zu oft unter Umhängen. – Ich glaube nicht, dass ich da eine große Hilfe wäre. Was halten Sie davon, wenn Sie schon allein zum Turnierplatz gehen und ich in der Zwischenzeit mal nach meinem Wagen sehe.«

»Wegen der matschigen Reifen und weil so ein Maserati wie ein Rennpferd regelmäßig bewegt werden sollte?« Norden grinste. »Hochwürden, die Supermärkte liegen links und rechts der Hauptstraße. Sie werden rasch fündig werden«, sagte er und stand auf.

»Warten Sie, ich komme mit«, beeilte sich der Pfarrer.

»Wo und vor allem wann sollen wir uns wieder treffen?«, fragte er, bevor sie den Innenhof verließen.

»Hier vor dem Tor, wenn es dunkel ist«, erwiderte Norden und war im nächsten Augenblick in der Menschenmenge vor dem Bühnenpodest verschwunden.

KAPITEL 08

Er würde nie wieder einer Frau über den Weg trauen. Von Anfang an hatte er gewusst, dass etwas mit dieser Stoffschlitzerin nicht stimmte. Sie hatte sich viel zu offensichtlich für ihn interessiert. Er hatte sofort gespürt, dass da mehr dahintersteckte als weibliche Neugier. Also hatte er sich um sie kümmern müssen. Nachdem sein Armbrustbolzen die Frau mitsamt ihren Fragen aus der Welt geschafft hatte, wollte er eigentlich auch gleich noch sein anderes Problem erledigen. Ab da war aber alles schiefgelaufen. Diesen Kerl in dem Käfig hatte er mit seiner Armbrust zum Schweigen bringen müssen. Den anderen tags darauf mit seiner Faust. Jetzt machte ihm dieses Weib das Leben schwer. Erpressen wollte sie ihn. Nur nannte sie das nicht so. Sie müssten ihre Absprache neu verhandeln. Dadurch sollte das wohl nicht mehr so niederträchtig klingen. Die Frau, von der er sich seit Jahren die Zukunft vorhersagen ließ, hatte die Runen für ihn geworfen und ihn vor dem Sensenweib gewarnt. Er hatte sofort gewusst, wen sie damit gemeint hatte. Von wegen die Frauen wären für Geburt und Leben zuständig. Große Lüge. Der Tod ist weiblich, davon war er nicht erst seit heute überzeugt. Genau genommen wusste er das, seit er als Kind diesen Märchenfilm im Fernsehen gesehen hatte. Frau Hippe hieß diese furchtbare Gestalt, die dort ihr Unwesen trieb. Monatelang hatte sie ihm danach in seinem Kinderzimmer aufgelauert. Immer wenn es dunkel wurde, wenn seine Mutter zu Bett gegangen war und er selbst nicht einschlafen konnte. Manchmal wartete sie mit ihrer riesigen Sense zwischen Jacken und Hosen in seinem Kleiderschrank. Dann wieder lag sie regungslos unter seinem Bett und kroch erst darunter hervor, wenn

der Mond in sein Zimmer fiel und das Haus still geworden war. Irgendwann hatte er es einfach akzeptiert. Egal wie oft er schweißgebadet aufwachte, wie sehr sie ihn in seiner Fantasie quälte, er hatte trotzdem jede Nacht überlebt. So etwas prägt, lässt aus Unsicherheit Selbstvertrauen werden. Nur vergessen konnte und wollte er das nicht. Frauen waren mit Vorsicht zu genießen. Er machte nicht den Fehler, sich von ihnen abhängig zu machen, aber einige hatte er leider gebraucht. Und diese eine Frau ganz besonders. Sie hatte die Intelligenz und die Möglichkeiten gehabt, ihm zu helfen. Also hatte er sich darauf eingelassen. Und dann hatte sie ihn schlicht und einfach ausgetrickst und ihm abgejagt, was sein Eigentum war. Er würde es sich zurückholen. Heute, spätestens morgen. Und jeder, der sich ihm dabei in den Weg stellte, würde von ihm ausgeschaltet werden. Das Sensenweib müsste eigentlich froh sein, dass es ihn gab. Frau Hippe hatte ihn in seinen Alpträumen gut erzogen.
Der Mann zog einen kurzen Dolch aus einem Jutesack. Wie ein viel zu plumpes Skalpell sah er aus, mit der dicken, gewölbten Klinge und dem Olivenholzgriff. In Italien hatten die Fischer solche Messer. Man konnte problemlos alles Meeresgetier damit aufschneiden, kleines und großes, dickes und dünnes, feste Schalen oder stachelige Gehäuse. Heute Nacht würde er es an einem Menschen ausprobieren. Er würde die Frau zum Reden bringen. Aber vorher musste er sich noch einen Plan zurechtlegen, wie er sie sich schnappen konnte. Er musste ungestört und unbeobachtet mit ihr sprechen. Ein letztes Mal. Sicher war die Frau jetzt auf der Hut. Wer wusste besser als sie, was auf dem Spiel stand. Also würde er sie dazu zwingen müssen, sich mit ihm zu treffen. Sein Argument musste besser sein als jeder Instinkt und jede Vorsichtsmaßnahme. Zum Glück hatte er einen Plan.

Als Norden an seinem Zelt im Lager der Gewandeten vorbeiging, musste er gähnen. Schon merkwürdig, wie Menschen funktionieren, dachte er. Das Lager war so gut wie leer. Nur vereinzelt saßen hier und da Männer und Frauen vor ihren Zelten.

Den Grund dafür hörte Norden, lange bevor er den Turnierplatz erreichte. Auf- und abebbende Stimmen klangen wie eine summende Chorprobe im Freien. Dazwischen markierten vielkehlige »Ahs« und »Ohs« und das Geräusch von Pferdehufen den Verlauf der Schaukämpfe. Als Norden um die Ecke bog, bot sich ihm ein einzigartiges Bild. Während ein paar Hundert Zuschauer auf den provisorischen Tribünen die Ritterkämpfe verfolgten, tauchte die tief stehende Sonne den Turnierplatz in blutrotes Licht. Norden wusste nicht, was ihn mehr faszinierte: die Farben des Himmels oder die bunten Zelte, Fahnen und Wimpel der Ritter und ihrer Knappen. Nachdem eben zwei der in ihren Rüstungen wie Roboter aussehenden Männer ihre Lanzen im *Tjost* miteinander gebrochen hatten, formierten sich jetzt neue Reitergruppen. Ein Herold kündigte als weiteren Höhepunkt der Ritterspiele den großen *Buhurt* an. Jeweils sechs Reiter, die einen mit blauen, die anderen mit roten Bändern gekennzeichnet, würden gleich, ihre Äxte und Schwerter schwingend, aufeinander zugaloppieren. Norden wusste, dass viele der kämpfenden Ritter eine Stuntman-Ausbildung absolviert hatten. Anders wäre es gar nicht möglich gewesen, eine solche Körperbeherrschung zu entwickeln, die Kämpfe so echt aussehen zu lassen und trotzdem zu überleben. Nachdem er seinen *Turnierzoll* bezahlt hatte, stellte er sich in den Schatten einer wuchtigen Uferlinde.

Die Stimmung auf den treppenartig aufgebauten und vollbesetzten Tribünen war ausgelassen. Es waren vor allem Familien, die dort nebeneinandersaßen, kaum Gewandete. Die schwitzten vor und in den Zelten, die ringsherum aufgebaut waren.

Anders als in der Altstadt waren hier neben den Zelten der Ritter fast ausschließlich Stände zum Essen und Trinken zu finden. Nur wenige fielen aus dem Rahmen. An einem konnten Väter und Mütter für ihre Kinder Schilder, Schwerter und Äxte aus Holz erwerben und in einem anderen wartete eine Wahrsagerin auf ihre Kundschaft. Während auf dem Turnierplatz die Gruppen nach dem Lanzenstechen aus den Sätteln gestiegen waren und zu Fuß gegeneinander kämpften, beobachtete Norden das Publikum. Keines der Gesichter kam ihm bekannt vor. Der *Buhurt* war immer noch nicht beendet, als Norden zum Zelt des Imkers ging und sich ein Horn Honigwein bestellte. Er hatte gerade bezahlt und sich wieder umgedreht, als eine Frau aus dem Zelt der Wahrsagerin trat und schnurstracks auf ihn zuging. Wenigstens hatte das für einen Moment so ausgesehen. Aber die Frau wollte nur zwei Kerzen kaufen und eine Flasche Met.

»Für den doppelten Durchblick.« Der Satz war Norden einfach rausgerutscht. Manchmal passierte ihm so etwas. Er hatte weder die Frau ansprechen noch provozieren wollen.

»Eher gegen die Mücken und die Langeweile«, sagte sie und musterte Norden gründlich. »War eine Schnapsidee von mir, mein Zelt neben Rittern und Vater-Mutter-Kind-Familien aufzubauen.«

»Dann legst du dir das nächste Mal vorher besser selbst die Karten oder was auch immer du machst, um die Zukunft auszutricksen.«

»Du bist wohl ein ganz Schlauer.« Die Frau zog die Nase hoch. »So einer hat mir gerade noch gefehlt.«
»Davon bin ich überzeugt«, murmelte Norden und wollte in die entgegengesetzte Richtung weggehen, als die Frau ihn umkurvte und sich ihm in den Weg stellte.
»Das nenne ich nun mal eine furchtbar blöde Art, jemanden kennenzulernen«, sagte sie und stemmte dabei eine Faust in die Hüfte.
»Wer will wen kennenlernen? Wenn das jetzt so rübergekommen ist, dann habe ich für heute schon zu viel getrunken. Ich entschuldige mich bei dir«, sagte Norden und verbeugte sich. »Lassen wir uns gegenseitig unsere Ruhe und genießen den Tag.«
»Was bist du denn für ein seltsames Exemplar?«, fragte sie und musterte ihn skeptisch.
»Sag du es mir. Oder brauchst du dafür erst deine Kugel?«
»Das ignoriere ich jetzt völlig«, erwiderte die Frau und kniff die Augen zusammen. »Wenn du so weitermachst, wirst du den Mann, hinter dem du her bist, niemals finden, das kann ich dir garantieren.«
Ohne eine Antwort abzuwarten, hatte sie sich umgedreht und war in Richtung ihres Zeltes losgegangen.
Norden schaute ihr hinterher. Netter Versuch dieser merkwürdigen Person, an neue Kunden zu kommen, überlegte er, während er den restlichen Inhalt seines Trinkhorns ausschüttete.
Glühwürmchen – Etwas Licht in ganz viel Dunkelheit, stand auf einem Holzbrett über ihrem Zelt. Daneben war ein langer, krummer Stiel in den Boden gerammt. Auf der oben quer verlaufenden Stange saß ein großer schwarzer Rabe und verfolgte jede seiner Bewegungen. Ich mache das jetzt nicht wirklich, dachte Norden, während er sich in Bewegung setzte. Die Frau war längst in ihrem Zelt verschwunden, als er es erreichte. Die einzelnen Stoff-

bahnen waren durchgängig braun gefärbt und die Form ihres Unterstandes erinnerte eher an ein großes Turnierzelt. Je näher Norden kam, desto unruhiger bewegte der Rabe seinen Kopf hin und her. Dabei verlagerte er sein Gewicht immer von einem Bein aufs andere. Boxer machten ähnliche Bewegungen, bevor der Gong den Kampf eröffnete oder wenn sie Schlägen auswichen. Der riesige Vogel wirkte auch wie eine Kämpfernatur. Knopfaugen, die einen misstrauisch fixierten, ein zerzaustes Gefieder und ein fleckiger Schnabel, der an einen benutzten Meißel erinnerte.

»Mit dir ist sicher nicht gut Kirschen essen«, murmelte Norden. Er war eben noch damit beschäftigt, die Entfernung zwischen dem Schnabel und dem Zelteingang abzuschätzen, als der Kopf des Vogels vorschoss.

Draußen jubelte das Publikum, als Norden das Zelt betrat. Dunkel war es hier und ein schwerer Duft hing in der Luft, harzig, süß und betörend. Die Frau saß auf einem großen Kissen und war gerade damit beschäftigt, die beiden Honigkerzen anzuzünden

»Du hast dich sicher verlaufen!«, sagte sie und vermied es dabei Norden anzuschauen. Dafür machte der das jetzt umso intensiver.

Draußen im Licht der untergehenden Sonne hatte ihn die Frau irgendwie irritiert. War ihr Haar eben noch fast vollständig unter einer Haube verschwunden, so trug sie es jetzt offen. Auch von dem kartoffelsackartigen Umhang war nichts mehr zu sehen. Stattdessen war darunter ein grünes eng anliegendes Kleid zum Vorschein gekommen, das ihre sehr weibliche Figur deutlich besser zur Geltung brachte. Nur ihre Stimme hatte nichts von ihrem kühlen Klang verloren.

»Tut es weh?«, fragte sie, ohne aufzuschauen.

»Dein gefiederter Freund hat mich nur an der Schulter erwischt«, antwortete Norden.
»Dann kann er dich leiden. Ist eben nur ein dummer und zu groß geratener Vogel, der nicht einmal singen kann«, sagte sie, während sie weiter mit den Kerzen herumhantierte.
»Ich will dich nicht lange aufhalten. Kann mir denken, was du von mir hältst – bei dem holprigen Start, den wir hatten. Ich würde trotzdem gern eine Sitzung buchen. Am liebsten jetzt gleich. Was würde das kosten?«
»Für unsymphatische Mittelalterfans, die sich hinter einer Gewandung verstecken, das Doppelte. Aber das kann ich erst sagen, wenn wir durch sind. Also starten wir mit dem Touristenpreis, und der liegt bei zehn Talern für zehn Minuten. Wenn du da weitermachst, wo du eben aufgehört hast, breche ich das ganze nach zehn Minuten ab und du zahlst den Zuschlag.«
Norden kratzte sich seinen Dreitagebart.
»Am liebsten würdest du auf der Stelle wieder gehen. Dein Testosteronschweiß verpestet gerade die Luft, die ich einatme.« Die Frau verzog Mund und Nase. »Aber du wirst bleiben. Du wirst dich mir gegenübersetzen, deine Hand in meine legen und aus dem Staunen nicht mehr herauskommen.«
»Dann bevorzugst du die klassische Methode.«
»Eine der vielen. – Im zweiten Schritt werfe ich die Runen.«
»Lassen wir es drauf ankommen. Soll ich den Zelteingang zuhängen?«, fragte Norden.
Kopfschüttelnd deutete die Frau auf das leere Kissen ihr gegenüber.
»Du scheinst die ungeschriebenen Regeln der Gewandeten auch nicht so ernst zu nehmen«, sagte Norden, dem es komischerweise unangenehm war, als die Frau nach seiner Hand griff.

»Wie kommst du darauf?«
»Zehn Minuten – Uhren sind doch eine der Todsünden der mittelalterlich Gewandeten, genauso wie Handys und Laptops.«
»Siehst du hier eine Uhr?«, fragte die Frau und ergriff auch noch Nordens andere Hand.
»Wahrscheinlich trägst du sie an einem Lederband um deinen Hals unter deinem Kleid.«
»Sei endlich still! Ich muss mich konzentrieren.«
»Musst du dazu nicht erst meine Hände umdrehen und dir die Innenflächen anschauen? Dich über kurze Lebenslinien auslassen und geheimnisvolle Geräusche machen?«
»Wenn du wirklich der Arsch wärst, der du die ganze Zeit über sein willst, warum schwitzen dann deine Hände so? Ist es, weil du Nähe fürchtest oder weil du spürst, was kommen wird?«
Norden schaute in das Gesicht der Frau, versuchte irgendetwas darin zu finden, das sie als Betrügerin entlarvte. Aber ihre Augen blieben geschlossen. Erst nach einer gefühlten Ewigkeit drehte sie seine Hände um, strich mit ihren Fingern über die Linien und Furchen darin und öffnete ihre kastanienfarbenen Augen.
»Und?«
»Was willst du hören?«
»Fang bitte mit dem Mann an, den ich nicht finden werde. Das wäre schon mal ein guter Start. Woher weißt du eigentlich, dass ich jemanden suche?« Die Frau hielt noch immer Nordens Hände fest.
»Das war nicht weiter schwer. Ich habe dich beobachtet, seit du auf dem Turnierplatz aufgetaucht bist. Wie gesagt: Es war keine gute Idee für jemanden wie mich, hier sein Zelt aufzubauen. Die Kinder wollen noch nichts über ihre Zukunft erfahren, die Männer dürfen nicht, weil ihre

Frauen es ihnen verbieten, und die Frauen haben wiederum viel zu viel Angst davor, dass sie etwas erfahren könnten, das lieber im Dunkeln bliebe.«

»Das erklärt aber noch nicht, warum du gesagt hast, dass ich den Mann hier nicht finden würde.« Nordens Blick rutschte von den Augen der Frau hinunter zu seinen Händen.

»Die Antwort auf meine Frage steht sicher nicht dort.«

Als hätte sie genug gesehen, zog die Frau ihre Hände unter seinen hervor und warf einen kurzen Blick auf ihre eigenen.

»Du scheinst verwirrt zu sein. Willst du jetzt noch die Runen werfen?«, fragte Norden.

»Nicht nötig. Ich habe auch so gesehen und gespürt, wer du bist. Du hast schon viel erlebt und deine Reise wird noch ziemlich lange dauern.«

»Ist das jetzt gut oder schlecht?« Norden versuchte ein Lächeln.

»Wer kann das schon wissen? Da ist eine Menge Dunkelheit um dich herum. Auch auf diesem Markt. Denke bloß nicht, dass deine Suche ungefährlich ist. Wenn du nicht aufpasst, nützt dir die längste Lebenslinie nichts. Schneller als du ein Foto geknipst hast, setzt Gevatter Tod seinen Fingernagel in deine Hand und durchkreuzt die Linien.«

»Das beantwortet immer noch nicht meine Frage.«

»Es bleibt beim Touristentarif und bei zehn Minuten.«

Norden nahm seinen Geldbeutel zur Hand und zog einen Zwanzigeuroschein heraus.

»Die Zulage ist dein Schmerzensgeld und dafür, dass du mir deinen Namen sagst.«

Die Frau musterte Norden.

»Den wirst du noch früh genug erfahren, so wie ich den deinen.« Sie stand auf und drückte ihren Rücken durch.

»Wenn du dich hierhinstellst und aus dem Zelteingang herausschaust, was siehst du dann?«

Norden war ebenfalls aufgestanden und kam jetzt mit seinem Kopf dicht neben das Gesicht der Frau.
»Den Eingang und das Kassenhäuschen.«
Die Frau nickte.
»Du bist heute erst mein fünfter Kunde. Der Mann, dem ich vor dir aus der Hand gelesen habe, wollte gerade das Zelt verlassen, als er dich gesehen hat. Ich stand hinter ihm, habe also dasselbe gesehen. Er blieb wie angewurzelt stehen und fragte mich, ob das Zelt auch einen zweiten Ausgang hätte. Faselte etwas vom Liebhaber seiner Frau und dass er dir jetzt lieber nicht begegnen würde. Er wüsste nicht, ob er sich beherrschen könnte, wolle nicht zum Mörder werden.«
»Also hast du ihm den Hinterausgang gezeigt.«
»Ich wusste, dass er log. Lediglich was seinen Hass anbelangt, da sagte er die Wahrheit.«
»Du hast aber nur aus einer seiner Hände gelesen.«
»Die andere hatte er unter seinem Umhang verborgen«, bestätigte die Frau. »War umwickelt. Er hatte Schmerzen, fragte mich, ob ich eine Tablette für ihn hätte.«
»Hat er gesagt, wo er hinwollte?«
»Ich habe ihm geraten, zum Rotkreuzzelt zu gehen. Er hat den Kopf geschüttelt. Also habe ich ihn zum *Kräuterhexchen* geschickt. Die Heilerin macht Tinkturen gegen fast alles. Hat ihr Zelt in einer Seitengasse, unweit vom Stand des *Bienenmelkers*. Aber das ist nun schon eine Weile her. Bald wird es dunkel und wenn er sich dann die Kapuze über den Kopf zieht, wirst du ihn niemals finden.«
»Ich danke dir.«
Die Frau schüttelte den Kopf.
»Das klingt nach Abschied. Unsere Geschichte hat noch nicht einmal angefangen. Du solltest gespannt sein. Steht alles in deinen Händen. Ist ein ganz schön dicker Wälzer, nicht nur eine hingekritzelte Kurzgeschichte.«

Norden atmete tief ein. Er würde etwas von dem Geruch in dem Zelt mit sich nehmen und vom Duft der Haut und dem Haar der Frau.

»Pass auf dich auf«, sagte er und war im nächsten Moment durch den Eingang verschwunden.

Die Antwort der Frau war nur geflüstert und blieb im Stoff der Zeltbahnen hängen.

KAPITEL **10**

Ein kühler Wind trieb Norden auf seinem Rückweg zur Altstadt an. Er trug ihm die Geräusche und Stimmen vom Ritterturnier hinterher, kämmte seine Haare und spielte mit den Unterkünften im Lager der Gewandeten. Norden warf einen kurzen Blick in das Zelt des Pfarrers und in sein eigenes. Deren Konstruktion war denkbar einfach. Ein Holzgestell wie ein auf den Kopf gestelltes V, eine darüber geworfene Stoffbahn und zwei weitere, die den Eingang und die Rückseite markierten. Mit dem Wind würden die Wolken kommen und mit ihnen der Regen. Man brauchte nicht viel Fantasie, um sich vorzustellen, wie rasch der unbehandelte Leinenstoff vor den nassen Tropfen kapitulieren würde. Aber vielleicht hatten sie ja auch Glück und der Wind war so schnell unterwegs, dass die Wolken keine Gelegenheit haben würden, um ihr tristes Chaos zu verbreiten.

Wie spät es wohl sein mochte? Zum ersten Mal bedauerte es Norden, dass er nicht irgendwo in seinem Gewand eine Uhr versteckt hatte.

Da dichte Wolken die Sonne verdeckten, war er aufs Raten angewiesen. Wenn er sich recht erinnerte, sollten die Ritterspiele am Wochenende jeweils von drei bis sechs Uhr nachmittags dauern. Nach seiner Schätzung musste es aber schon später sein. Vielleicht hatten sich die Ritter zu einer *Buhurt*-Zugabe hinreißen lassen.

Die Kinder und die Familienväter würden sie dafür lieben, die Mütter davon eher genervt sein. Desto später würden sie ihren Nachwuchs zu Hause abliefern können und desto weniger Zeit hatten sie, um gemeinsam mit ihren Männern den Abend in der Altstadt zu verbringen.

Norden nahm wieder die Abkürzung den Hang hinauf und war froh, als er wenig später den Haupteingang erreichte.
In den engen Gassen vermischte sich der Duft frisch gebrannter Mandeln mit dem deftigen Aroma von Gebratenem und Knoblauch.
Seine wachen Augen sprangen von Gesicht zu Gesicht und von Umhang zu Umhang. Als er an den beiden Kripobeamten in Zivil vorbeiging, zog er sich rasch die Kapuze seines mantelartig geschnittenen Überwurfs in die Stirn. Auch wenn der Mann und die Frau sich alle Mühe gaben, möglichst unauffällig unterwegs zu sein, erkannte Norden sofort ihre Funktion und ihren Auftrag. Wahrscheinlich waren an diesem Samstagabend neben uniformierten Polizisten noch erheblich mehr Beamte in Zivil unterwegs.
Norden überlegte, was er als Nächstes unternehmen sollte. Der Pfarrer war sicher noch unterwegs, mit oder ohne Maserati. Also würde er das Zelt der Frau mit den Tinkturen suchen und wenn er dieses endlich gefunden hatte, die Menschen, die davorstanden, im Auge behalten. Genauso, wie er ein Auge auf das Zelt der Seifensiederin haben wollte. Schmied hin, Schmied her – momentan war sie sicher allein. Norden würde es sich nie verzeihen, wenn dieser durchgeknallte Kleiderschrank von einem Mann bei seinem nächsten Überfall erfolgreicher sein würde. Er konnte später immer noch entscheiden, zu den Kollegen zu gehen und ihnen zu erzählen, was passiert war.
Er hatte gerade den Stand der Heilerin erreicht, als sich ein Mann in dunklem Umhang fluchtartig davon entfernte. Norden ging schneller, versuchte ihm zu folgen. Spätestens auf der Hauptstraße gab er diesen Gedanken wieder auf. Es waren zu viele Besucher, zu viele menschliche Hindernisse unterwegs.

Als er zu dem *Kräuterhexchen*-Stand zurückkehrte, sortierte die Frau darin eben ihre Auslagen neu.
»Man könnte meinen, da wäre ein Hund drüber gelaufen«, sagte er und half der Frau dabei, die in Unordnung geratenen Flaschen und Holzdosen neu zu sortieren.
»Nett von Ihnen, aber das müssen Sie nicht tun«, erwiderte die Frau und griff mit spitzen Fingern nach einer zu Bruch gegangenen Flasche. »Wer kann schon ahnen, dass der Mann so komisch reagiert, alles umschmeißt und davonrennt.«
»Warum hatte er es auf einmal so eilig?«
»Das ist es ja! Unterhält sich mit mir, spricht von Schmerzen und einer geschwollenen Hand – und zwei Minuten später reißt er mir das Fläschchen aus den Fingern, das ich ihm herausgesucht habe, und macht sich aus dem Staub. Natürlich ohne zu bezahlen und das Chaos, das er mit seinem Umhang angerichtet hat, darf ich auch noch wegmachen. Hoffentlich hat er noch mitbekommen, dass er keinesfalls mehr als zwanzig Tropfen auf einmal nehmen soll«, erklärte sie. »Eigentlich dürfte ich so etwas gar nicht frei verkaufen, aber ich bin Apothekerin. Studiert und mit Approbation.«
»Worüber hat der Mann geredet?«
»Warum interessieren Sie sich dafür?« Norden sah das frisch erwachte Misstrauen, das jedes Plauderton-Gespräch unmöglich machen würde.
»Ich bin Kriminalbeamter. Bin auf der Suche nach jemandem, der große Ähnlichkeit mit Ihrem letzten Kunden hat. Bin leider zu spät gekommen. Habe nur noch gesehen, wie der Mann weggerannt ist.«
»Und ich dachte schon, Sie würden sich wirklich für meine Tinkturen interessieren. So kann man sich täuschen.« Die Frau verzog den Mund. »Würden Sie mir bitte Ihren Dienstausweis zeigen! Ich sage sonst kein

Wort mehr. Nehmen Sie es nicht persönlich, daran sind nur Ihre Kollegen schuld – die vom Drogendezernat, meine ich natürlich. Nur weil ich früher mal hier und da ein paar Halme Hanf verbrannt und mit Fliegenpilzen herumexperimentiert habe, wollten sie mir gleich aus allem einen Strick drehen.«

»Sehe ich aus, als ob ich einen Dienstausweis dabeihätte? Außerdem bin ich nur Dozent beim LKA und in Urlaub bin ich obendrein.«

»Und warum dann der ganze Aufwand?« Der Blick der Frau wurde noch misstrauischer.

»Weil ich wohl wieder mal zur falschen Zeit ..., aber das ist mein Problem. Jedenfalls habe ich den Typen vorhin überrascht, wie er eine Frau überfallen hat. Deshalb tut ihm jetzt die Hand weh.«

»Verstehe. Kann aber trotzdem nicht weiterhelfen. Ich kannte weder diesen Menschen noch hat er irgendetwas gesagt, was Ihnen nützen könnte. Er hatte diese verzweifelten Augen und diesen entschlossenen Blick. Sie sollten es sich gut überlegen, ob sie ihm weiter auf den Fersen bleiben wollen. Vielleicht werden seine Schmerzen ja so schlimm, dass er einen Arzt aufsuchen muss oder ins Krankenhaus fährt.«

Mit diesem Satz schien das Gespräch für die Frau beendet zu sein und Norden verabschiedete sich.

Die Altstadt platzte aus allen Nähten. Bevor Norden zum verabredeten Treffpunkt ging, wollte er noch kurz beim Münzenschneider vorbeischauen. Der war gerade dabei, sich die Bretter mit der Ware auf den Rollstuhl zu packen und diese ins Zeltinnere zu räumen. Als er Norden erkannte, entspannte sich sein verkniffener Gesichtsausdruck.

»Ich hatte ›morgen‹ gesagt und dass dann die Schmuckstücke vielleicht ein paar Taler günstiger wären.«
Norden kramte das Taschentuch mit der Perle darin hervor.
»Habe ich nicht vergessen – aber ich hatte gehofft, dass ich heute wenigstens eine kostenlose Antwort von dir bekommen würde.«
»Kostenlos ist so ein garstiges Wort. Aber lass mal hören.«
»Ich möchte wissen, was es mit dieser Perle auf sich hat. Und weil ich bisher keinen anderen Schmuckhändler auf dem Markt gefunden habe, dachte ich, du könntest mir vielleicht helfen.«
Der Mann nahm die Perle und betrachtete sie ohne großes Interesse.
»Perlen und Edelsteine sind nicht so meine Sache. Ich kümmere mich lieber um Metall. Darf sogar Gold und Silber sein. Dieses Perlmuttzeug lenkt doch nur von wahrer Schönheit ab. Irgendwo beim Stand des Axt-Meisters ist das Zelt der Perlentaucherin. Verkauft zwar hauptsächlich Schmuck, aber der Name ist sicher kein Zufall. Die weiß bestimmt mehr über diese kleinen runden Dinger.«
Der Mann gab Norden die Perle zurück.
»Danke für den Tipp. Wünsche dir noch einen interessanten Abend.« Norden wollte eben weitergehen, als er sich noch einmal umdrehte. »Wo sind hier übrigens die Toiletten? Wenn ich mich recht erinnere, waren letztes Jahr irgendwo da vorn welche.«
»Gibt mehrere davon. Die, die du meinst, nenne ich die Peter-Lustig-Wagen«, antwortete der Mann grinsend. »Seitenstraße ist geblieben, nur 200 Meter in diese Richtung. In einem Innenhof. Letztes Jahr hat es ein Problem mit den Toiletten gegeben. Die Straße war abschüssig und die Wagen wohl schlecht gesichert. Einer hat sich selbstständig gemacht und ist mit kreischenden Frauen an Bord im nächsten Vorgarten gelandet. Sind halt umge-

modelte Bauwagen mit richtigen Reifen und dem ganzen Kram. Soweit ich weiß, ist weiter nichts passiert, aber das ist alles nur Hörensagen. Behinderte müssen sich auf mittelalterlichen Märkten eh andere Lösungen suchen.« Der Mann klopfte mit seinen Händen auf die großen Gummireifen seines Rollstuhls. »Ich schlafe zwar meistens in meinem Zelt, aber beim Duschen und den Toilettengängen bin ich Gast der Familie, vor deren Haus wir stehen. Anders würde es nicht funktionieren. Alles eine Frage der Möglichkeiten.«

Norden nickte. »Gute Einstellung. Wir sehen uns sicher morgen noch einmal.«

»Ich werde da sein. Rolle dir ganz bestimmt nicht weg. Du könntest aber auch rasch zum Toilettenwagen gehen und wenn du zurückkommst, trinken wir zwei Flaschen Bier. War ein erfolgreicher Tag für mich und du scheinst ein netter Kerl zu sein.«

Norden überlegte kurz. Der Platz war ideal. Zwischen Eingang und Bühnenpodest gelegen, hatte er den oberen Teil des Marktes im Blick. Wenn er sich auf seine Zehenspitzen stellte, würde er sogar den Torbogen des Weingutes sehen, vor dem er sich später mit dem Pfarrer treffen wollte.

»Klingt gut«, stimmte Norden zu.

»Dann hätte ich gern ein süffiges Dunkles, schön kühl und ruhig die größere Flasche. Habe hier hinten keinen Kühlschrank und ein Bier sollte nie warm sein.«

Als Norden auf der Höhe der Bühne angekommen war, betrat diese gerade ein bunter Haufen Männer und Frauen mit dudelsackähnlichen Instrumenten.

Norden fand die Musik auf den Mittelaltermärkten immer gewöhnungsbedürftig. Gleichförmige Klänge, die ohne Melodie auskamen, und Instrumente, die immer irgendwie nach Nasennebenhöhlenentzündung klangen.

Während er sich durch die Menge der Zuhörerinnen und Zuhörer schob, hatte er andere Musik im Kopf. Jazz, abgeschmeckt mit kubanischer Lebenslust. Aber das war eine andere Geschichte. Schon komisch, dass ihn das auch nach einem Jahr noch beschäftigte. Nachdem er den Innenhof mit den Toilettenwagen gefunden hatte, kaufte er auf dem Rückweg noch drei Halbliterflaschen Bier.

Der Münzenschneider saß hinter seiner leer geräumten Auslage.

»Es geht doch nichts über Menschen, auf die man sich verlassen kann«, sagte er und nahm eine offene Bierflasche in Empfang. »Wie soll ich mich mit diesem Monstrum durch die Menge quetschen? Da bin ich auf Hilfe angewiesen.« Er prostete Norden zu und nahm einen langen Schluck aus der Flasche.

»Was hast du vorher gemacht?«

»Du meinst, bevor ich zum Krüppel wurde? Pardon, zum Menschen mit einem Handicap.« Er runzelte die Stirn, als fiele es ihm schwer, sich daran zu erinnern. »Ich habe mal Kameramann gelernt, aber das ist schon über zwanzig Jahre her. Irgendwann meinte ich dann, dass ich das, was die da vor der Kamera ablieferten, mindestens genauso gut könnte. Also habe ich Schauspielunterricht genommen. Aber ich war doch nicht gut genug. Nur Prügelszenen hatte ich richtig drauf. Von der Ohrfeige bis zur Massenschlägerei. Das fiel auch einem der Dozenten auf und der schlug mir vor, in den Stuntbereich zu wechseln. Gute Stuntmen würden immer gebraucht.« Der Mann schüttelte den Kopf. »In Hollywood vielleicht. Jedenfalls bin ich dann bei den *Hasardeuren* gelandet. Wir waren die Attraktion auf Mittelaltermärkten, hatten bis zu hundert Vorstellungen pro Jahr. Wird gut bezahlt, aber das Risiko sitzt mit im Sattel. Mal bricht eine Lanze nicht an der Stelle, an der sie brechen soll, oder der Hengst, auf dem du sitzt, hat eine Stute in der Nase und ist nicht bei der Sache.«

»Und trotzdem kommst du nicht von den Märkten los?«

»Die haben mir doch nichts getan. Im Gegenteil. Die Nächte sind jetzt vielleicht nicht mehr ganz so lustig wie früher, aber ich habe auch so noch jede Menge Spaß. Und was machst du Spannendes?«

»Ich bin Besucher, aber kein Tourist. Händler oder Handwerker bin ich aber auch nicht. Ich habe noch einen ordentlichen Beruf in einem anderen Leben. Früher war ich mal Fotograf und habe Bilder gemalt. Die bleiben jetzt unentwickelt und ungemalt in meinem Kopf.«

»Dann brauchst du noch eine Flasche Bier«, sagte der Mann, während er seine eigene leer trank.

Norden schüttelte den Kopf. »Die andere ist noch für dich. Ich muss meine Sinne wachhalten.«

»Und ich dachte schon, die hättest du für deinen Begleiter reserviert. Wo ist der übrigens?«

»Kaviar kaufen und Bardolino.«

»Hätte ich das gewusst, hätte ich ihm vorhin keinen Sonderpreis gemacht.«

»Hat er aber verdient. Ist übrigens wirklich ein Pfarrer. Kannst du dir was drauf einbilden, dass er neben diesem gigantischen Holzkreuz um den Hals jetzt auch noch deinen Münzenanhänger trägt.«

»Dieses Segelschiff ist mir aber auch wirklich gut gelungen«, warf der Mann ein. »Weißt du, was es für eine Arbeit ist, diesen ganzen Kram drum herum auszubohren und auszusägen?«

»Kann ich mir vorstellen«, erwiderte Norden.

Während sie sich unterhielten, hatte er die ganze Zeit über die Menschen auf dem Platz beobachtet. Ein Feuerschlucker hatte zwischen zwei Musikstücken die Bühne betreten und zeigte seine Kunst. Der Mann verabschiedete sich mit der Ankündigung, dass die große Vorstellung um zehn Uhr abends beginnen würde. Dann wäre der Himmel die perfekte Leinwand für die Farben des Feuers. Gleich darauf begannen die Musiker von Neuem zu spielen.

»Ich sollte mich jetzt auf den Weg machen«, sagte Norden, nachdem er Pfarrer Klinger in der Menschenmenge entdeckt hatte.

»Kannst die leeren Flaschen stehen lassen. Kümmere ich mich später drum. Gehabet Euch wohl, edler Herr«, rief ihm der Mann im Rollstuhl hinterher. »Und küss mir nicht die falschen Frauen.«

Der Pfarrer hatte gute Laune und brachte Neuigkeiten mit. »Zuerst habe ich ein paar Kleinigkeiten eingekauft und dann zufällig im Handschuhfach des Wagens mein Handy gefunden. Sie brauchen gar nicht so zu gucken. Es war nur abgemacht, dass wir so etwas nicht am Körper tragen. Mein *Quattroporte* ist neutrale Zone. Jedenfalls habe ich ein bisschen herumtelefoniert. Und zwar mit den Zeitungsredaktionen in Mainz und Kaiserslautern. Sehr aufgeschlossene Menschen übrigens, auch an einem Samstagnachmittag. Der Mainzer Redakteur hat mir die Privatnummer von seinem Kollegen in Bad Kreuznach gegeben und der konnte sich sofort an mich erinnern. Wir beide haben ihm letztes Jahr nach dem Mord im Maisfeld dieses kurze Interview gegeben. So was vergessen diese Leute nicht. Jedenfalls habe ich ihm erzählt, dass wir jede Information über den Markt brauchen, die wir haben können.«

»Und?«

»Er hat mir eine Liste geschickt. Streng vertraulich natürlich. Stehen alle Marktteilnehmer drauf – mit Standnummer, Name und Adresse.«

»Gut. Und was wollte er dafür haben?«

»Informationen. Und ein neues Interview«, ergänzte der Pfarrer leiser werdend.

»Und wo ist die Liste?«

»Auf meinem Handy und das steckt in meiner Tasche. Sie sehen doch hoffentlich ein, dass unsere guten Vorsätze nicht aufrecht zu erhalten sind. Außerdem bin ich mit dem Mann so verblieben, dass wir ihn jederzeit anrufen können und er uns tatkräftig unterstützt.«

»Aus purer Nächstenliebe«, spottete Norden.

»Sie können sich doch bloß nicht entscheiden, was Sie tun sollen. Urlaub hin, Urlaub her. Wo gibt's denn so was. Da passieren zwei Morde fast direkt vor Ihrer Nase, und der Herr ignoriert mal eben seine Kollegen, zieht sich seine Kapuze über den Kopf und taucht unter. Also normal ist das nicht, wenn Sie mich fragen.«

»Wie gut, dass ich das nicht getan habe.« Seufzend schob Norden den Pfarrer durch den Torbogen in den Innenhof des Weinguts. Da war dieses Mal kein einziger freier Platz zu finden. Norden deutete auf einen im Schatten liegenden Brunnen.

»Gehen wir dorthin.«

Kaum hatten sie ihr Ziel erreicht, fuhr Norden mit gedämpfter Stimme fort: »Jetzt hören Sie mir mal zu. Von den Morden habe ich absolut nichts mitbekommen. Ich kannte keines der Opfer und hier sind mehr Kripoleute und Polizisten unterwegs, als es Perlen an einem Rosenkranz gibt. Ich finde es viel intelligenter abzutauchen, wie Sie das nennen, und unseren Instinkten zu folgen.«

»Die uns bisher was gebracht haben?«

»Einen Schlag gegen die Schläfe, eine Perle und einen verhinderten Mordanschlag. Nicht schlecht für eineinhalb Tage. Aber Sie haben recht. Uns läuft die Zeit davon. Morgen Abend werden die meisten Aussteller und Handwerker sicher noch den Markt genießen und erst am Montag ihre Zelte abbrechen. Dann werden sie sich auf den Weg zum nächsten Mittelalterspektakel machen. Auch der oder die Mörder werden das tun. Es sei denn, wir hindern sie oder ihn daran.«

»Dann sind Sie sich also sicher, dass unser Täter oder unsere Täterin einer der Händler oder Handwerker ist. Jemand, der tagsüber lockere Sprüche auf den Lippen hat, seine Ware präsentiert und nachts zum Meuchelmörder wird.«

»Ich hätte es jetzt nicht so theatralisch ausgedrückt – aber ja, das denke ich. Die beiden Morde waren durchdacht, nichts aus dem Affekt heraus. Niemand schleppt grundlos nachts eine Armbrust mit sich herum und beseitigt anschließend noch einen Zeugen. Jemand hat etwas zu verlieren, will weiterleben wie bisher. Unsere Seifensiederin weiß mehr, aber sie hat sich entschieden zu schweigen. Da müssen wir ansetzen.«
»Das übernehmen dann besser Sie. Vielleicht kommt Ihr Künstlercharme besser bei der Dame an als mein biederer Rationalismus. Sie haben immerhin noch eine Limonade gut. Wir können uns später im Zeltlager treffen. Ich habe dort einen Korb voller Köstlichkeiten für uns deponiert. Das Einzige, was ich vergessen habe, ist ein Flaschenöffner. Aber wir sind auf einem Mittelaltermarkt. Drücken wir die Korken halt in die Flasche. Dem Wein ist das egal. Hauptsache, er kann atmen.«
Norden zog das Taschentuch mit der Perle darin hervor. »Neben dem Stand des Waffenschmieds soll es eine Schmuckhändlerin geben, die sicher auch etwas über Perlen weiß. Vielleicht haben wir Glück. Idar-Oberstein, die Edelsteinhauptstadt, ist nicht weit weg. Zeigen Sie der Frau die Perle und fragen Sie sie, ob sie echt ist und was sie wert sein könnte.«
»Und anschließend?«
»Sollte Hochwürden tun, was er laut eigener Aussage am besten kann: zuhören. Mischen Sie sich unters Volk. Trinken Sie vorher ruhig noch ein oder zwei Schwarzbier, um lockerer zu werden. Sie sind ein Wanderprediger. Zwar ohne Tonsur, aber mit Holzkreuz um den Hals und leichtem Bauchansatz.«

Bevor der Pfarrer etwas erwidern konnte, hatte Norden ihn sitzen lassen. Die Stirn in Falten legend sah der, wie sich Norden durch eine neue Menschentraube schob, die gerade den Innenhof betrat.
»Auch wenn ich evangelischer Pfarrer bin, weiß ich, dass es fünfzig Perlen an einem gut katholischen Rosenkranz gibt – plus denen, die das Kreuz zieren«, murmelte er. »Ich glaube kaum, dass wirklich so viele Polizistinnen und Polizisten heute Abend hier auf dem Markt unterwegs sind. Hoffentlich ist das der einzige Punkt, bei dem sich der Herr Künstler irrt.«

KAPITEL 12

Langsam wurde es dunkel.
Überall brannten Feuerkörbe und Fackeln oder wurden gerade angezündet. Die meisten Aussteller hatten ihre Zelte und Stände noch geöffnet und einige von ihnen würden auch die Nacht darin verbringen. Kerzen in Holzlaternen warfen Inseln aus goldgelbem Licht auf die Ware. Der Stand der Seifensiederin machte da keine Ausnahme. Einziger Unterschied war, dass hier Laternen auch das Zeltinnere ausleuchteten. Während sich bei den angebotenen Seifenstücken helle und dunkle Flächen abwechselten, stand die Frau mit ihrem Kopf im Licht einer aufgehängten Laterne. Ihr Körper verschmolz mit der Dunkelheit.
»Komme ich ungelegen?«
Nordens Stimme schien die Frau aus einem Traum zu reißen.
Dafür wirkte ihr Lächeln umso wacher.
»Perfektes Timing«, sagte sie. »Ich wollte gerade die vorderen Laternen löschen und Tücher über die Seife legen. Das verschieben wir erst einmal. Komm zu mir ins Zelt. Ich hole uns etwas zu trinken.«
Norden nahm diesmal den offiziellen Weg. Alles duftete und roch nach Zitrone, Orange und den Gewürzen dieser Welt. Tagsüber war ihm das nicht aufgefallen. Umso überraschter war er jetzt von der Fülle der verschiedenartigen Gerüche. Er griff nach einem Seifenstück und roch daran.
»Willst du dir erst noch die Hände waschen oder lieber weiter versuchen, meinen Geheimnissen auf die Spur zu kommen?«

»Zimt – dieses Stück riecht jedenfalls kolossal danach. Und dieses andere riecht nach Jasminblüten.« Norden legte die Seife wieder aus der Hand.

»Du hast recht. Und die daneben nach Pomeranzen und die hintere Reihe ist nur für einheimische Düfte reserviert. Gänseblümchen und Löwenzahn, Ringelblume und Johanniskraut. Nimm dir nachher mit, was du willst. Aber jetzt trinken wir erst einmal unsere Limonade. Nach Sonnenuntergang immer mit etwas Hochprozentigem. Was passt heute Abend besser zu Holunder? Hagebutte oder doch lieber Himbeere?«

»Seife?«

»Schnaps, natürlich. Was meinst du denn. Ich verarbeite Unmengen Blütenköpfe und Beeren in meinen Seifen. Vieles gebe ich auch zum Brennen. Alkohol trägt hervorragend die Aromen. Alles in Parfüms oder Seifen zu geben, wäre pure Verschwendung«, sagte die Frau und präsentierte Norden zwei bauchige Steingutflaschen. »Ein kleiner Schluck macht aus etwas Besonderem etwas Einzigartiges.«

»Ich nehme das, was du nimmst«, entschied er.

»Also gut. Dann die intensive Himbeere. Ein guter Abschluss für einen ebensolchen Tag.«

Norden beobachtete, wie sie erst sich und dann ihm einen kräftigen Schluck aus einer der Steingutflaschen in den Becher schüttete. Der Moment gab ihm etwas Zeit, die Frau genauer zu betrachten. Auch wenn Kerzenlicht jedem Gesicht etwas Geheimnisvolles gab, so war das bei diesem ganz besonders der Fall. In dem Kleid mit dem unter den Brüsten geschnürten Laibchen steckte eine attraktive Frau. Ungeschminkt, das Haar zu einem Franzosenzopf geflochten, strahlte alles an ihr Ruhe und Souveränität aus.

»Wo sind dein Sohn und dein Partner?«

»Finn ist bei Roland. Die beiden sind sicher noch eifrig dabei, der männlichen Kundschaft den Unterschied zwischen einem Streitkolben und einem Streithammer zu erklären. Das ist für meinen Sohn natürlich viel interessanter, als seiner Mutter beim Aufräumen zu helfen.«

Norden gefiel die Frau, mochte, was sie sagte und vor allem, wie sie das tat.

»Hast du Kinder?«

Er schüttelte den Kopf. »Zu spät.«

»Das denkst du jetzt. Das kann sich ganz schnell ändern. Wie alt bist du und ganz wichtig, wie heißt du eigentlich?«

»Ulf, mein Name ist Ulf.« Den ersten Teil der Frage ließ er unbeantwortet.

»Ich bin Agnetha. Meine Mutter liebte wohl alles Schwedische. Mein Name hat aber nichts mit Popmusik zu tun, eher mit IKEA-Möbeln. Ich heiße wie eine Regalwand. Wie gut, dass ich kein Junge geworden bin.«

»Wir haben halt keine Wahl«, sagte Norden schmunzelnd.

»Mein Vater sagte, er hätte mich nach seinem Mentor in Sachen Archäologie benannt und meine Mutter, dass ich bei der Geburt wie ein kleiner Wolf ausgesehen hätte. Hatte wohl Haare auf den Schultern. Ich kann es mir also aussuchen.«

»Unsere Kinder sollten es sich aussuchen können, wie sie heißen wollen. Es sollte Pflicht werden, dass Eltern immer mindestens drei Vornamen eintragen lassen. Mit sechzehn dürfen sich die Jugendlichen dann entscheiden, mit welchem Namen sie für den Rest ihres Lebens gerufen werden wollen.«

»Netter Gedanke. Wie hast du das bei deinem Sohn geregelt?«

»Unspektakulär. Der heißt Finn. Hat keinen zweiten Vornamen. War der Wunsch seines Vaters.«

»Wie alt ist er? – Dein Sohn, meine ich.«

»Er ist sechs und er ist das Wichtigste für mich. Männer kommen und gehen. Kinder gehen zwar auch irgendwann, aber nie so ganz.«
»Und wenn ihr unterwegs seid, ist das euer kleines großes Reich.« Norden deutete auf den Zeltinnenraum mit seinen drei Schlafplätzen.
»Ja, hübsch überschaubar. Aber du kannst mir glauben, für uns ist es absolut groß genug. Für Finn ist jeder Mittelaltermarkt sein Zuhause. Er kommt nur zum Essen und Schlafen heim. Die meiste Zeit ist er natürlich bei meinem Freund. Wenn du dir noch einmal nachschütten lässt, wirst du beide kennenlernen.«
Das war das Stichwort für Norden. Er war nicht hergekommen, um ein nettes Gespräch zu führen oder zu flirten. Er wollte Antworten und die würde er nur bekommen, solange sie allein waren.
»Ich muss dich das jetzt fragen. Habe den ganzen Tag darüber nachgedacht, was heute Morgen hier passiert ist. Erst recht, als mir der Pfarrer erzählt hat, dass du die Polizei nicht eingeschaltet hast.«
»Du ja wohl auch nicht«, antwortete die Frau, beugte sich vor und warf einen Blick in seinen Becher. »Möchtest du noch etwas? «
Norden nickte.
»Das war nicht mein Job«, antwortete er. »Ich habe wieder und wieder über diese Szene nachgedacht. Das war keine Rangelei. Für mich sah es so aus, als ginge es wirklich um Leben und Tod. Und der Typ ist immer noch auf dem Markt unterwegs. Ich habe die Augen offen gehalten. Bin ihm vom Turnierplatz bis zum Zelt der Apothekerin gefolgt. Er drückt sich also weiter hier herum. Und ich glaube, du weißt, wer er ist und warum er das tut.«

Die Frau wich seinem Blick aus. Als sie antwortete, hatte ihre Stimme die Nüchternheit einer Händlerin, die einen Rabatt verweigert.

»Dann weißt du mehr als ich. Ich habe den Mann ja nicht einmal gesehen. Habe nur plötzlich seinen Arm unter meinem Kinn gespürt und seine Hand auf meinem Mund. Bestimmt hat der Typ unser Geld gesucht. Wir trauen nämlich keiner Bank, haben unsere Ersparnisse lieber immer dabei. Bisher ist auch noch nie etwas passiert.«

»Du solltest dein Glück nicht zu sehr strapazieren.« Norden wusste, dass ihr Gespräch in einer Sackgasse steckte. Bevor er sich erhob, trank er den Becher ohne abzusetzen aus. Die Frau war auch aufgestanden.

»Ich kann dich nur warnen«, sagte er. »Du solltest an deinen Sohn denken.«

»Warum soll sie das tun?«, fragte jetzt eine junge Stimme neugierig. Norden drehte sich um. Im gleichen Moment tauchte ein riesiger Schatten hinter ihm auf, der mit Baritonstimme zu sprechen begann:

»Du machst jetzt lieber keine falsche Bewegung, sonst wird dir meine Keule die Schulter brechen oder wenn du Pech hast, das Genick.«

Norden ließ sich von dieser Warnung nicht aus der Ruhe bringen.

»Du musst der aufgeweckte Finn sein und der Bär in meinem Rücken ist sicher dein zu groß geratener Freund, der Waffenschmied«, sagte er an den kleinen Jungen gewandt, der wie aus dem Nichts hinter dem Brett mit den Seifen aufgetaucht war.

»Lass gut sein, Roland, das ist der Mann, der mir heute Morgen geholfen hat«, beeilte sich die Frau das Missverständnis aufzuklären. »Nimm die Keule runter und lass meinen Gast in Ruhe. Nehmt euch lieber jeder einen Becher und holt euch den Rest der Limonade.«

»Du hast mich ganz schön erschreckt«, sagte Norden und zwinkerte dem Jungen mit dem flachsblonden Haar zu. »Das gilt übrigens auch für dich«, ergänzte er in Richtung des Mannes mit der wilden Mähne auf dem Kopf. »Deine Stimme hat selbst etwas von einem Keulenschlag, so dumpf und dunkel, wie sie klingt.«

Der Mann verzog keine Miene.

»Für mich klang das, was du Agnetha gesagt hast, wie eine Drohung und das erlaube ich niemandem. Trotzdem nichts für ungut. Ich muss mich noch bei dir bedanken, dass du heute Morgen so schnell reagiert hast.«

Der Mann war zu dem Krug mit der Limonade gegangen und füllte zwei Becher. Breit lächelnd drückte er einen davon dem Jungen in die Hand und streichelte ihm anschließend über den Kopf. »Wir passen jetzt nämlich noch besser aufeinander auf. Es treibt sich in letzter Zeit zu viel Lumpengesindel auf den Märkten herum.«

»Warum seid ihr dann nicht schon eher gekommen?«, fragte die Frau. »Ihr wolltet den Stand dichtmachen, sobald die Laternen angezündet werden.« Zum ersten Mal meinte Norden so etwas wie Unsicherheit in der Stimme der Frau zu hören.

»Es waren noch Besucher am Stand«, sagte der kleine Junge und der Hüne ergänzte: »Das Ritterturnier hat heute länger gedauert. Da sind noch Väter mit ihren Söhnen unterwegs gewesen. Und dann hat Hermine noch kurz vorbeigeschaut und uns beiden Männern einen Schlummertrunk mitgebracht.«

»Hoffentlich haben die Väter auch etwas gekauft«, warf die Frau ein.

»Du weißt doch, meine Ware findet selten gleich einen Käufer. Die meisten kommen am nächsten Tag wieder. Das ein oder andere Schwert wird schon noch seinen Besitzer wechseln.«

Das habt ihr scheinbar auch nötig, dachte Norden, der die Mimik der Frau für sich deutete.
»Verkaufst du auch Armbrüste?«, fragte er.
»Das hat mich die Polizei auch schon gefragt«, antwortete der Mann. »Normalerweise mache ich das, aber mein Lieferant hat mich hängenlassen.«
»Und die Bolzen oder Pfeile?«
»Das ist eine merkwürdige Geschichte. Ich hatte noch ein halbes Dutzend in einem Köcher. Gute Qualität. Aber die sind nicht mehr da. Es sind halt Beutelschneider unterwegs.«
»Und wer kauft die ganzen Sachen? Nur die Marktbesucher oder auch die Gewandeten?«
»Alle interessieren sich für Waffen, kaufen sie bei mir – oder bei meinem Kollegen. Hat sein Zelt unten am Turnierplatz. Verkauft dieses Jahr aber bloß Holzschwerter und Kinderbögen mit Gummistopfen auf den Pfeilen.« Der Mann gähnte und präsentierte dabei einen riesigen Mund mit entsprechend großen Zähnen darin.
»Auch wenn ich müde bin, hätte ich Lust, runter zum Zeltlager zu gehen. Was hältst du davon, Agnetha? Heute ist das große Lagerfeuer. Wir könnten Finn mitnehmen und noch etwas Vernünftiges essen.«
Die Frau und ihr Sohn schüttelten gleichzeitig den Kopf.
»Mir ist heute nicht danach.«
»Und ich schlafe heute Nacht bei Erik. Wir machen das immer so, wenn wir uns sehen. Er ist mein bester Freund.«
Norden nahm das zum Anlass selbst aufzubrechen.
»Die Limonade war großartig und was ich sagen wollte, habe ich getan.«
Wieder wich die Frau seinem Blick aus.

»Vergiss nicht, dir ein paar Stücke Seife mitzunehmen. Ich finde, das Wichtigste an einem Mann sind seine Hände. Ich würde es nie zulassen, dass mich ein Mann mit schmutzigen Händen berührt.« Sie griff nach einem Stück und roch daran.
»Hier, das ist die Zimtbaumseife. Die hatte dir doch vorhin gut gefallen. Probiere sie mal aus und wenn du morgen mehr davon willst, schneide ich dir gern auch noch ein größeres Stück ab. Kannst du dann selbst teilen, falls sie dir zu unhandlich ist.« Sie gab Norden die Seife. Als sie ihn dabei berührte, zog sie rasch ihre Hand wieder zurück.
»Darf ich mir noch etwas leihen?« Norden zeigte auf einen Korkenzieher, der zwischen Tellern und Tassen auf einem der Tische lag.
Die Frau nickte.
»Was machst du jetzt?«, fragte sie.
»Immer noch die Augen offen halten. Etwas essen und trinken und Freunde treffen. Vielleicht schaue ich noch kurz bei Hermine vorbei. Ihr scheint euch ja auch zu kennen.«
Die Frau schmunzelte versonnen.
»Jeder kennt Hermine. Ohne ihr *Mäuselabyrinth* wäre kein Markt komplett.«
»Du hast recht«, stimmte Norden zu. »Es tut immer gut mit ihr zu reden. Ich habe bloß viel zu viel zu tun für das bisschen Nacht. Und wenn ich nicht vor einem geschlossenen Zelt stehen möchte, muss ich jetzt losgehen.«
»Dann wünsche ich dir viel Spaß«, sagte die Frau und begleitete Norden zum Eingang ihres Zeltes, der jetzt ein Ausgang war.
»Ich werde auf mich aufpassen, schon um Finns wegen«, sagte sie.
Norden trat in die Gasse und wartete, bis sie wieder in ihrem Zelt verschwunden war.

KAPITEL **13**

Draußen lag Regen in der Luft. Die meisten anderen Händler in der Seitenstraße hatten mittlerweile ihre Zelte und Stände zugemacht. Norden ging zurück Richtung Festplatz und verfolgte aus der Ferne den Auftritt des feuerspeienden Akrobaten. Etliche Anwohner hatten ihre Fenster geöffnet und schauten mit den Armen auf den Fensterbänken liegend dem Spektakel aus sicherer Entfernung zu. Von da oben hatte man einen guten Überblick auf den Platz vor der Bühne, trotz der Dunkelheit. Er ließ seinen Blick von Fenster zu Fenster wandern. Mindestens in einem davon meinte er Menschen mit Ferngläsern zu sehen. Nachtsichtgeräte, wie sie Jäger benutzten und die Polizei. Hauptkommissar Bender war gewissenhaft. Dabei wusste er nicht einmal, nach wem seine Leute Ausschau halten sollten. Norden nahm sich vor, am nächsten Morgen den Kommissar aufzusuchen und ihm von dem Vorfall im Zelt der Seifensiederin zu berichten. Ganz egal wie der Chefermittler reagieren würde, Norden wusste, dass ihn sein eigenes Gewissen ewig und drei Tage quälen würde, wenn dieser Bärtige ein zweites Mal zuschlagen und dabei erfolgreicher sein würde. Der wackere Roland war sicher ein Bär von einem Mann, aber spätestens wenn er morgen die Augen aufschlug, würden sich seine Gedanken nur um Schwerter und Damaszenerstahl drehen.
Der Feuerschlucker bekam gerade seinen wohlverdienten Applaus, als Norden sich durch die Menge vor der Bühne schob, beobachtet von einem Nachtsichtgerät und zwei Augen, die sich in der Menge versteckten.

Der Abend war noch jung. Norden wollte langsam Richtung Haupteingang gehen und hatte extra den beliebtesten Weg eingeschlagen. Überall in der Gasse saßen oder standen die Menschen in kleinen oder größeren Gruppen zusammen. Die Stimmung war gelöst, die Gesichter, sofern sie nicht unter Gugeln und Mützen verdeckt waren, wirkten entspannt. Als er am Zelt des Baders vorbeiging, hörte er die dazu passenden Geräusche: Kichern, Raunen und Flüstern. Auch wenn nur wenige Fackeln das große Zelt beleuchteten, sah man auf Anhieb, dass viele blasse Leiber in der hölzernen Wanne saßen.
Er hatte das Zelt fast schon passiert, als ihn eine Stimme aus der Dunkelheit ansprach.

»Letztes Jahr bist du nicht so grußlos an mir vorbeimarschiert«, flüsterte sie und schob sich aus der Nische des Seitenzeltes.

Norden war überrascht stehen geblieben.

»Hallo, meine Lebensretterin«, antwortete er und schaute in das Gesicht der Frau des Baders. »Das würde ich nie tun. Jetzt weniger als vor einem Jahr. Du bist noch schöner geworden.«

»Und du lügst, du Schmeichler. Aber darauf bin ich letztes Mal schon reingefallen«, sagte sie und zog Norden in die Dunkelheit des kleinen Zeltes. Eine einzige Fackel erhellte den Tisch, auf dem der Bader sonst seine Gäste zu massieren pflegte. Im richtigen Leben war er Physiotherapeut gewesen, also verstand er etwas von dem, was er für 30 Taler die halbe Stunde anbot. Je später allerdings der Abend wurde, desto weniger Badende hatten Interesse an einer Massage. Deshalb war das Zelt der perfekte Platz zum An- und Ausziehen und für intimere Gespräche.

»Wie ist es dir ergangen, mein Schöner?«, fragte die Frau des Baders, während sie hinter sich die Zeltplane schloss. »Komm bloß nicht auf falsche Gedanken. Ich möchte nur ein paar Worte mit meinen Künstlerfreund wechseln, bevor er wieder das Weite sucht. Man könnte meinen, du hättest vergessen, was da zwischen uns war. Aber vielleicht war da ja auch gar nichts. Du hast letztes Jahr Trost gesucht und ich meine offene Ehe ausleben wollen. Ich habe mich mit meinem Mann ausgesprochen. Wir sind doch erwachsen – wenigstens tun wir so. Wenn du mich an jenem Wochenende gefragt hättest, ob ich mit dir weggehen würde, ich hätte es wahrscheinlich getan. Jetzt könntest du mich auf Knien anflehen und ich würde keinen Gedanken daran verschwenden. Ich liebe meinen Mann und er mich – auf seine Art. Es gibt keine anderen mehr für uns. Alles nur Illusion und Gaukelei. Das wollte ich dir jedenfalls sagen. Meine Tochter hat mir erzählt, dass du heute Vormittag bei uns warst. Habe dich leider verpasst und deshalb die ganze Zeit über die Augen offen gehalten. Jetzt habe ich erledigt, was ich erledigen wollte, und du darfst gehen, wenn du das möchtest«, sagte sie und strich sich die dunklen Haare aus dem Gesicht. Sie hatte sich auf den Massagetisch gesetzt und ihre Beine baumelten wie auf einer Schaukel in der Luft. Norden schaute zu ihr auf und griff nach ihrer Hand.

»Du hast mich überleben lassen. Du und noch eine andere Frau, aber die war nur für meinen Verstand zuständig. Ich hatte so ein schlechtes Gewissen, dass ich mich damals mitten in der Nacht davongeschlichen habe.«

»Ich weiß.«

»Du warst verheiratet.«

»Ich weiß.«

»Und ich wollte mich ablenken.«

»Ja, ich weiß.«

»Frauen bringen mir kein Glück.«

»Bei mir sind es die Männer. Aber so funktioniert das Spiel. Hast du jemanden?«

Norden schüttelte den Kopf. »Ich habe meine Gedanken. Meine Bilder. Irgendwann werde ich hoffentlich wieder lebendige Menschen denen auf dem Papier vorziehen.«

»Verstehe. Bist du auf der Suche?«

»Nach einem Mörder.« Norden zog die Hand der Frau zu seinem Mund und küsste ihre Fingerspitzen. »Du hast von den Armbrustmorden gehört? Das lässt mir keine Ruhe.«

»Du arbeitest immer noch für die Polizei?« Die Frau verzog den Mund. »Schmeiß das über Bord. Das bist nicht du. Kauf dir einen LKW voller Leinwände und Fässer voller Farbe. Du wirst die Welt nicht retten, also halte fest, was du siehst und fühlst. Nicht für dich, sondern für die,

die da kommen werden, für das Übermorgen also. Du bist ein Beobachter.« Jetzt zog sie seine Hand zu ihrem Mund und küsste sie. »Mein kleiner Wolf. Heule nicht den Mond an und klage darüber, wie schlecht die Welt da draußen ist. Die Welt ist gut, nur sind die Schlechten lauter als die Guten. Deine Frau ist tot und du hattest dich schon wieder in die Falsche verliebt. – Schwamm drüber. Deine Frau ist längst wiedergeboren worden und deine dunkelhäutige Kubanerin hat die nächsten beiden Männer abgeliebt. Nur du trauerst. Schluck deinen Kloß im Hals runter, trinke ein Fass dunkles Bier und lebe.«

»Ich muss dir unbedingt meinen Freund Klinger vorstellen. Er ist Pfarrer, aber er würde auch einer Buddhistin gefallen. Der Mann steht auf soliden Füßen in der Welt.«

»Du weißt, wir bleiben bis Montag. Dann geht es weiter. Was wirst du solange tun?«

»Immer noch einen Mörder jagen, anschließend wieder nach Mainz fahren und Normalität spielen. Aber bis dahin werde ich meine Leinwände bepinseln. Die in meinem Kopf, meine ich. Vielleicht kannst du mir dabei helfen. Was weißt du über die Tuchschneiderin, die in der Seitengasse durch einen Pfeil im Rücken starb? Ich habe schon deinen Mann gefragt, aber es kam mir so vor, als wollte er nicht so recht mit der Wahrheit rausrücken.«

»Sie ist letztes Jahr auf irgendeinem Mittelaltermarkt aufgetaucht. Dann auf dem nächsten und so weiter. Hat viel zugehört und viel herumgefragt. Die Frau hat ganz ordentliche Sachen genäht, aber wenn du mich fragst, war das meiste zugekauft. Diese Höschen mit den eingenähten Beuteln für Kräuter und Düfte gab es schon einmal. Ganz abgesehen davon, wie bescheuert ich diese Idee finde, war das trotzdem ziemlich clever. Hat viele davon verkauft. Meiner Meinung nach sollte eine Frau nach Frau duften und nicht nach Jasminblüten. Und eine Tuchschneiderin sollte nicht nur fertige Ware verkaufen. Sonst kann ich nichts Negatives über sie sagen. Vielleicht, dass sie etwas zu neugierig war.«

»Hatte sie Freunde?«

»Habe jedenfalls keine kennengelernt. Sie ist ein paarmal allein in den Zuber gestiegen. Wenn du mich fragst, war das keine von uns. Hatte sich extra eine Tasche in ihr Kleid genäht, nur um ihr Handy zu verstecken. Ich habe das selbst mitbekommen. Musste einmal ihre Sachen umräumen, weil die Tische anderweitig gebraucht wurden. Dabei brummte gerade ihr Telefon. Muss eine SMS gewesen sein. Ist ein absolutes Unding für Gewandete, aber das weißt du selbst.«

»Bin auch nur ein Besucher. – Aber einer, der sich wenigstens nicht verkleidet.« Norden schmunzelte, als er das sagte.

»Einer, der Herzen bricht. Zieh weiter, Ulf Norden. Und wenn du irgendwann einmal weißt, was du wirklich willst, oder wenn dich der Dreck auf deiner Haut juckt, dann darfst du wiederkommen.«

Die Frau des Baders war aufgestanden und zog Norden in ihre Richtung.

»Ich werde dich zum Abschied nicht küssen, das habe ich meinem Mann versprochen.«

Norden seufzte. »Lana, ich möchte dir sagen ...«

Die Frau schüttelte den Kopf.

»Such deinen Mörder. Bringe ihn zur Strecke und tue, was du tun musst. Wenn du Hilfe brauchst, weißt du, wo du mich findest.«

Sie schob ihn jetzt fast aus dem Zelt heraus, hatte dafür nicht einmal die Plane hochgehoben. Als er wieder auf der Gasse stand, fing es zu regnen an. Ein lautloser Sprühregen wie Schweiß, der vom Himmel fällt. Norden sah überall nur Wochenend-Gesichter und hörte gut gelaunte Stimmen, die murmelten und lachten.

Am liebsten wäre er jetzt zu seinem Zelt an der Nahe gegangen und hätte versucht, seine Gedanken zu sortieren. Aber dafür war später immer noch Zeit. Er hatte Hunger, wollte rasch noch einen Hanffladen essen. Also ging er Richtung Eingang und bog dann scharf links ab. Mehr und mehr Händler kapitulierten jetzt vor der Dunkelheit.

Als Norden das offene Zelt erreicht hatte, stand nur ein junges Paar Händchen haltend davor und nahm gerade die frisch frittierten Fladen entgegen.

»Einen Rustikalen«, bestellte er.

»Brutzeln Sie bitte gleich einen Zweiten«, ergänzte eine Frauenstimme in Nordens Rücken. Als der sich umdrehte, stand hinter ihm eine Händlerin, die es eilig zu haben schien. An Norden gewandt sagte sie: »Ich muss gleich noch mal zurück zu meinem Stand. Bin heute allein, aber das schert meinen Magen nicht. Hatte heute nur komplizierte Kunden«, ergänzte sie noch, als würde das alles erklären.

»Sie können meinen nehmen«, sagte Norden, in Richtung des Topfes mit dem tosenden Fett deutend.

»Auf die halbe Minute kommt es auch nicht an«, erwiderte die Frau und zog gleichzeitig ihren Geldbeutel aus der Tasche. »Schuld sind nur mein Mann und dieser komische Kauz. Der eine liegt zu Hause mit seiner Freundin im Bett und der andere fragt mich eine gefühlte Ewigkeit über Perlen aus, nur um dann doch nichts zu kaufen.«

Bei Norden meldete sich die Neugier.

»Man sucht sich seine Kundschaft nicht aus«, antwortete er betont beiläufig. »Vielleicht muss der Mann nur eine Nacht über alles schlafen und kauft Ihnen morgen dafür das Zelt leer.«

»Der doch nicht.« Die Stimme der Frau klang spöttisch. »Hat alles über Perlen wissen wollen und wenig später präsentiert er mir selbst ein traumhaft schönes Exemplar. Wenn Sie mich fragen, setzt er sich morgen an seinen Computer und stellt die Perle bei Ebay ein. Aber da wird er sich wundern. Für eine einzelne Perle kriegt er übers Internet nicht mal zehn Prozent ihres tatsächlichen Wertes. Ganz egal welche Farbe sie hat oder wie groß und perfekt geformt sie ist. Ich hätte ihm sicher mehr dafür geboten. Aber der Herr hatte kein Ohr dafür. Dabei hätte die Perle so gut in unsere *Goldkobold*-Kollektion gepasst. Alles Einzelstücke. Gibt es nur in unserem Ladengeschäft in Idar-Oberstein. Die Brosche oder der Anhänger, den wir um die Perle herum kreiert hätten, wäre sofort weg gewesen. Habe vor einigen Jahren ein ganz ähnliches Stück mit solch einer riesigen Perle verkauft. – Auch das fand sofort einen Käufer.« Die Frau kniff den Mund zusammen. »Na ja, neuer Tag, neue Chance«, sagte sie, nahm den Hanffladen, zahlte und ging wieder los.
Was mochte so eine einzelne Perle wohl wert sein?, überlegte Norden. Mit einem Smartphone hätte er die Antwort in weniger als einer Minute auf dem Display gehabt. So würde er darauf vertrauen müssen, dass der Pfarrer die passenden Antworten hatte.
Norden griff nach dem zweiten Hanffladen und verzichtete auf Saucen oder Puderzucker. Der Teig war auch so lecker genug. Vielleicht sollte er sich bei seinen Gedanken auch nur auf Wesentliches konzentrieren. Nichts durfte ihn ablenken. Zurück zu seinem Zelt zu gehen war vielleicht doch keine so schlechte Idee. In seinem Rucksack hatte er Block und Bleistifte mitgebracht. Eine Laterne gab es dort ebenfalls. Er konnte sich also Notizen und Skizzen machen.

Vorher wollte er noch kurz bei Hermine und ihrem Mann vorbeigehen. Zu seiner Enttäuschung waren die Laternen vor dem *Mäuselabyrinth* schon verloschen und die Planen heruntergelassen. Norden steckte seinen Kopf ins Zeltinnere und rief kurz: »Hallo?« Als er keine Antwort bekam, drehte er sich um und ging zügig Richtung Haupteingang. Gero liebte mittelalterliche Musik und als er jetzt die dudelsackähnlichen Töne von der Bühne hörte, konnte er sich denken, wo die beiden steckten. Auch das Zelt der Seifensiederin war jetzt verschlossen. Als Norden daran vorbeiging, fielen dünne Lichtstreifen daraus auf die Gasse. Auch wenn er es in der Vergangenheit viel zu selten erlebt hatte, genoss er die ruhigen Stunden nach dem Markttrubel genauso, wie die meisten der Handwerker und Händler das taten.
Norden passierte den Schlagbaum am Haupteingang, nickte den beiden uniformierten Polizisten zu und nahm die Abkürzung zum Zeltlager. Der Mond spiegelte sich auf dem schwarzen Fluss.

Im Zelt roch es nach Erde und der Hitze des Tages, als Norden jetzt auf allen Vieren hineinkroch. Er tastete im Dunkeln nach seinem Seesack. Nachdem er endlich die Streichhölzer gefunden hatte, zündete er eine Kerze in der Holzlaterne an und hing sie am Zeltsteg auf. Irgendwann würde der Pfarrer auftauchen, aber bis dahin konnte er seine Gedanken zu Papier bringen. Er fing damit an Fragen zu formulieren, große und kleine. War der gewaltsame Tod der Tuchschneiderin nun die Folge des Mordes an dem Mann im Käfig oder war es gerade andersherum? Waren die Bemerkungen der Frau im Zelt der Hellseherin nur Zufall? Anschließend begann er Gesichter und

Tatorte zu skizzieren. Als Pfarrer Klinger schließlich am Zelteingang auftauchte, hatte Norden seinen Bleistift schon mehrmals anspitzen müssen.

»Kommen Sie raus. Es hat aufgehört zu regnen. Die Nacht ist viel zu schön, um wie ein Konfirmand auf Abschlussfahrt den Kopf einzuziehen und sich in einem Zelt zu verstecken. Und lassen Sie ja diese Laternenfunzel hängen. Da vorn ist ein grandioses Lagerfeuer. Da setzen wir uns hin. Sie, ich und mein Jutebeutel voller Leckereien.«

Fünf Minuten später waren sie Teil der Menschen, die dort am Lagerfeuer saßen. Norden zählte fast dreißig Männer und Frauen, die ähnlich dachten und fühlten, wie der Pfarrer das tat.

»Hier ist es gut«, sagte der und breitete etwas abseits eine Decke auf dem Boden aus. »Wenn Sie mich nicht verpetzen, verrate ich Ihnen das Geheimnis dieser Decke.« Der Pfarrer begann zu flüstern. »Ist nur auf den ersten Blick ein nach historischem Vorbild gefertigtes Teil. Auf der Rückseite ist eine Thermoschicht und in der Mitte eine Folie eingearbeitet, damit keine Feuchtigkeit eindringen kann. So viel Fortschritt muss sein.« Der Pfarrer schaute sich noch einmal kurz um, bevor er sich setzte. »Möchten Sie ein Parmaschinken-Parmesan-Baguette oder lieber erst einen Schluck Barolo? Jeder hat seine eigene Flasche, weil ja Gläser irgendwie unpassend sind und ich mich weigere, diesen edlen Tropfen aus einem Kuhhorn oder Holzbecher zu trinken.«

»Sie sind ein Prinzipienreiter«, antwortete Norden und nahm die Sachen entgegen.

»Nur ein hoffnungsloser Genießer. Aber sprechen wir lieber über Sie. Wie haben Sie eigentlich Ihren Abend verbracht? Hoffe, dass Sie genauso erfolgreich waren wie ich.« Alles im Gesicht des Pfarrers strahlte vor Selbstzufriedenheit.

»Ich war bei unserer Seifensiederin, habe ihre beiden Männer kennengelernt und anschließend noch ein kurzes Gespräch mit der Frau des Baders geführt. Ach ja, und ich habe eine Schmuckhändlerin trösten müssen, die ein unverschämter Kerl mit Fragen über Perlen gequält hat, ohne etwas zu kaufen.«

»Das hätte ich morgen schon noch getan, aber jetzt werde ich das von meiner Liste streichen.« Der Pfarrer kniff die Augen zusammen. »Wäre ja noch schöner. Die Frau hat mich nicht gehen lassen wollen. Habe ihr wie besprochen die Perle präsentiert und die Dame war augenblicklich aus dem Häuschen. Wollte mir unbedingt ein Angebot dafür machen. Wenn Sie mich fragen, ist das eine knallharte Geschäftsfrau. Das Kopftuch und die Wickelschürze sind bloß Tarnung. Und ein Handy hat sie natürlich auch mit am Stand. Klingelte pausenlos, wenn auch leise. Das schien der Dame nicht mal was auszumachen. Aber hübschen Schmuck hat sie. So Klassiker für Marktbesucher eben. Spangen aus Silberdraht und Diademe mit kleinen Edelsteinen dran, solchen Kram. Aber alles, soweit ich das beurteilen kann, handwerklich gut gefertigt.«

»Und was hat sie über den Wert der Perle gesagt?«

»Das Beste kommt ja noch.« Der Pfarrer tat, als würde er sich umsehen, um abzuschätzen, wie laut er weiterreden konnte.

»Die Frau nimmt also die Perle und zaubert eine Lupe aus ihrer Schürze. Würde gern wissen, was da sonst noch alles drinsteckt. Jedenfalls murmelt sie etwas vor sich hin, das wie *extrem kleine Lochbohrungen* und wie *pink-rose und makellos rund* klingt. Als sie damit fertig ist, öffnet sie den Mund und kratzt mit ihren Zähnen über unsere Perle. Ich dachte schon, die sehe ich nie mehr wieder und die Dame schluckt sie herunter. Aber das passiert nicht. Sie lutscht sie sauber, trocknet sie ab und betrachtet sie anschließend im Taschenlampenlicht ihres Handys.«

Der Pfarrer schüttelte den Kopf und biss in sein Feinkost-Baguette. Mit vollem Mund sprach er weiter.

»Sie hat dann irgendwas von einem ganz besonderen metallischen Schimmer, einer außergewöhnlichen Größe und einem fairen Preis gemurmelt. Konkreter ist sie da nicht geworden. Ich hatte Angst um unser Beweisstück, also habe ich die erste Gelegenheit genutzt und ihr die Perle wieder abgenommen. Sie hat dann noch eine Weile herumgeredet und mich gefragt, wie lang denn die Kette sei, von der die Perle stamme.«

»Und zum Wert hat sie nichts gesagt?«

»Ich habe nur an ihre großen Zähne gedacht und an Kleopatra, die ihre Perlen in Essig aufgelöst haben soll, um auch von innen schön zu werden.«

»Und dann sind Sie abgehauen?«

»Mehr oder weniger. Aber zum Glück gibt es ja das Internet. Und da hatte ich die Antwort sofort. Wenn diese Perle wirklich einen Durchmesser von mehr als 10mm hat und so makellos ist, wie unsere Schürzenträgerin das meint, dann liegt ihr Wert bei vier- bis fünfhundert Euro.«

Der Pfarrer wollte gerade den Korken mit seinem Daumen in die Rotweinflasche hineindrücken, als Norden ihn davon abhielt.

»Das finde ich mindestens so eklig, wie Wein aus hohlen Kuhhörnern zu trinken«, flüsterte Norden. Mit der einen Hand nahm er dem Pfarrer die Weinflasche ab, während er mit der anderen den Korkenzieher aus seiner Umhangtasche zog. »Wenn wir das clever machen, sieht das kein Mensch.«

Der Plan ging auf. Die Frauen und Männer, die um das Feuer herumsaßen, hatten nur Augen und Ohren für sich, die Nacht und die fernen Klänge mittelalterlicher Dudelsackpfeifen.

»Wie wollen wir jetzt weiter vorgehen?«, fragte der Pfarrer, und bevor Norden antworten konnte, schob er gleich die nächste Frage hinterher: »Und was machen wir mit der Perle?«

»Alles der Reihe nach, Herr Pastor.« Norden setzte seine Barolo-Flasche an und ließ einen Schluck Wein in seinen Mund laufen. Er war überrascht, wie großartig er schmeckte. Auch ohne bauchige Glaskelche und Weinthermometer war das der beste Schluck Rotwein, den er seit Langem getrunken hatte.

»Morgen werde ich als Erstes einen der Kripo-Beamten ansprechen und fragen, wo ich den Hauptkommissar finde. Er hat sicher irgendwo auf dem Gelände sein provisorisches Büro eingerichtet. Dann werden wir zu diesem mysteriösen Haus zurückgehen und dort noch einmal einbrechen.

Wir nehmen uns die Zimmer im oberen Stockwerk vor und suchen die Böden ab. Wenn ich mir auch ziemlich sicher bin, dass wir keine weiteren 500-Euro-Perlen mehr finden werden, sollten wir noch einmal danach suchen. Und falls Sie fragen, warum ich das weiß: Nur eine Ahnung und zusätzlich die Gewissheit, dass bei wertvollen Perlenketten jede Perle aufwendig einzeln verknotet wird. Wenn die Kette reißt, fallen nur maximal ein oder zwei davon zu Boden.«

»Und bis dahin essen wir meinen Jutebeutel leer und Sie erzählen mir, was Ihnen die Frau des Baders so alles mitgeteilt hat.«
»Alles zu seiner Zeit, Hochwürden. Sie könnten vorher noch eine Mail an Ihren Freund bei der Zeitung schreiben. Mich würde es interessieren, wem das Haus in der Seitenstraße gehört. Es sollte für einen Pressevertreter eine Kleinigkeit sein, auch am Wochenende solche Dinge zu recherchieren.«
»Mein Handy liegt in meinem Zelt.«
Norden nickte. »Deshalb sollten wir erst in aller Ruhe diesen Wein genießen und anschließend jeder für sich weiterarbeiten. Ich werde morgen deutlich früher aufstehen. Das Gespräch mit dem Hauptkommissar ist wichtig. Ich habe immerhin den Mann gesehen, der die Seifensiederin überfallen hat. Vielleicht ist er ja auch unser Armbrustschütze.«
»Dann wird morgen ein richtig langer Tag für uns.«
»Der längste überhaupt«, stimmte ihm Norden zu. »Ein Tag ohne ausreichend Schlaf davor. Erst Montagmorgen ist alles vorbei – so oder so.«
Der Pfarrer stand auf, die halbvolle Flasche Wein in der Hand, und griff nach dem Jutebeutel. »Dann trinken wir Montagabend unsere nächste Flasche. Genau hier tun wir das. Auch wenn alle anderen dann schon abgereist sind und von diesem Feuer nur eine Handvoll Asche übriggeblieben ist.«
Norden war ebenfalls aufgestanden. »Nutzen wir die kurze Nacht vor einem endlosen Tag.«

KAPITEL 14

Die Nacht war seine Bühne. Es erregte ihn, wenn er lautlos wie eine Katze durch menschenleere Gassen schlich. Selbst bei Vollmond und wenn noch so viele Straßenlaternen brannten, blieben genug dunkle Inseln, um sich unbemerkt fortbewegen zu können. Zwischen zwei und fünf Uhr morgens war die beste Zeit für seine Ausflüge. Dann waren die Menschen, die noch wach waren, zu betrunken oder zu erschöpft, um etwas von dem mitzubekommen, was er so trieb. Anfänglich hatte er nur die Stille der Nacht, die kühle Luft und die Dunkelheit an sich genossen. Irgendwann hatte er dann damit begonnen, die Zelte und Stände zu besuchen, die über Nacht verwaist waren, weil diejenigen, die dazugehörten, im Zeltlager schliefen. Das war auf allen Märkten ähnlich. Wie ein Schatten hatte er sich zwischen Planen hindurchgeschoben und sich die Ware und die persönlichen Dinge der jeweiligen Standbesitzer angeschaut. Dabei hatte er rasch bemerkt, dass Letztere für ihn viel interessanter waren als die Auslagen. Schließlich war er kein gewöhnlicher Dieb, der von den Nachbarständen Ware stehlen wollte. Es waren die persönlichen Gegenstände, die ihn faszinierten. Umhänge und Überkleider, die tagsüber getragen worden und liegen geblieben waren und die noch den Duft der Trägerin verrieten. Halbvolle Metflaschen, aus denen am nächsten Tag wieder getrunken werden würde. Er kannte natürlich die meisten Händlerinnen, wusste, welcher hübsche Körper in den Stoff hineingeschwitzt hatte und welche Lippen die Flaschenöffnung umschließen würden. Das war schon gut, aber den richtigen Kick gaben ihm die Zelte, in denen die Markthändler auch die Nächte verbrachten. Zu mehreren oder auch allein. Diese größeren Zelte waren die wirklichen Herausforderungen gewesen. Ihnen galt seine volle Aufmerksamkeit. Das heißt natürlich nur dann, wenn es nichts Wichtigeres zu erledigen gab und wenn sich das Objekt seiner Begierde lohnte. Auch wenn er Frauen niemals wieder trauen würde, war er trotzdem ein Mann. Was gab es Schöneres, als einen nur spärlich bekleideten Frauenkörper im Dämmerlicht eines Zeltes zu betrachten. Die Nachtlager waren so unbequem, dass sich jeder Körper in den abstrusesten Positionen und Stellungen präsentierte. Im Laufe der Zeit hatte er abzuschätzen gelernt, wie tief der Schlaf der jeweils Schlummernden sein mochte. Die Atmung war der Schlüssel. Je leiser und flacher sie war, desto tiefer war die nächtliche Schlafphase. Seine Augen hatten sich immer rasch an die Dunkelheit gewöhnt. Aber es ging noch besser. Wenn Frauen allein schliefen, hatten sie im Zeltinneren häufig noch eine Laterne brennen; als würden ihn die Damen damit wie mit einem Leuchtturm zum Ziel führen wollen. Wenn dann noch eine leer getrunkene Metflasche neben dem Bett stand, war er am Ziel seiner Wünsche. Dann konnte er Decken anheben oder beiseiteschieben und Nachthemden zurückstreifen, Blicke auf Verborgenes werfen. Einmal hatte er sogar eine Frau berührt. Sie war davon aufgewacht und er hatte sich aus dem Staub machen müssen, ohne ein Andenken mitzunehmen. Dabei war das doch gerade das Wichtigste. Er nahm immer etwas mit. Am liebsten etwas, das so ganz und gar nach der Frau roch, die dieses Teil getragen hatte. So konnte er sich Frauen wieder nähern. Anders verachtete er sie nur. Das war nicht immer so gewesen. Jetzt schon. Heute Nacht würde er sich auch in ein Zelt schleichen. Aber dieses Mal würde es ein Kind sein, das seine Aufmerksamkeit verdiente. Und er würde gleich das ganze

Kind mitnehmen, nicht nur ein kleines Andenken. Die Frau würde freiwillig zu ihm kommen und er wusste, was er dann zu tun hatte.

KAPITEL 15

Als Norden am nächsten Morgen aufwachte, hätte er sich am liebsten gleich wieder auf die Seite gedreht und weitergeschlafen. Aber sein Rücken machte ihm einen Strich durch die Rechnung. Die fünf Zentimeter dicke, mit Baumwolle und Sisalfasern gefüllte Rollmatte mochte sich fest und gut anfühlen, als Matratzenersatz taugte sie aber wenig. Außerdem waren seine Gedanken schon viel zu aktiv. Also rutschte er zum Zelteingang und blinzelte in den Tag. Dünne Nebelschwaden krochen über die Uferböschung hoch Richtung Wiese. Das Rauschen des Flusses war die Hintergrundbegleitung für unzählige Vögel, die in den wuchtigen Bäumen ringsumher um die Wette zwitscherten.
Norden war verschwitzt, wäre jetzt am liebsten duschen gegangen. Er nahm sich ein Handtuch, das nach Zimt riechende Stück Seife, ein frisches Leinenhemd und kletterte aus dem Zelt. Es war noch früh – wenigstens so früh, dass außer ihm und ein paar anderen Gestalten kaum jemand auf den Beinen war. Hier ging ein Mann mit einer Angel in der Hand zum Fluss, da kam eine Frau mit einem Eimer voll Wasser in entgegengesetzter Richtung zurück. Auch Norden machte sich auf den Weg zur Nahe. Obwohl es ihn einige Überwindung kostete, zog er sich aus und stieg ins Wasser. Es war klar und kalt und die Strömung doch nicht so harmlos, wie er gedacht hatte. Rasch seifte er sich ein, nur um im nächsten Moment unterzutauchen. Wieder am Ufer angekommen, war er klitschnass und hellwach. Als er seine Sachen ins Zelt warf, fiel sein Blick wieder auf das *Karfunkel*-Heft, das ihm die Frau vom *Mäuselabyrinth* gegeben hatte. Zusammen mit ein paar anderen Dingen steckte er das Heft in einen Beutel

und warf ihn sich über die Schulter. Norden wollte gerade Richtung Altstadt losziehen, als im Nachbarzelt der Handywecker des Pfarrers klingelte. Kurz darauf tauchte sein übernächtigtes Gesicht auf.

»Es ist erst sieben Uhr, Norden! Ihren Eifer in allen Ehren, aber man kann alles übertreiben. Habe gestern Nacht die Mail geschrieben und mindestens noch zwei Stunden im Internet recherchiert. Jetzt weiß ich alles über den Markt, die Stadt und ihre Bewohner.«

»Sie können später nachkommen, *Monsignore*. Der Hirsebrei war eh nicht Ihr Fall. Ich gehe jetzt frühstücken und anschließend suche ich den Hauptkommissar. Sie können in der Zwischenzeit noch einen Blick in dieses Heft werfen. Gehörte dem Mordopfer. Ist vom letzten Jahr. In der Mitte ist ein Vorschau-Kalender mit den wichtigsten Mittelaltermarktterminen. Unsere Tuchschneiderin hat im Kalender einige Tage mit Kreuzen und Zahlen markiert. So weit bin ich heute Nacht gekommen. Dann sind mir die Augen zugefallen. Da hat Hochwürden nebenan schon seit Stunden laut und vernehmlich geschlafen.«

»Den einen gibt's der Herr ...«

»... Und die anderen müssen wach bleiben«, änderte Norden das Zitat und gab dem Pfarrer das Heft. »Vielleicht werden Sie schlau daraus.«

Die Nacht, der Alkohol, das Wetter, die Atmosphäre, wahrscheinlich hatte alles zusammen auf dem Markt seine Spuren hinterlassen. Erst allmählich kehrte das Leben in die Altstadt zurück. Doch der *Volle Bauch* hatte schon geöffnet. Der Topf mit dem Hirsebrei über dem Feuer und die Schale mit dem Honig waren noch so gut wie voll. Während Norden im Stehen frühstückte, waren seine Augen noch etwas wacher als sonst. Er hielt nach

Polizisten und Kripo-Beamten Ausschau, nach Uniformierten oder denen in Zivil. Als er seine Schale ausgelöffelt hatte, fragte er den Mann im Imbissstand nach ihnen. »*Machn ihrn Rundgang. San east kuaz bevoa du aufgetaat bisd losgegangn. Müssdn boid wieda do sei*«, antwortete er im besten bayrischen Dialekt.

Norden überlegte gerade, ob er in der Zwischenzeit etwas anderes erledigen könnte, als der Bereitschaftspolizist und seine Kollegin die breite Hauptgasse herunterkamen. Norden ging auf sie zu und stellte sich vor. Er fragte nach Hauptkommissar Bender und beantwortete die skeptischen Blicke der Beamten auf seine Art.

»Ich arbeite für das LKA. Einen Dienstausweis habe ich nicht dabei.« Er deutete auf Leinenhemd und Hose. »Kein Handy, keinen Pass und keinen Führerschein, nur eine ehrliche Haut unter kratzendem Stoff.«

Während die Polizistin ihn weiterhin ernst musterte, entspannte sich das Gesicht des Polizeiobermeisters.

»Am besten gehen wir gemeinsam zum Büro vom Kripo-Chef. Ich bin jetzt schon auf sein Gesicht gespannt, wenn Sie sich ihm vorstellen. Er hat's nicht so mit dem ganzen Kostüm-Trallala.«

»Ich muss mich nicht vorstellen. Der Kommissar kennt mich. Wir haben schon zusammengearbeitet.«

»Dann bin ich erst recht gespannt, wie er reagiert. Meiner Ansicht nach hält er alle Typen auf dem Markt für Spinner. Könnte lustig werden!«

Ein Polizist mit Humor, dachte Norden, sagte aber nichts und folgte den beiden.

Die Kripo hatte ihr provisorisches Büro in einer leerstehenden Straußwirtschaft eingerichtet.

»Wahrscheinlich das einzige Weingut, das über den Mittelaltermarkt geschlossen hat. Der Besitzer hat letztes Jahr im Lotto gewonnen und wohnt jetzt in einer Finca auf Mallorca«, erklärte der Polizeiobermeister.

Schon nach dem ersten Klopfen öffnete Hauptkommissar Bender die Eingangstür. Entweder hatte er schlecht oder gar nicht geschlafen, denn sein Gesicht war grau und dunkle Ränder unter den Augen betonten die Tränensäcke.

»Hol mich der Teufel! Norden, was machen Sie denn hier und noch dazu in diesem Karnevalskostüm? Ist schon wieder ein Mord passiert und man hat vergessen, mir Bescheid zu sagen?« Der Kommissar trat einen Schritt zurück und legte die Stirn in Falten. »Aber dann hätten Sie nicht diesen Lumpenumhang an. Haben Sie nicht Urlaub?«

Der Hauptkommissar hatte den beiden Polizisten zugenickt und ihnen die Tür vor der Nase zugemacht. Er schob Norden in das Zimmer, in dem sein Laptop, sein Handy und seine Dienstwaffe lagen.

»Das ist nicht meine Welt«, sagte er seufzend und deutete auf einen der Stühle. »Setzen Sie sich und dann sagen Sie mir irgendetwas Erfreuliches. Dass der Mörder sich gestellt hat, oder dass heute eigentlich schon morgen ist und ich diesen Sonntag verschlafen habe. Sie können sich nicht vorstellen, was das für ein Alptraum ist. Ein frei herumlaufender Mörder auf einer Festveranstaltung, nennen wir diesen Zirkus einmal so, der zwei Mal zugeschlagen hat. Und der Markt soll trotzdem weitergehen, als wäre nichts geschehen. Noch dazu, wenn sich alle kostümieren, wie Narren benehmen und bewaffnet sind. Der Mann und die Frau sind mit Armbrustbolzen erschossen worden. Die Leute tragen auf solchen Festen Schwerter und Streitäxte wie normale Menschen Regenschirme und Handtaschen. Aber da bin ich konsequent geblieben.

Wenn sie schon nicht den Markt absagen wollten, habe ich wenigstens durchgesetzt, dass keine Schuss-, Hieb- und Stichwaffen getragen werden dürfen. Das Risiko war den Herren der Kreisverwaltung dann wohl doch zu hoch. Jetzt wird an den Eingängen nicht nur Eintritt kassiert. Trotzdem klappt das nicht immer. Gestern ist mir ein Römer in einer Seitengasse begegnet. In voller Montur mit Speer, Schwert und Federhelm. Ich muss dankbar sein, dass noch keine Köpfe abgeschlagen wurden. Wenn es nach mir gegangen wäre, hätte ich den Markt abgesagt. Aber der Herr Verbandsbürgermeister und jemand in Mainz waren der Meinung, dass wir das nicht machen können. Wegen der wirtschaftlichen Bedeutung für die Stadt und den Fremdenverkehr, blablabla. Aber das wissen Sie natürlich längst.« Abrupt hielt der Kommissar inne. »Andererseits, woher sollten Sie das wissen? In den Zeitungen steht noch nichts davon und man hat mir gesagt, Sie hätten Urlaub. Hatte Sie beim KT[2] angefordert und Ihr Büro sagte mir, dass Sie eine Woche abgetaucht wären.« Die Blicke des Kommissars wanderten von Nordens Leinenhemd bis zu seinen Stulpenstiefeln und zurück. »Sie sind auch einer von diesen Gestörten.«

»Gewandeten«, korrigierte Norden. »Und gestört sind die wenigsten von ihnen. Alternativ, das ganz bestimmt sogar. Verspielt und etwas naiv, höchstwahrscheinlich. Aber die meisten sind liebenswerte Tagträumer, Aussteiger und ganz selten aggressiv.«

»Und wie erklären Sie sich dann unsere Toten?«

»Kann ich nicht. Dazu weiß ich auch nicht genug über die Opfer.«

»Was wissen Sie überhaupt?«

2 Abteilung Kriminalwissenschaft und -technik des LKA Rheinland Pfalz

»Die Frau in der Gasse war eine von den Gewandeten, der Mann im Käfig jemand vom Organisationsteam. Als ich es mitbekam, habe ich damit begonnen mich umzuhören. Niemand kann sich einen Reim darauf machen. Alle sind entsetzt, dass so etwas passiert ist.«
»Seit wann verbringen Sie eigentlich Ihren Urlaub bei diesem kunterbunten Haufen?«, fragte der Hauptkommissar.
»Bin am Donnerstag angereist. Habe mein Zelt unten am Naheufer und um die Frage dahinter zu beantworten: Nein, ich habe nichts Verdächtiges gesehen oder gehört, außer einem Vorfall, der gestern passiert ist. Das ist auch der Grund, warum ich heute Morgen hier bin.«
»Dann lassen Sie mal hören.«
Norden erzählte so ausführlich wie nötig davon, dass er niedergeschlagen worden war, und von dem Überfall auf die Seifensiederin.
»Ich bin davon ausgegangen, dass die Frau die Polizei alarmieren würde, aber das hat sie nicht getan. Heute Nacht habe ich eine Zeichnung von dem Angreifer gemacht.« Er griff nach seinem Beutel, zog den Skizzenblock hervor und riss eine Seite ab.
»Wenn Sie Kopien machen lassen und diese verteilen, sollte es möglich sein, den Mann zu finden. Noch dazu, wo er kaputte Finger hat. Ob dieser Mensch allerdings überhaupt etwas mit den Morden zu tun hat, steht in den Sternen.«
»Das wird die Ermittlungsarbeit zeigen.« Die Stimme des Kommissars war deutlich sachlicher geworden.
»Ist das auch der Mann, der Ihnen eine verpasst hat?«
Norden zuckte mit den Schultern. »Kann sein, kann auch nicht sein. Habe nur einen Schatten gesehen.«
»Sie hätten mich trotzdem gleich informieren müssen. Sie sind einer von uns.«

Nordens Blick hielt dem des Hauptkommissars stand. »Mag sein. Ich glaube aber nicht, dass Außenstehende diesen Fall schneller lösen können als jemand, der von den Handwerkern und Händlern akzeptiert wird. Sie haben recht, die Gewandeten sind anders. Seien Sie froh, dass Sie einen Verbündeten haben.«

Der Kommissar war aufgestanden und zu einem der Tische gegangen. Als er zurückkam, hielt er einen Schnellhefter in der Hand.

»Diesen Verbündeten hatten wir schon.« Er warf die Mappe auf den Tisch. »Bettina Schirner war eine von uns. Die Tuchschneiderin war nur eine Scheinidentität. Sie war vom Dezernat 23 und arbeitete schon seit geraumer Zeit als verdeckte Ermittlerin.«

»In welcher Sache?«

Der Kommissar zögerte mit der Antwort.

»Menschenhandel. So genau weiß ich das selbst noch nicht. Auch wenn wir und das Dezernat 23 uns gegenseitig in die Fenster gucken können, sind die Köpfe oft wie vermint.«

»Dann war der Mann in dem Eisenkorb also nur ein zufälliger Zeuge, der mundtot gemacht werden musste.«

»Sieht so aus. Habe den kleinen Dienstweg bemüht, um an ein paar Informationen zu kommen. Es geht wohl vor allem um die Stuntmen, die hier auftreten. *Hasardeure* heißt die Gruppe. Ein gemischter Haufen. Alle zusammen mehr als hundert Leute. Viele kommen aus dem Osten – von sehr weit aus dem Osten. Und es sind nicht nur raue Männer, die Ritter spielen. Es tauchen auch immer wieder sehr junge Mädchen auf. Im Tross der Rittergruppen, heißt das wohl. Viele der Mädchen

verschwinden unterwegs. Wo sie wieder auftauchen, können Sie sich vorstellen. Haben nie Ausweispapiere dabei, sprechen kaum unsere Sprache.«
»Und warum hatte die Tuchschneiderin ihren Stand nicht unten am Turnierplatz?«, überlegte Norden laut.
»Da kann ich nur spekulieren. Vielleicht stecken die wahren Drahtzieher bei den Händlern und Handwerkern, oder unten im Turnierlager war einfach kein Platz mehr. Ihr Schlafzelt hatte sie jedenfalls direkt an der Grenze zum Lager der Ritter aufgeschlagen.«
»Und wenn es nun noch jemanden gibt, der undercover ermittelt?«
»Daran habe ich natürlich auch schon gedacht, aber unsere Kollegen mauern. Haben angekündigt, dass sie heute jemanden herschicken würden.«
Norden begann die Fakten für sich zu sortieren:
»Unten gibt es nur eine Handvoll Händler und ein paar Zelte für den Bauch. So nennen das wenigstens die Gewandeten. Das Lager der Rittergruppe hat viele Schlafzelte. Hundert Leute können das ohne Weiteres sein. Ich habe gestern nur einen kurzen Blick auf den Turnierplatz geworfen. Da laufen jede Menge Gewandete herum. Männer und Frauen, junge und ältere. Die einen sind als Fußsoldaten unterwegs oder kümmern sich um die Pferde, und die anderen sind für die Zelte, das Essen und die Feuer zuständig.«
»Finsteres Mittelalter eben«, sagte der Ermittler, den Kopf schüttelnd. »Was ist daran bloß so spannend, alles hinter sich zu lassen, den Stecker zu ziehen und in fremde Rollen zu schlüpfen?«
»Die Antwort haben Sie sich gerade selbst gegeben, Herr Kommissar. Was ist befreiender, als den Stecker zu ziehen?«

»Sie sind eben auch ein Spinner.« Der Hauptkommissar stöhnte. »Nichtsdestotrotz können Sie uns helfen. Am besten trommele ich jetzt alle Fußstreifen zusammen und wir machen das mit Ihrer Skizze so, wie Sie es vorgeschlagen haben. Anschließend gehe ich zum Zelt der Frau, die überfallen worden ist. Mal sehen, welche Ausreden sie für mich parat hat.« Der Kommissar griff nach seinem Handy und tippte eine Nummer ein. Norden nutzte die Gelegenheit, um aufzustehen.

»Ich mache mich dann auf den Weg.«

»Um was zu tun?« Hauptkommissar Bender beendete seinen Rundruf, bevor der begonnen hatte. »Ich erwarte von Ihnen regelmäßige Kontaktaufnahme. Glauben Sie ja nicht, dass ich Sie wieder in den Urlaub abtauchen lasse. Uns bleibt nicht viel Zeit.«

»Das weiß ich, Herr Kommissar. Morgen Mittag sind alle Zelte verstaut und die Leute machen sich auf den Weg zu den nächsten Märkten. Aber wie stellen Sie sich eine Kontaktaufnahme vor? Ich habe nicht mal ein Handy dabei. Lassen Sie mich mein Ding machen und machen Sie Ihres. Sobald ich eine Spur habe, werde ich mich bei Ihnen melden, das verspreche ich Ihnen.«

»Warten Sie.« Der Kommissar hatte ein Stück Papier abgerissen und hastig etwas darauf notiert. »Nur für den Fall, dass Sie meine Handynummer brauchen. Könnte ja sein, dass Sie unterwegs jemanden Normales treffen, der so ein teuflisches Mobiltelefon dabei hat.«

Norden steckte den Zettel ein. Auch wenn er die Sache mit der Perle nicht erwähnt hatte, hatte er nicht das Gefühl, eine wichtige Information zu unterschlagen. Er wollte nur keine Zeit mehr verlieren.

»Essen Sie eine Schale Hirsebrei mit Honig und Haselnüssen«, sagte er im Flur stehend. »Beruhigt die Nerven.«

Der Hauptkommissar verdrehte die Augen und drückte die Wahlwiederholungstaste seines Handys.

KAPITEL 16

Als Norden die Eingangstür hinter sich zuzog, fegte gerade eine Windböe durch die schmale Gasse. Das Wetter würde schlechter werden. Am Himmel waren dichte Wolken zu sehen. Reflexartig schaute Norden auf sein leeres Handgelenk und entschied, dass es nicht mehr zu früh für einen Besuch war. Er wollte die Seifensiederin wenigstens vorwarnen und Fragen an sie hatte er auch noch. In den Gassen der Altstadt waren viele der Händler und Handwerker damit beschäftigt, ihre Zelte für den wichtigsten Markttag des Wochenendes herzurichten. Hermine hatte ihm gesagt, dass sonntags so viel verkauft würde wie an allen Vortagen zusammen. Deshalb war gutes Wetter so wichtig und jeder etwas früher am Aufbauen. Auch in der Gasse der Seifensiederin war das so – nur ihr eigenes Zelt machte eine Ausnahme. Als Norden es erreichte, war der Freund der Frau gerade damit beschäftigt, die erste Plane zu öffnen. Sein unrasiertes Gesicht zwischen den Zeltbahnen wirkte mürrisch.

Das verstärkte sich noch, als er Norden sah.

»Alle ausgeflogen«, sagte der Mann und die Art, wie er es tat, zeigte, was er davon hielt. »Bin eben erst aufgewacht. Kann jetzt alles alleine machen.«

»Und wo sind die beiden?«

»Weiß der Teufel. Vielleicht Essen holen oder zum Toilettenwagen oder auf die nächste Blumenwiese und Gänseblümchen pflücken, weil die vor einem Gewitter ganz besonders gut duften«, versuchte der Mann Agnethas Stimme nachzumachen. »Wer weiß schon, was in dem Kopf der Dame vor sich geht.« Er kratzte sich am Kinn. »Ich werde Agnetha nie verstehen.«

Mittlerweile war das Zelt offen und der Holztisch darin wartete auf neue Ware.
»Das Rausräumen kann die Gute selbst erledigen. Ich habe immerhin ein doppelt so großes Zelt herzurichten und meine Ware ist ein bisschen schwerer als Seifenstückchen.« Der Mann verschwand im Inneren des Zeltes, nur um Augenblicke später mit Umhang und Beutel wieder herauszutreten. »Es ist helllichter Tag, da wird meinem Rosenblättchen schon nichts passieren«, schien er sich selbst beruhigen zu wollen. »Ich muss los. Wenn doch nur diese verdammten Kopfschmerzen weg wären.«
Norden schaute dem Mann hinterher, der mit großen Schritten die abschüssige Straße hinuntereilte. Ein Kind im Körper eines Bären. Anstatt nur herumzustehen, trat Norden hinter den Holztisch und warf einen Blick ins Zelt. Alles sah so aus wie gestern Abend. Auch die weißen Seifenstücke standen zu Pyramiden gebaut zwischen Holztisch und Zeltwand. Kleine und größere Klötze warteten darauf, in die richtige Form geschnitten zu werden. Es roch angenehm und die blassweißen Stücke hatten ihre eigene Ästhetik. Pastellene Töne, die ohne grelle Farben auskamen. Eingeschlossene Früchte und Blätter taten ihr Übriges. Nur die rostroten Punkte auf der mittleren Pyramide wirkten etwas anders. Norden kniete sich vor den Stapel und nahm eines der Seifenstücke in die Hand. Das war keine Frucht, die da leuchtete, kein Rosenblatt, das in der Seife eingeschlossen war. Dieser große Tropfen war blutrot. Und es gab mehr davon auf zwei anderen ziegelsteingroßen Seifenstücken. Als Norden diese genauer untersuchte, fand er Schnittspuren daran.
Von einem Messer oder von einem Schneidedraht. Da war jemand mit seinem Werkzeug abgerutscht und hatte sich verletzt. Wenigstens sah das so aus. Sicher die Seifensiederin. Vielleicht war das die Erklärung für ihr Verschwin-

den. Norden versuchte den Ablauf zu rekonstruieren. Die Frau hatte wohl frühmorgens einige Seifenstücke aus dem Block herausschneiden wollen und sich dabei verletzt. Zu dieser Annahme würde auch das Blut passen, das an der Klinge und am Griff eines der auf dem Arbeitstisch liegenden Messer klebte. Anschließend war sie sicher zum Rotkreuzzelt gegangen. Wenn die Verletzung zu schlimm gewesen wäre, hätte man sie höchstwahrscheinlich ins nächste Krankenhaus gebracht. Aber warum hatte die Frau dann nicht ihren Freund geweckt? Norden ging zu den Schlafplätzen im Innenraum. Alles sah normal aus. Er trat auf die Straße und wandte sich dem gegenüberliegenden Zelt zu. Die Frau darin bot Bücher an. *Tintenkleckserin – Schrift und Malerey* stand in übergroßen Lettern auf einem Holzschild. Auf dem Tisch lagen leere Papierseiten, als warteten sie nur darauf beschrieben zu werden. An der Tischkante hingen außerdem Dutzende in Leder gebundene Beutelbücher, wie sie Wanderprediger im Mittelalter am Gürtel getragen hatten. Norden sah, dass die Frau ihn die ganze Zeit über beobachtete.

»Keine Sorge, ich bin kein Dieb«, sprach er die mit braunem Leinenkleid und weißer Haube bekleidete, dralle Frau an.

»Du warst gestern schon da.«

»Mehrmals sogar. Ich suche die Seifensiederin.«

»Habe ich mitbekommen. Kann dir dabei aber leider nicht helfen.

Weiß nicht, was da los ist. Agnetha scheint das Pech anzuziehen wie Löschpapier Tinte.«

Jetzt musterte Norden die Frau etwas genauer. Mitte fünfzig, vollschlank, blasse Haut und Tusche an den Fingern. Haare hätten diesem Gesicht gutgetan, aber die steckten unter der Haube fest.

»Wie meinst du das?«, fragte Norden.

»Wie ich es gesagt habe.«
»Kennst du sie länger?«
Die Frau zuckte mit den Schultern. »Wie man sich halt kennt. Wir stehen gelegentlich auf den gleichen Märkten. Ich mag ihre Seifen und ihren Sohn.«
»Und ihren Freund?«
»Das ist halt ein Simpel, so sagen wir im Schwäbischen dazu. Mehr Muskeln und Herz als Verstand, aber er liebt sie und das ist die Hauptsache.«
»Hast du eine Ahnung, wo Agnetha sein könnte? Wann hast du sie das letzte Mal gesehen?«
»Gestern Abend. Spät war's. Ich habe noch einmal mein spitzes Näschen durch die Planen gesteckt und hinausgelugt. Wollte sehen, ob es sich lohnt, noch loszuziehen. Aber es waren nur noch wenige interessante Menschen unterwegs. Die Musik hatte auch schon aufgehört zu spielen. Also habe ich mir eine neue Kerze angezündet und an einem Buch weitergearbeitet. Dauert seine Zeit, bis so ein Text abgeschrieben ist.«
»Und kurz zuvor hast du Agnetha gesehen. Was hat sie gemacht?«
Ein breites Grinsen hübschte das blasse Gesicht auf.
»Davongeschlichen hat sie sich. Wenigstens sah es so aus. Hat sich umgeschaut, als müsste sie den richtigen Moment abpassen, um loszugehen.«
»War sie allein oder war ihr Sohn mit dabei?«
Die Schriftenmalerin grinste erneut. »Allein. Wenn man's nicht besser wüsste, hätte man denken können, sie hätte sich auf ein Techtelmechtel aus dem Staub gemacht.«
»Könnte sie verletzt gewesen sein?«
»Wie kommst du denn darauf? So einer ist ihr wackerer Recke nicht. Er ist nur etwas schlicht.«
»Und danach hast du sie nicht mehr gesehen? Weder in der Nacht noch heute Morgen?«, hakte Norden nach.

»Da hatte ich Besseres zu tun.«
»Verstehe.« Obwohl das Gegenteil der Fall war, bohrte Norden nicht weiter. »Danke und einen erfolgreichen Tag wünsche ich dir.«
Seine Worte schienen die Frau zu amüsieren.
»Die schwarze Kunst hat immer Erfolg. Nur meine Finger leiden«, sagte sie und betrachtete die dunklen Flecken auf ihrer Haut. »Agnetha wird schon wieder auftauchen.«
Norden war sich da nicht so sicher.
»Eine letzte Frage. In welche Richtung ist sie gegangen?«
»Richtung Haupteingang.«
Nachdem Norden sich verabschiedet hatte, überlegte er, was jetzt zu tun war. Er würde die gleiche Richtung einschlagen und unterwegs an den Ständen nach der Seifensiederin fragen. Aber vorher hatte er noch zwei andere Ziele.

Als Norden das *Mäuselabyrinth* erreichte, war Hermines Mann gerade damit beschäftigt, Getreidekörner in einem großen Holzparkours zu verstecken.
»Und ich dachte schon, du würdest dich gar nicht mehr blicken lassen«, rief er und begrüßte Norden wie einen alten Freund.
»War auch gestern noch mal da, aber ihr hattet die Kerzen schon ins Zelt geholt.«
»Vielleicht klappt es dann heute Abend.«
Norden ließ das offen. »Hast du die Seifensiederin heute schon gesehen? Agnetha heißt sie. Du kennst sie sicher. Eine ansehnliche Frau, dunkles Haar. Gestern trug sie ein blaues Leinenkleid.«

»Ich weiß, wen du meinst, aber ich muss dich enttäuschen. Hier oben war sie nicht. Vielleicht weiß Hermine etwas, aber da musst du einen Augenblick warten. Sie holt uns unser Frühstück. Ist zu viel Aufwand, den Brei selbst zu kochen.«
»Dann komme ich später noch einmal vorbei. Grüß mir deine Frau und lass dir die Ziegenmilch schmecken.«
»Wer trinkt denn so was.« Der grauhaarige Mann schüttelte sich. »Ich brauche morgens meinen Kaffee. Das Wasser kocht schon. Magst du auch einen?«
»Nachher.«
Norden winkte und ging zum oberen Markteingang. Er wusste, dass hier tagsüber fast ebenso viele Menschen den Markt betraten wie durch das Haupttor. Der Grund dafür waren die großen Parkplätze am Ende der Straße. Wiesen, die kurz vorher gemäht worden waren und die zighundert Autos Platz boten. Den Fußweg bis zur Altstadt nahm man gern in Kauf. Es gab auch noch einen dritten Eingang, aber der war deutlich kleiner.
Als Norden das Holzhäuschen mit dem Schlagbaum erreichte, waren dort drei Mitarbeiter vom Organisationsteam damit beschäftigt, die Eintrittskarten auszulegen und das Geld in der Kasse nachzuzählen. Zwei Männer und eine Frau.
»Schon elf?«, fragte Norden und schaute in drei schmunzelnde Gesichter.
»In einer Stunde. Wir sind halt gewissenhaft und überpünktlich«, sagte der eine Mann in Landknechtsuniform und der andere ergänzte: »Wer vorher kommt, muss trotzdem schon seinen Wegezoll zahlen.«
Der Mann, der zuletzt gesprochen hatte, war ganz in einen schwarzen Umhang gehüllt. Auf dem Kopf trug er eine dünne weiße Kappe und an den Füßen schwarze Schnabelschuhe, die vorn extrem spitz waren.

»So stellt man sich einen Schreiberling vor«, sagte Norden und gesellte sich zu den dreien.
»Notarius«, korrigierte ihn der Mann augenblicklich. »1500 Euro haben allein der Umhang und die Schuhe gekostet. Alles nach historischen Vorbildern gefertigt. So dürfte Machiavelli seinerzeit herumgelaufen sein.«
Die Frau im Kassenhäuschen hatte die Kassette wieder geschlossen und warf Norden einen vielsagenden Blick zu.
»Jedem das Seine«, sagte sie und zupfte sich ihren dunkelroten Brokatumhang über den Schultern zurecht. Norden hätte schwören können, dass der Stoff früher einmal eine Gardine gewesen war und die Frau Kleid und Umhang wahrscheinlich selbst genäht hatte.
»Ich will euch gar nicht lange stören. Habe nur eine Frage. Hat jemand von euch heute Morgen schon eine dunkelhaarige Gewandete gesehen, die hier auf dem Markt Seifen verkauft? Vielleicht hatte sie einen kleinen Jungen dabei. Sechs Jahre alt. Ein Blondschopf.«
»Sind sie dir weggelaufen?«, fragte das Machiavelli-Double grinsend und der Landsknecht ergänzte: »Der Frau solltest du keine Träne hinterherweinen.«
»Hier ist nämlich eine schöner als die andere«, erklärte der Notarius. »Heute ist der beste Markttag. Bevor es dunkel wird, hast du zwei neue Weibsleute an deiner Seite.«
»Ihr seid blöd, ihr beiden!« Die Frau schob die Männer beiseite. »Das kann kein Zufall sein«, sagte sie. »Du bist heute Morgen nicht der Erste, der nach der Dame fragt.«
»Und? Habt ihr sie gesehen?«
Die Frau schüttelte den Kopf.
»Wir sind seit über einer Stunde hier. Es dauert immer eine Weile, bis alles hergerichtet ist. Außerdem mag ich es, den Händlern und Handwerkern bei ihrer Arbeit zuzuschauen.«

Norden nickte. »Geht mir ähnlich, aber dafür habe ich heute keinen Kopf. Ich muss die Frau finden. Ist wirklich wichtig. Wie hat der Mann ausgesehen, der sich nach der Seifensiederin erkundigt hat? War das so ein großer Bär mit lockigen schwarzen Haaren, Bart und grimmigem Gesicht?«

Die Frau legte ihre Stirn in Falten.

»Dunkles Haar und Bart stimmen. Bär ist vielleicht etwas übertrieben, aber du hast ja auch nicht Grizzly gesagt.«

»Fällt dir sonst noch etwas ein? Hat der Mann erwähnt, warum er die Seifensiederin sucht oder wohin er gehen wollte?«

Die Frau schüttelte den Kopf.

»War ein komischer Kauz. Sein Gesicht wirkte wie eingefroren. Hatte überhaupt keine Mimik, wenn du weißt, was ich meine. Und er hatte eine kaputte Hand. Hat sie zwar unter seinem Umhang versteckt, aber als er sich umgedreht hat, habe ich den Verband gesehen. Hilft dir das weiter?«

»Arbeitest du für die Polizei oder warum bist du so eine gute Beobachterin?«

»Da liegst du gar nicht so daneben. Ich bin Erzieherin. Was meinst du, wie wichtig kriminalistisches Gespür in meinem Beruf ist! Aber das ist nicht der Grund, warum ich die Umhangträger etwas genauer als sonst beobachte. Sicher weißt du, dass dieses Jahr keine Waffen getragen werden sollen. Du musst dir nachmittags mal den Tisch hinter dem Kartenhäuschen anschauen. Mit dem aufbewahrten Kram könntest du einen Altmetallhändler glücklich machen.« Sie zog die Augenbrauen in die Höhe. »Ich hoffe, dass du deine Freundin findest.«

Norden ließ diese Annahme unkommentiert.

»In welche Richtung ist der Mann gegangen?«

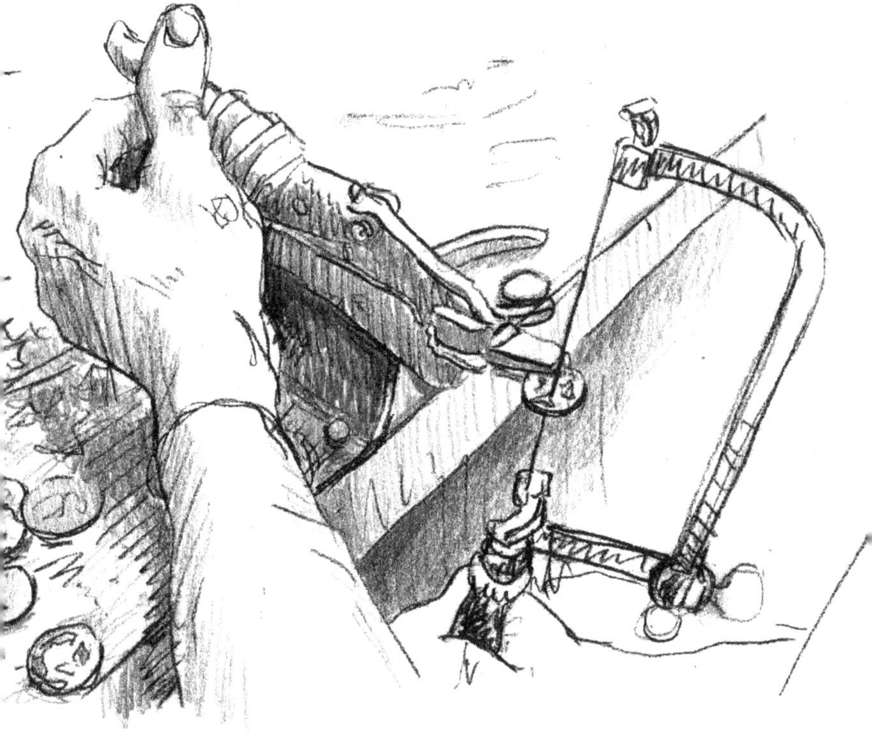

»Woher weißt du, dass ich ihm auch noch hinterhergeschaut habe?«
»Ich bin Künstler. Wir spüren solche Dinge.«
»Der Mann ist quer über den Platz gegangen und dann an der Bühne vorbei. Erst dahinter ist er abgebogen. In welche Richtung, kann ich dir leider nicht sagen. Weiß nur, dass ich dachte, dass er sicher zum Bader geht. Nötig hätte er es jedenfalls gehabt.«
Norden bedankte sich und hatte es nun eilig. Jetzt hatte seine Suche eine weitere Richtung. Auch wenn mindestens eine Stunde zwischen ihm und diesem Mann lag. Er war eben am Zelt des Münzenschneiders angekommen, als dieser ihn auch schon begrüßte.
»Bist du auf der Flucht, weil dir der Ehemann deiner Freundin im Nacken sitzt, oder beißen dich die Flöhe und du willst sie im Badebottich ertränken?«
»Weder noch. Aber du hast recht. Ich bin in Eile. Ich komme nachher vorbei und bringe zwei Schwarzbiere mit«, versprach Norden und wollte eben weitergehen, als er innehielt.
»Hast du heute Morgen die Seifensiederin gesehen? Bist ihr bestimmt schon mal über den Weg gelau...«
»... gerollt, wolltest du sicher sagen. Aber ist schon okay. Habe sie nicht gesehen. Sie ist die meiste Zeit über an ihrem Stand. Ist sie der Grund, warum du keine Zeit hast? Wenn du dem Waffenschmied die Freundin ausgespannt hast, solltest du dich wirklich aus dem Staub machen. Der Mann verkauft alles, womit man jemandem höllisch wehtun kann. Ich habe dich jedenfalls nicht gesehen, falls er hier auftaucht und sich nach dir erkundigt.«
Norden grinste.
»Bis nachher!«, murmelte er und war auch schon verschwunden.

Ab der großen Festbühne war die Straße wieder schmal und abschüssig. Auch in diesem Teil der Altstadt hatten alle Händler ihre Zelte bereits geöffnet. Der *Volle Bauch* genauso wie der Laternenhändler, die Duftölverkäuferin und der Schmied, dessen Feuer im Hof eines der Gebäude seinen Platz gefunden hatte. Weil Norden nicht wissen konnte, ob das Ziel des Mannes wirklich der Bader war, machte er an jedem Stand halt und erkundigte sich nach Agnetha und ihrem Sohn. Aber die beiden waren wie vom Erdboden verschluckt. Wenigstens in diesem Teil der Altstadt.

Norden sah schon das Ende der Gasse mit den Zelten des Baders, als ihm jemand auf den Rücken klopfte.

»Man könnte meinen, du jagst deinen eigenen Schatten.«

Als Norden sich umdrehte, sah er in das Gesicht der Wahrsagerin vom Turnierplatz.

»Du bist wohl immer noch auf der Suche nach diesem Mann. Hast du dich einmal gefragt, ob es nicht jemand besonders gut mit dir meint und du ihn deshalb nicht findest?«

»Und um mir das zu sagen, ist Madame extra hierhergekommen? Warum hast du mir nicht deinen Raben geschickt?«

»Du hast es immer noch nicht verstanden.« Seufzend legte die Frau ihre warme Hand auf Nordens Arm. »Wir werden eine gemeinsame Geschichte haben. Das kannst weder du noch ich ändern. Aber drauf einbilden solltest du dir auch nichts. Ich laufe niemals einem Mann hinterher. Habe bloß ein paar Flaschen Duftöl bei einer Freundin gekauft. Ich hasse es, wenn mein Zelt nach Angstschweiß und Lüge riecht. Dich habe ich gestern gern gerochen, da war ich nicht ganz ehrlich.«

»Da wir ja sowieso noch eine gemeinsame Zukunft haben, kann ich ja jetzt erst mal weitergehen. War nett, von dir angesprochen zu werden.«

»Warum fragst du mich nicht, ob ich weiß, wo die Seifensiederin steckt?«

Die Frau schaffte es immer wieder aufs Neue, Norden zu verblüffen.

»Du hast eben irgendwo gelauscht. Hast meine Frage aufgeschnappt oder jemand hat sie dir zugetragen. Weißt du etwas über die Frau und ihren Sohn?«

»Sie leben.«

»Dann setze ich weiter auf die klassische Methode«, erwiderte Norden und zwinkerte der Frau zu. Die schaute ihm lang hinterher. Irgendwann drehte sie sich um und machte sich kopfschüttelnd auf den Rückweg zum Turnierplatz.

KAPITEL 17

Er war überhaupt nicht müde, auch wenn er die ganze Nacht über kein Auge zugemacht hatte. Er hatte noch nie viel schlafen müssen, kam immer mit drei, vier Stunden pro Nacht aus. Mit so viel Adrenalin wie heute in den Adern hätte er seine Augen keine Viertelstunde zumachen können. Letzte Nacht war einfach zu viel passiert – und er hatte jede Minute davon genossen. Geduldig hatte er die Dunkelheit abgewartet, zugeschaut und zugehört: wie die Musiker ihre Instrumente wegpackten, die Gastwirte die herrenlosen Becher einsammelten, wie nach und nach die Stimmen verschwanden. Keine Menschenseele war mehr unterwegs gewesen, als er heimlich aufgebrochen war. Er wusste, zu welchem Zelt ihn sein Weg führte. Wie schon so oft schlief der kleine Finn in der letzten Nacht eines Mittelaltermarktes bei seinem Freund. Der hatte ein eigenes Zelt neben dem seiner Eltern. Und einen gesunden Schlaf hatte der Junge ebenfalls. Dass Finn sich kaum rührte, als er ihn aus dem Bett herausgehoben und über die Schulter gelegt hatte, wunderte ihn anfänglich schon. Er hatte extra Klebeband dabeigehabt, um dem Jungen nötigenfalls den Mund zukleben zu können. Das Schlafmittel wollte er ihm erst später geben, wenn sie ihr Ziel erreicht hatten und er das Kind für längere Zeit ruhigstellen musste. So war es natürlich einfacher gewesen. Finn hatte nur kurz geblinzelt und war dann wieder eingeschlafen. Dass er ihm dann später trotzdem die volle Dosis des Schlaftrunks eingeflößt hatte, lag bloß daran, dass er auf Nummer sicher gehen wollte. Als das erledigt war, hatte er der Dame die Nachricht zukommen lassen. Wofür gab es schließlich Hintereingänge. Er war einfach zur Pritsche der Frau geschlichen, hatte sich daneben gekniet und ihr den Mund zugehalten. Sie war im gleichen Moment wach geworden und hatte ihn aus weit aufgerissenen Augen angestarrt. Pure Panik hatte sie erstarren lassen, als er ihr seine drei Sätze ins schlaftrunkene Ohr geflüstert hatte. Sicher war es gar nicht mehr nötig gewesen, der Frau die abgeschnittene Haarlocke auf den Bauch zu legen. Sie hatte ihn auch so verstanden. Eigentlich hätten sie das, was zu besprechen war, am besten gleich hier und jetzt erledigen können, aber da war ja noch dieser schnarchende Bär von einem Mann, der keine drei Meter entfernt lag und von alledem nichts mitbekommen sollte. Zum Glück war die Frau klug genug gewesen. Sie hatte gar nicht erst geschrien oder sonst wie versucht den Mann zu wecken. Er wäre auch darauf vorbereitet gewesen, aber so war es besser. Sie hatten sich keine halbe Stunde später woanders getroffen. Alles hatte genauso funktioniert, wie er das vorgehabt hatte. Sogar besser. Was war das nur für ein großartiges Gefühl gewesen. Die Nacht war eben sein Freund.

KAPITEL 18

Norden hatte jetzt alle Stände in der Oberstadt abgeklappert. Blieben nur die steile, lange Verbindungsgasse und das Unterdorf selbst. Er hatte gerade die Zelte des Baders erreicht, als sich das kleinere davon öffnete und eine Gestalt auf die Straße trat. Norden erkannte sofort dieses Gesicht und der Mann erkannte Norden. Ohne zu zögern, rannten beide Männer los. 30, maximal 40 Schritte trennten sie voneinander. Auch wenn niemand anderes unterwegs war, war es nicht leicht, schnell zu laufen. Das ausgestreute Stroh war rutschig und machte einen Sprint unmöglich – außerdem behinderte Norden sein Umhang. Während er lief, streifte er sich den braunen Wollstoff über den Kopf und warf ihn achtlos beiseite. Noch einmal durfte ihm der Mann nicht entkommen. Norden stolperte über eine strohbedeckte Treppenstufe, während der Flüchtende einen der Händler anrempelte, der gerade auf die Gasse trat. Der Abstand blieb derselbe. Trotzdem schien der Verfolgte mit dem rutschigen Untergrund besser zurechtzukommen als Norden. Vorne würde sich die Straße wieder teilen. Ihr Weg Richtung Haupteingang führte sie an der immer noch abgesperrten Gasse vorbei, in der die Morde passiert waren. Norden hatte gehofft, dass dort wenigstens ein Polizist stehen würde. Dem hätte er etwas zurufen können und wenn der Beamte clever wäre, würde er seine Kollegen alarmieren. Die konnten den Flüchtenden dann weiter unten in Empfang nehmen, bevor er die Altstadt verlassen konnte. Jetzt passierte der Mann das im Wind flatternde Absperrband. Dahinter machte die Gasse einen Linksbogen, sodass der Flüchtende aus dem Blickfeld verschwand. Als Norden die Stelle erreichte, stoppte er kurz ab und warf einen

Blick in die Gasse. Da stand kein Beamter, genauso wenig wie da jetzt jemand vor ihm davonrannte. Der Mann, den er verfolgt hatte, war von einer Sekunde zur anderen wie vom Erdboden verschluckt. Links und rechts der Gasse waren nur Häuserfassaden zu sehen. Hier war der Weg zu schmal, als dass man Zelte hätte aufbauen können. Und hier musste der Mann hinter einer der Türen verschwunden sein. Norden sprang von einer Seite zur anderen und rüttelte an den Haustüren. Höchstens sechs Gebäude kamen infrage, drei auf jeder Seite. Dahinter begannen hohe Mauern, die bis zum jeweils nächsten Haus reichten. Viel zu hoch, um drüberzuspringen und viel zu lang, um ungesehen bis zum nächsten Haus zu gelangen. Norden versuchte in die unteren Fenster hineinzuspähen. Ohne Erfolg. Er ging noch einmal ein paar Meter zurück. An einem der Häuser waren links und rechts der Eingangstür große Kellerfenster zu sehen. Nicht wie man sie heute einbauen würde. Groß genug, um Briketts oder Holz in den Keller zu schütten oder um Weinfässer hineinzurollen. Beide Fenster waren verglast, eines verschlossen, das andere halb aufgeklappt. Norden ging zurück zur Haustür und suchte ein Namensschild. Als er es gefunden hatte, klingelte er. Niemand öffnete. Er setzte sich auf das Stroh vor dem gekippten Fenster und versuchte es aufzudrücken. Nachdem ihm das nicht gelang, tastete er mit seiner Hand am Rahmen entlang. Er fand einen Riegel, der sich problemlos zur Seite schieben ließ. Jetzt musste er nur noch das Fenster aufstoßen und die Rampe war frei. Norden versuchte in die Dunkelheit hineinzuspähen. Unter sich sah er eine betongraue Schräge und einen dunklen Kellerboden. Das Fenster war groß genug, um ins Haus zu gelangen. Norden sah sich noch einmal in der Gasse um. Niemand schien von ihm Notiz zu nehmen, also rutschte er mit den Beinen voraus in die

Fensternische, nur um im nächsten Moment mit dem Hintern auf der Rampe zu sitzen. Sich mit den Händen an den Seiten so gut es ging festhaltend, rutschte er dem Boden entgegen. Es roch muffig und feucht und durch die dünne Leinenhose spürte er den rauen Beton. Als er endlich unten angekommen war, tat ihm der Rücken weh. Was für eine Schnapsidee, dachte er und schüttelte über sich selbst den Kopf. Und wenn das nun das falsche Haus war? Was, wenn der Mann doch hinter einer der Türen verschwunden war? Er konnte längst über alle Berge sein. Aber das hätte er auch gestern schon gekonnt. Der Mann hatte hier noch etwas zu erledigen. Nur deshalb war er mit gebrochenen Fingern unterwegs und drückte sich in Seitengassen herum. Irgendwo musste er seinen Unterschlupf haben. Als Nordens Augen sich an das Dämmerlicht gewöhnt hatten, sah er, wie groß der Kellerraum war. Mindestens dreißig Quadratmeter, schätzte er. Die weißgetünchten Wände und die fehlenden Regale taten ihr Übriges, um den Raum riesig erscheinen zu lassen. Eine überbreite Tür markierte den Eingang. Das Zimmer war leer, lediglich zwei Umzugskartons standen verloren in einer Ecke herum. Die beiden Fenster und die darunterliegenden Rampen führten in den gleichen Raum. Norden untersuchte die Seite, auf der er hereingerutscht war. Eine fingerdicke Staubschicht bedeckte den Beton wie Mehl beim Brotbacken einen Küchentisch. Deutlich sah er die Spuren, die er im Staub zurückgelassen hatte. Das Fenster über der anderen Rampe war komplett geschlossen. Trotzdem konnte man auch hier deutlich Rutschspuren erkennen. Diese waren sogar um einiges breiter, so als hätte jemand die Rampe schon mehrmals benutzt. Er war scheinbar doch auf der richtigen Spur. Norden atmete flach und schnell. Was würde er tun, wenn er dem Mann gleich gegenüberstand? Bei ihrem ersten Zusammentreffen hatte dieser Mensch einen entschlossenen Eindruck gemacht. Wenn er jetzt die Tür öffnete, vorausgesetzt, sie ließ sich öffnen, würde er wahrscheinlich einem noch kämpferischeren Menschen gegenüberstehen. Verletzt und voller Hass wäre er mit oder ohne Armbrust ein noch gefährlicherer Gegner – und Norden hatte nicht einmal eine Waffe. Leise ging er zu den Umzugskartons. In beiden waren Bücher – zum Verwesen im Keller abgestellte Klassiker. Norden entschied sich für Tolstois *Krieg und Frieden.* Nicht weil er das Buch besonders mochte, sondern weil die Ausgabe schwer, dick und kantig war. Genau das Richtige, um damit zuzuschlagen. Anschließend ging er leise in Richtung der runden Gewölbetür. Die war grün gestrichen und die Türklinke hakte, als Norden sie herunterdrückte. Jetzt bloß nicht darüber nachdenken, was sein würde, wenn die Tür verschlossen oder verriegelt war. Er hob das Buch hoch und hielt es schlagbereit in der einen Hand, während die andere an der Klinke zog. Ohne Mühe ließ sich die Tür öffnen. Dahinter lag ein breiter Kellergang, der nach links weiterführte.

Norden hielt den Atem an, lauschte in die Stille hinein. *Krieg und Frieden* weiter wie einen kantigen Ziegelstein über den Kopf haltend, schlich er den Gang entlang, bis dieser einen Knick machte und vor einer Treppe endete. Auf seinem Weg war er an anderen Kellerräumen vorbeigekommen. Alle mehr oder weniger leer, mit halb geöffneten oder ausgehängten Türen. Nur in einem lag Sand neben einem Betonmischer und einigen Säcken Zement. Die Treppe war breit und die Sandsteinstufen zur Mitte hin rund. Hier waren Fässer heruntergerollt worden. Norden konnte nur ahnen, wie lange es dauern musste, bis eisenbeschlagene Eichenfässer solche Spuren im Stein hinterließen.

Er hatte gerade die halbe Treppe geschafft, als er hinter der Tür ein Geräusch hörte. Nicht laut, eher wie unabsichtlich verursacht. Jemand schien vor der Tür zu stehen und ebenfalls zu lauschen. Norden schätzte seine Chancen ein. Vierzehn Stufen trennten ihn noch von dieser Tür. Je höher er stieg, desto dunkler wurde es. Die letzten Stufen konnte er nur noch schemenhaft erkennen. Ähnliches galt für den Türgriff. Der war auf der rechten Seite und die Tür ging wohl nach außen auf. Stufe für Stufe schlich er sich hoch. Bildete er sich das nur ein oder hörte er irgendwo da oben einen keuchenden Atem? Seine Fantasie ließ ihn durch die Tür hindurchsehen. Auf der anderen Seite lauerte der Kapuzenmann mit seiner gespannten Armbrust. Ganz egal wie schnell er die Kellertür jetzt aufreißen würde, der Mann hätte immer genügend Zeit, den nächsten tödlichen Pfeil abzuschießen. Aber was hatte er für Alternativen? Es gab nur diesen einen Weg aus dem Keller heraus. Jetzt war es Norden, der lauter atmete, als er das vorhatte. Da musste es noch eine andere Möglichkeit geben. Vielleicht fand er in einem der Kellerräume doch noch etwas, das ihm besser helfen konnte als dieses Buch. Noch leiser, als er die Treppe heraufgestiegen war, ging er jetzt wieder hinunter. Er hatte bereits den dritten leeren Kellerraum betreten, als seine Sinne ansprangen. In diesem Zimmer war eine Stahltür in die hintere Wand eingebaut und es roch nach Heizöl. Neben der Tür war eine Halterung zu sehen. Da hing sonst sicher ein Feuerlöscher, schoss es Norden durch den Kopf. Damit hätte man sich sicher einen Vorteil verschaffen können. Aber die Halterung war leer. Norden öffnete die Stahltür und der Ölgeruch wurde stärker. Zwei riesige Tanks standen Schulter an Schulter nebeneinander, davor war eine hüfthohe Wand, die diese zur Hälfte einmauerten. Im Raum war es dunkel. Entweder waren keine

Fenster vorhanden oder sie wurden weitestgehend von den Tanks verdeckt. Licht fiel nur durch die offene Tür in den Raum. Der war genauso leer wie die anderen beiden. Norden wollte schon wieder gehen, als er noch einen Blick über die Schutzmauer warf. Auch wenn er da nichts zu suchen hatte, stand dort ein großer, roter, wuchtiger Feuerlöscher. Mit dem Buch in der einen und dem Löscher in der anderen Hand beeilte sich Norden die Treppe ein zweites Mal hinaufzusteigen. Nachdem er *Krieg und Frieden* auf der zweitobersten Stufe abgelegt hatte, stellte er den Feuerlöscher obendrauf. Alles so leise, wie es nur irgendwie ging. Er würde beide Hände brauchen, wenn er gleichzeitig die Tür aufreißen und den Feuerlöscher betätigen wollte. Und es würde sicher besser gelingen, je höher dieser stand. Mehr tastend als sehend hatte er sich mit der Technik vertraut gemacht. Ein Stift musste herausgezogen und ein Griff zusammengedrückt werden. Er würde sich an die Wand pressen, die Kellertür aufwerfen, sich im gleichen Moment auf die Knie fallen lassen, den kurzen Feuerlöscherschlauch hochreißen und ihn auslösen. Wenn er Glück hatte, wäre der Mann so überrascht, dass er ihn überrumpeln konnte. Stand er wirklich mit der schussbereiten Armbrust vor der Tür, waren Nordens Chancen trotzdem denkbar schlecht. Andererseits hatte sein Gegner nur einen Bolzen und eine kaputte Hand und zum Nachladen würde er ihm keine Gelegenheit geben. Norden spürte, wie es in seinen Schläfen pochte. Übelkeit stieg in ihm hoch. Er zählte stumm bis drei, dann sprang er vor. Auch diese Tür ließ sich viel leichter öffnen, als er das befürchtet hatte. Den Mann, der im selben Augenblick dahinter auftauchte, nahm Norden nur schemenhaft wahr. Sekundenbruchteile später hüllte weißer Pulvernebel die Gestalt ein. Ohne den Feuerlöscherhebel loszulassen, verwandelte Norden den Flur des Hauses in eine Nebelbank. Er hörte gurgelnde Geräusche, sah etwas vor sich durch den Dunst taumeln und Arme, die wild in der Gegend herumfuchtelten. Norden sprang auf und als ihn etwas an der Schulter traf, riss er instinktiv den Feuerlöscher hoch. Hart traf der Metallzylinder auf einen Körper, der unmittelbar vor ihm gestanden haben musste. Norden verlor das Gleichgewicht und ging in die Knie. Die Gestalt ihm gegenüber vollzog die gleiche Bewegung und für eine Sekunde dachte Norden, dass er vor einem Spiegel gestürzt war. Aber dann sackte die Gestalt noch mehr in sich zusammen und fiel ihm entgegen. Während Norden der Feuerlöscher aus den Händen rutschte, krachte etwas gegen seinen Oberkörper. Bevor er ausweichen konnte, begrub ihn der Mann unter sich. Als wäre er in ein Ameisennest gefallen, drehte und wendete er sich unter dem Gewicht der Gestalt. Irgendwie schaffte er es, sich aus der Umklammerung zu befreien. Mittlerweile lichtete sich der Feuerlöschernebel und gestattete einen Blick auf den Ort des Geschehens. Der Flur war geräumig und ähnlich hoch wie der Keller. Als Norden sich aufrappelte, musste er husten. Das Pulver des Feuerlöschers brannte in seinen Bronchien. Mit tränenden Augen und juckender Nase versuchte er in den Teil des Flurs zu kommen, wo noch kein Nebel war. Dort war eine große Eingangstür. Leider abgeschlossen. Daneben ein Fenster, das sich zum Glück öffnen ließ. Norden sog die Luft wie ein Erstickender in seine Lunge. Die Gasse davor war menschenleer. Norden streckte seinen Kopf heraus und versuchte sich zu orientieren. Es dauerte einen Augenblick, bis ihm das gelang. Er kannte diese Straße, kannte das Haus, das diesem hier gegenüberstand. Dort hatten sie die Perle gefunden. Norden drehte seinen Kopf zur Seite und schaute an der Hausfassade hoch. Wie ein übergroßer Vogelkäfig hing da der rostige Korb, der für den

Mann vom Organisationsteam zum eisernen Sarg geworden war. Eigentlich sollte hier ein Polizist die Gasse überwachen. Er beugte sich aus dem Fenster. Aber da war niemand, den Norden um Hilfe bitten konnte. Er würde sich also allein um den k.o. gegangenen Kapuzenmann kümmern müssen. Norden wollte sich gerade wieder umdrehen, als ihn ein Schlag zwischen Kopf und Schulter traf. Jetzt war er es, der lautlos in sich zusammensackte und in der wabernden Nebelbank versank.

KAPITEL 19

Pfarrer Klinger rieb sich die Nacht aus den Augen. Er hatte zwar gut geschlafen, aber der Start in den Tag fiel ihm heute schwer. Nachdem sein Smartphone ihn unsanft geweckt hatte, wollte er eigentlich noch liegen bleiben. Die Geräusche vor dem Zelt und sein hungriger Magen ließen ihn sich aber anders entscheiden. Camping war einfach nicht seine Sache. Dabei ging es nicht um fehlenden Komfort oder mangelnden Abenteuergeist. Es waren vor allem die Geräusche und die Gerüche. Seine Sinne waren, auch wenn er schlief, irgendwie nie ganz ausgeschaltet. Zelte dämpften nun einmal keine Geräusche und den Geruch von Lagerfeuern konnte er seit seiner Wandervogelzeit[3] nicht ausstehen. Grillen mochte zwar die Lieblingsbeschäftigung seiner Mitmenschen sein, aber er hasste den Geruch von Spiritus, Holzkohle, verbranntem Fleisch und kalter Asche. Er hatte Norden nur zugesagt, weil er wieder einmal etwas Zeit mit ihm verbringen wollte und weil er noch nie einen mittelalterlichen Markt aus der Nähe gesehen hatte.

Er hatte sich mit diesem Abenteuer arrangiert – und das so gut und clever es eben ging. Nachdem er gestern zum Einkaufen in die Stadt gefahren war, hatte er anschließend seinen Wagen wieder auf der großen Wiese abgestellt. Auf dem Rückweg zum Zeltlager war er an dieser Hotelpension vorbeigekommen. Die war natürlich an diesem Wochenende restlos ausgebucht, aber er wollte auch gar kein Zimmer mieten. Frühstück und Dusche hatte er gebucht und das bis Montag. Der Hotelier hatte gegrinst und bereitwillig zugestimmt.

---

3 Die Wandervogelbewegung wurde 1901 in Berlin von Karl Fischer gegründet.

Pfarrer Klinger packte ein frisches Hemd in seinen Rucksack, warf noch den Waschbeutel und das *Karfunkel*-Heft obendrauf, das Norden ihm zugesteckt hatte, und ging los.
Nachdem er zwanzig Minuten geduscht hatte, frühstückte er doppelt so lang. Anstelle einer Tageszeitung las er die Illustrierte.
Wie Norden es erwähnt hatte, waren handschriftlich Kreuze und Zahlen neben Terminen im Marktkalender vermerkt worden. Er zog sein Mobiltelefon aus der Tasche und gab den ersten Städtenamen und das Datum in die Suchmaschine ein. Untereinander tauchten Pressemitteilungen, Homepages der Veranstalter, Wikipediaeinträge und Gott weiß wie viele weitere Seiten auf. Zu viele Informationen für zu wenig Zeit. Er las einige Artikel an, nippte immer wieder an seinem Cappuccino, bis er irgendwann die Geduld verlor. Recherche war sicher wichtig, aber das hier war die Suche nach der Stecknadel im Heuhaufen. Er schrieb eine lange E-Mail und schickte sie an den Redakteur, den er gestern Nacht schon um die Erledigung einiger Fleißarbeiten gebeten hatte. Es war Sonntagmorgen, sicher würde der Mann ihn verfluchen. Andererseits hatte er ja angeboten, sie zu unterstützen. Des Menschen Wille. Der Pfarrer trank seine Tasse leer. Er würde jetzt noch den Rucksack an der Rezeption deponieren und anschließend Norden suchen. Im Frühstücksraum waren alle Tische besetzt, die meisten davon paarweise. Junge Männer saßen jungen Frauen gegenüber so wie alte den alten. Niemand war gewandet und kein Gesicht kam dem Pfarrer bekannt vor. Als er dem Mann an der Rezeption seinen Rucksack zur Aufbewahrung aushändigte, öffnete sich unweit eine der Hotelzimmertüren. Zuerst sah Pfarrer Klinger nur einen Rücken, dann Schultern, dann Haare. Die Frau war eine Gewandete

und der Mann in dem Zimmer schien sie nicht gehen lassen zu wollen. Hände griffen nach Händen und Lippen schienen sich an anderen festzusaugen. Ein unecht wirkendes Kichern begleitete die Aktion. Der Pfarrer ging gerade Richtung Ausgang, als die Frau Richtung Frühstücksraum an ihm vorbeirauschte. Er erkannte auf Anhieb dieses Gesicht. Entweder hatte der Mann der Perlentaucherin heute Morgen seine Leidenschaft neu entdeckt oder jemand anderes hatte ihn letzte Nacht vertreten. Jedenfalls waren Liebe und Lust im Spiel gewesen, das war nicht zu übersehen. Bestimmt würde sich die Frau im Frühstücksraum auf seinen eben frei gewordenen Platz setzen. Der Pfarrer hatte auf einmal Lust auf eine heiße Schokolade. Kurzerhand machte er kehrt und betrat erneut das geräumige Zimmer. Ohne zu zögern, trat er an den Tisch der Frau.

»Kaffee, ein hartgekochtes Ei, ein Glas Maracujasaft, Vollkornbrötchen und eine Käseplatte«, sagte diese, ohne aufzuschauen.

»Das nehme ich dann auch«, antwortete der Pfarrer grinsend.

Erst jetzt hob die Frau den Kopf. Mit zusammengekniffenen Augen musterte sie ihn.

»Darf ich?«, fragte der Pfarrer und deutete auf den freien Stuhl.

»Der komplizierte Kunde.« Die Frau verzog den Mund.

»Die gereizte Schmuckhändlerin«, erwiderte Klinger. »Wir hatten einen schlechten Start. Jetzt haben wir die Gelegenheit, alles besser zu machen.« Das Grinsen des Pfarrers strotzte vor Charme.

»Also gut. Tun Sie, was Sie nicht lassen können – und anschließend tue ich das Gleiche. Vielleicht gelingt es mir ja doch noch, Ihnen diese Perle abzuluchsen.«

»Vorher werde ich aber noch rasch unsere Bestellung aufgeben. Bin sofort wieder da«, rief der Pfarrer und war im nächsten Moment verschwunden. Als er wieder am Tisch auftauchte, empfing ihn die Frau mit deutlich freundlicherem Gesicht.

»Maracujasaft ist aus«, sagte er schmunzelnd. »Sanfter Orangensaft ist hoffentlich auch in Ordnung.«

»Man nimmt, was man kriegt.«

»Ich hoffe, dass das nicht Ihr Lebensmotto ist«, erwiderte der Pfarrer.

»Erzählen Sie mir lieber, warum Ihnen nichts Besseres eingefallen ist, als sich das Gewand eines Predigers auszusuchen. Sie wissen bestimmt, dass Schmuckhändler die erbittertsten Feinde der ersten Christen waren. Mit Holzkreuzen ließ sich nun mal kein Geschäft machen. Die römischen Götter liebten Gold und Silber. Wenigstens haben meine Kollegen das damals prächtig verstanden, es so hinzustellen. Also warum Wanderprediger?«

»Weil ich einer bin.«

»Dann haben Sie also nur die Garderobe gewechselt und das Jahrhundert.«

»Einmal Pfarrer, immer Pfarrer! Und das in jeder Lebenslage, damit es nicht ganz so platt klingt«, beeilte sich der Pastor zu ergänzen.

»Katholisch oder evangelisch?«

»Ich darf heiraten.«

»Dann sind Sie raus aus dem Spiel. Ich bin nur an einem Flirt interessiert«, sagte die Frau, ohne dabei eine Miene zu verziehen.

Zum Glück brachte in diesem Moment die Bedienung ihr Frühstück. Auch wenn der Pfarrer keinen Hunger hatte, war er froh, über die Ablenkung.

»Jetzt sind Sie mir doch prompt auf den Leim gegangen«, sagte die Frau grinsend, nachdem sie kurz an ihrem Kaffee genippt hatte.
»Das sieht nur so aus. Mein Gesichtsausdruck wirkt manchmal etwas komisch. Das kommt vom Staunen.«
»Bringe ich Sie dazu?«
Der Pfarrer nickte. »Kommen wir lieber zu einem anderen Thema. Wie lange muss man hier im Voraus buchen, um noch ein Zimmer zu bekommen?«
Die Frau verzog den Mund.
»Langweilige Frage. Das erledigt alles mein Mann. Müssen Sie ihn fragen, oder vielleicht erledigen Sie das doch besser gleich mit dem Herrn an der Rezeption.«
»Werde dran denken«, log der Pfarrer. »Begleitet Sie Ihr Mann normalerweise auf diese Märkte?«
»Gelegentlich ja, auf diesen nicht. Das ist es doch, was Sie eigentlich wissen wollten.«
»Erwischt.«
»Kein Problem. Es schmeichelt jeder Frau, wenn sich ein manierlich aussehender Mann etwa gleichen Alters zum Kasper macht, bloß um herauszufinden, ob sie alleine schläft oder nicht.«
»So war das aber nicht gemeint.«
»Wie dann?«
»So jedenfalls nicht«, versuchte der Pfarrer Zeit zu gewinnen. »Lassen Sie uns lieber über Perlen sprechen.«
»So habe ich das gern. Was wollen Sie für die Perle haben? Ich bin es gewohnt, Tacheles zu reden. Dieses ganze Hin und Her bringt doch nichts. Stiehlt uns nur Lebenszeit. Ich bin bereit, Ihnen 400 Euro für die eine Perle zu zahlen. Wenn es mehr davon gibt, würde ich alle kaufen. Aber nicht auf diesem Markt. Da sind zu viele Zuschauer unterwegs. Was meinen Sie, warum ich mir immer ein Zimmer abseits vom ganzen Trubel buchen lasse. Kleine Geschäfte

vertragen Licht, große Geschäfte lieben den Schatten. In meinem Hotelzimmer kann man die Jalousien komplett herunterlassen«, sagte die Frau, während sie ihrem Frühstücksei den Kopf abschnitt. »Sie können das ja noch in Ruhe überdenken. Ich reise erst morgen Mittag ab. Habe immer eine größere Menge Bargeld bei mir. Wenn Sie sich entschieden haben, bringen Sie gleich alle Perlen mit. Einen besseren Preis wird Ihnen niemand machen. Aber nicht dass wir uns missverstehen – es geht mir nur um die Perlen. Versprechen Sie sich also keinen Bonus. Ich stehe nicht auf Männer. Das habe ich mir durch meinen Ehemann gründlich abgewöhnt.«

Pfarrer Klinger nickte. Er fragte sich, ob das der Mann, von dem sich die Frau eben erst so leidenschaftlich in der Zimmertür getrennt hatte, auch wusste.

»Geben Sie mir Ihre Handynummer oder ist das auch falsch zu verstehen?«

Die Frau griff in eine Rocktasche und zog ein Mobiltelefon hervor. »Wir können uns diesen Quatsch von wegen *auf einem mittelalterlichen Markt haben Handys nicht zu suchen* schenken. Ich habe nur letzte Woche meinen Anbieter gewechselt und mir eine neue Nummer geben lassen. Ich hab's zwar mit Zahlen, aber Telefonnummern vergesse ich aus Prinzip. Also notieren Sie.«

Als das erledigt war, versteckte sich die Frau abwechselnd hinter ihrem Brötchen und der Kaffeetasse. »Ich muss mich beeilen. Möchte meinen Stand hergerichtet haben, bevor die Besucher einfallen. Wir hören voneinander oder wir sehen uns. Heute war es mir ein Vergnügen, mit Ihnen zu plaudern, Herr Pfarrer.«

Als wäre damit alles gesagt, wandte sich die Frau wieder von ihm ab und schien draußen auf der Wiese vor dem Fenster etwas Wichtiges zu beobachten.

Der Geistliche trank seinen Kaffee aus, stand auf und verließ den Frühstücksraum ein zweites Mal.

KAPITEL 20

Der eigene Husten weckte Norden. Während seine Bronchien brannten, schmerzte sein Kopf umso mehr. Instinktiv blieb er trotzdem regungslos liegen. Er versuchte flach zu atmen und öffnete seine Augen nur einen Spaltbreit. Der Dunst, der seinen Kopf umgab, war innen und außen vorhanden. Letzterer wurde lichter und durchsichtiger, je mehr er seine Pupillen Richtung Zimmerdecke drehte. Jetzt begann der Feuerlöschernebel sich zu verwirbeln. Etwas Dunkles kam auf ihn zu. Deutlich konnte er Stiefel erkennen, die kaum mehr als eine Armlänge vor seiner Nase zum Stehen kamen. Wie die ledrigen Hälse von Seeungeheuern sahen sie aus. Norden vermied es noch immer, sich zu bewegen.

Trotzdem schien der Mann etwas bemerkt zu haben.

»Lassen Sie das Theater!«, befahl seine Stimme. »So fest habe ich nicht zugeschlagen.« Im gleichen Moment spürte Norden einen Windzug über sein Gesicht streichen. Der Mann musste wie mit einem Fächer den ihn umgebenden Nebel auseinandertreiben. »Entweder Sie stehen jetzt freiwillig auf oder meine Stiefel sorgen dafür.«

Norden versuchte auf Zeit zu spielen. Er hustete heftiger, krümmte sich dabei und drehte sich von einer Seite zur anderen. Mittlerweile hatte sich der Löschnebel so weit verzogen, dass er die Gestalt und den Raum besser einschätzen konnte. Kein einziges Möbelstück war zu sehen und der Kapuzenmann schien allein zu sein. Nordens Sinne funktionierten jetzt wieder. Als er sich auf seinem Arm abstützte, trat der Mann einen Schritt zurück.

»Machen Sie ja keinen Quatsch, sonst werde ich das

nächste Mal weniger Rücksicht auf Ihre Knochen nehmen. Genauso wie Sie bei mir. Nur werde ich mich für die wichtigeren Teile Ihres Körpers entscheiden.«

Norden sah, dass der Mann etwas in seiner Hand hielt und es drohend in die Höhe hob.

»Stehen Sie auf und strecken Sie mir Ihre Hände entgegen. Ich will sicher gehen, dass da kein Messer ist und ich noch mal den Kürzeren ziehe.«

»Steht doch zwei zu eins für Sie«, erwiderte Norden und wunderte sich über den kratzigen Klang seiner Stimme.

»Das können Sie mir später erklären. Jetzt ist keine Zeit dafür. Drehen Sie sich um und gehen Sie weiter Richtung Kellertür.«

»Was haben Sie vor? Mich runterschmeißen und den Schlüssel in den Fluss werfen?«

»Alles zu seiner Zeit. Öffnen Sie die gegenüberliegende Tür und gehen Sie in den Raum. Machen Sie keine hastigen Bewegungen und drehen Sie sich ja nicht um. Ich bin schneller, glauben Sie mir.«

Auch wenn das, was der Mann da schlagbereit in der Hand hielt, sicher keine Armbrust war, gehorchte Norden. Ein Hieb mit einer Axt oder einem Schwert wäre sicher ebenso tödlich wie ein heranrasender Armbrustbolzen.

Der Raum, den er betrat, war quadratisch, groß und mindestens drei Meter hoch. Auch hier standen keine Möbel. Auf dem Boden lagen lediglich zwei Decken übereinander. Direkt unter dem Fenster schien jemand geschlafen zu haben. In einer Ecke lagen zwei Stapel mit alten Zeitungen. Ansonsten war der Raum nackt.

»Gehen Sie weg von dem Fenster und setzen sich dort auf den Boden«, befahl der Mann mit dem schwarzen Kapuzenumhang. Forsch schubste er Norden in die entsprechende Richtung. »So, jetzt haben wir endlich Zeit und Ruhe, um miteinander zu plaudern.«

Norden hatte sich auf den Boden fallen lassen. Mit dem Rücken an der Wand lehnend konnte er das erste Mal einen längeren Blick auf seinen Gegner werfen.

»Ist das etwa ein Buch, das Sie da wie eine Axt in der Hand halten?«, fragte Norden, während er mit seinen Fingern die Beule hinter seinem Ohr abtastete.

»Sie wollen wohl ein ganz Schlauer sein.« Der Mann verzog verächtlich den Mund. »Dabei sind Sie bloß derjenige, der meine Ex-Frau vögelt und der mir meinen Sohn ausspannen will. Obendrein kämpfen Sie unfair.«

»Das müssen ausgerechnet Sie sagen. Wer hat wem gerade einen alten Russen um die Ohren gehauen?«

»Nachdem Sie mich vorher mit einem Feuerlöscher an der Wand zerquetschen wollten. Woher wissen Sie eigentlich, dass es ein Russe war?«

Norden seufzte.

»Vielleicht hatte ich den gleichen Gedanken. Mein *Krieg und Frieden* liegt noch auf der obersten Kellertreppe. So wie ich mein Glück kenne, ist der staubige Schinken in Ihrer Hand aus dem gleichen Umzugskarton im Keller. Wahrscheinlich hat mich gerade Raskolnikow umgehauen.«

»Muss Sie enttäuschen, nicht Tolstoi. Gogol, *Taras Bulba* und eine Horde Kosaken waren mir behilflich. Aber lassen wir den Blödsinn. Sie sind jetzt genau dort, wo ich Sie seit gestern Vormittag haben möchte. Und trotzdem ist alles anders.« Der bärtige Mann seufzte. »Wo haben Sie meinen Sohn hingebracht? In dem schäbigen Wohnmobil ist er jedenfalls nicht. Agnetha ist mir völlig egal. Die Frau ist gefährlich, aber das werden Sie noch früh genug merken. Mich hat sie immer an einen Kirschbaum erinnert. Wundervolle Früchte, pralle Lippen, süß und lockend – aber von der Sorte, die beim ersten Regen aufplatzen. Und alles andere an ihr ist giftig. Blätter, Rinde,

Holz, alles voller Gift. Sie können die Frau haben. Aber wenn es um mein Kind geht, dann verstehe ich keinen Spaß. Glauben Sie mir, ich schlage Sie windelweich, wenn Sie mir nicht sofort sagen, wo Sie meinen Sohn versteckt haben.«

Mimik und Gestik des Mannes zeigten, dass das keine leere Drohung war. Norden musste Zeit gewinnen, den Bärtigen ablenken.

Das Buch in der Hand des Kapuzenmannes machte Norden absolut keine Angst. Alles andere an ihm schon. Diese Entschlossenheit hielt gestern den Hals der Seifensiederin umklammert. Er hätte sie definitiv erwürgt. Der Mann war wie eine in die Ecke gedrängte Ratte. Und er selbst hatte nur seinen Verstand, um sie sich vom Leib zu halten.

»Haben Sie einmal darüber nachgedacht, dass Sie den Falschen erwischt haben könnten?«

Der Mann lachte wie ein Betrunkener.

»Das ist so arm. Sie sollten wenigstens die Murmeln im Beutel haben, um zu dem zu stehen, was Sie tun.«

»Das würde ich – aber ich muss Sie enttäuschen. Bis gestern Vormittag kannte ich Ihre Ex-Frau nicht einmal. Ich war auf der Suche nach einem Mörder. Und ich war erfolgreich. Ich konnte ihn vom nächsten Mord abhalten, auch wenn ich ihm dafür ein paar Finger brechen musste.«

»Moment, Moment, Moment!« Der Mann begann wie ein Raubtier im Käfig vor ihm hin und her zu gehen. »Sie glauben, ich hätte etwas mit diesen Morden zu tun gehabt?« Seine Augen begannen zu flackern. Kein gutes Zeichen. Der Mann war kurz davor auszurasten. »Sie müssen noch dämlicher sein, als ich es befürchtet habe.« Er lachte auf. »Warum sollte ich diese Leute getötet haben? Ich kannte sie ja nicht einmal. Habe mit diesem ganzen Mittelalter-Schwachsinn seit Jahren nichts mehr zu tun. Zugegeben, es gab eine Zeit, da dachte ich, dass dieses Von- Markt-zu-Markt-Ziehen die Antwort auf unsere Fragen wäre. Auf Agnethas und meine. Aber das war irgendwann vorbei. Hätte es Finn nicht gegeben, wäre das schon viel früher passiert. Ein Kind macht eben alles immer komplizierter.«

»Ich kann mir das vorstellen, auch wenn ich keine eigenen Kinder habe.«

»Ach ja?« Spott lag in der Erwiderung. »Sie wissen gar nichts. Niemand kann sich vorstellen, wie das ist, tagsüber die Kinder fremder Leute zu unterrichten und nicht zu wissen, wie es dem eigenen Sohn geht. Agnetha hat das alleinige Sorgerecht. Hat clever Gerüchte über mich in die Welt gesetzt und ihre Fäden gezogen. Direkt nach der Scheidung hat sie es beantragt und die Richterin hat dem zugestimmt. Auch so eine Alter-naive, deren eigenes Leben nur aus Kompromissen besteht und die mit solchen Urteilen ihr Gewissen füttert. Wissen Sie, wie lange es dauert, bis ein ehemaliger Lehrer wieder eingestellt wird, wenn in seiner Personalakte unter seiner Beurteilung der Zuverlässigkeit *möglicherweise suchtgefährdet* steht? Zwei Jahre. So viel Zeit brauchen Psychologen und Gutachter, bis sie zu einem Abschlussbericht kommen. In solchen Fällen gilt nicht die Unschuldsvermutung. Jemand verleumdet Sie und Sie müssen die Scherben wegfegen. Aber nicht mit mir. Ich habe jeden Termin wahrgenommen. Mich aus der Ferne erkundigt, wie es meinem Sohn geht. Aber Finn ist im Sommer sechs geworden, das heißt, er ist schulpflichtig. Und bevor meine Ex-Frau wieder zu tricksen beginnt und den Behörden etwas von Privatunterricht und ihrem abgeschlossenem Pädagogikstudium erzählt, werde ich Tatsachen schaffen. Wenigstens war das der Plan, bis bei mir die Sicherungen durchgebrannt sind. Mein Anwalt hat alles vorbereitet. – Aber er sagt, es könnte eine Weile dauern, bis es einen amtlichen Stempel

hätte. Ich war noch nie ein geduldiger Mensch. Also reizen Sie mich nicht und sagen Sie mir jetzt, wo mein Sohn ist!« Die letzten Worte hatte der Mann gefährlich in die Länge gezogen.
»Ich weiß es nicht. Sicher bei seiner Mutter. Ich bin erst seit ein paar Stunden unterwegs. War auch an Agnethas Zelt. Außer dem Waffenschmied war dort niemand. Er ist der neue Partner Ihrer Ex-Frau. Der Mann sieht Ihnen sogar ein bisschen ähnlich«, merkte Norden an. »Nur etwas größer vielleicht, noch breitschultriger nur ohne Bart. Aber das scheint ihr zu gefallen.«
Norden wollte den Mann provozieren, wollte, dass er unvorsichtig wurde und näher an ihn herantrat. »Ihr Sohn scheint ihn sogar zu lieben – wie einen Vater, meine ich.«
Sein Plan ging augenblicklich auf. Wie ein Berserker schoss der Bärtige jetzt auf ihn zu. Das Buch schien mittlerweile ein Teil seiner Hand geworden zu sein. Er holte aus und wollte eben damit auf Nordens Kopf einschlagen, als dessen Fuß vorschnellte und den Mann von den Beinen riss. Bevor der schwere Körper auf dem Boden aufschlug, hatte sich Norden zur Seite gedreht. Als würde er Kampfsport trainieren, überwältigte er den Mann schon nach wenigen Sekunden.
»Wenn Sie sich weiter so wehren, werde ich mit meiner Faust auf Ihre Hand schlagen. Sie können sich vorstellen, auf welche.«
Der Mann wimmerte vor Schmerz oder Wut, hatte aber immer noch nicht genug. Norden schaffte es, seinen Unterarm zwischen dessen Hals und Brust zu klemmen. Das nahm ihm endgültig die Luft und die Kraft.
»Nun hören Sie schon auf sich zu wehren. Ich habe wirklich nichts mit dem Verschwinden Ihres Sohnes zu tun«, keuchte Norden. »Sie können Ihre Geschichte gleich

Hauptkommissar Bender erzählen. Vielleicht kann der Ihnen weiterhelfen. Vorausgesetzt, er nimmt Ihnen die Story ab.«

»Das wird er genauso wenig tun wie Sie.« Wie ein Toter lag der Mann jetzt auf dem Bauch.

»Ich werde Sie jetzt loslassen und dann können Sie sich hinsetzen. Wir sind erwachsene Männer. Jeder mit einer anderen Geschichte und mit einer riesigen Portion Misstrauen. Ich bin der Fittere von uns beiden und Sie werden tun, was ich Ihnen sage. Vor dem Haus wird demnächst wieder ein Polizist auftauchen. Den werde ich informieren und keine zehn Minuten später wird der Kommissar hier auftauchen. Sie hatten eh keine Chance. Jede Streife hat ein Phantombild von Ihnen.«

»Dann sind Sie Polizist?«

»Nein, Künstler.«

»Und warum jagt so jemand einen Mörder?« Mit wippendem Oberkörper saß der Mann jetzt vor der Wand.

»Das ist eine andere Geschichte. Sagen Sie mir lieber, wo Sie die Armbrust versteckt haben. Warum Sie sie nicht mehr benutzen, kann ich mir vorstellen.« Norden schob den Wollumhang des Mannes zurück. »Sehen nicht gut aus, Ihre Finger. Zwei sind schon fast blau. Wird Zeit, dass sich das ein Arzt anschaut.«

Norden stand auf und ging Richtung Tür.

»Warten Sie.«

»Warum sollte ich das tun?«

»Weil mir gleich keiner mehr zuhören wird.« Der Mann lachte rau. »Das heißt, zuhören wird man mir, aber reagieren werden sie nur auf das, was sie hören wollen. Für alles andere wird keine Zeit sein. Ich habe da so meine Erfahrungen mit Beamten gemacht. Es geht mir nur um meinen Sohn. Da stimmt etwas nicht. Ja, ich bin gestern zu Agnethas Zelt gegangen, um vernünftig mit ihr über alles zu reden, aber sie hat wie eine Furie reagiert. Ich hätte unsere Ideale verraten, wäre wieder zurückgekrochen in die scheinheilige Sicherheit eines Spießerlebens. Das würde sie ihrem Sohn ersparen. Ich weiß nicht, was in diesem Moment über mich gekommen ist. Diese Kirsche, die einmal ihr Mund gewesen war, war aufgeplatzt und überschüttete mich mit Hohn und Spott. Plötzlich hatte ich sie herumgewirbelt und meinen Arm unter ihren Hals geschoben. Ich wollte, konnte dieses Gesicht nicht mehr sehen. In diesem Moment hätte ich sie töten können – aber ich habe es nicht getan.« Der Mann schüttelte den Kopf. »Suchen Sie meinen Sohn. Das ist das Einzige, worum ich Sie bitte. Ich wüsste nicht, wer mir sonst glauben würde.«

»Und warum denken Sie, dass ich das tue?«

»Weil Sie wissen, wer Raskolnikow ist – oder wegen jedem anderen Grund, der Ihnen gerade einfällt. Suchen Sie es sich aus. Ich habe nichts mit diesen Morden zu tun, aber ich habe Angst, dass da etwas nicht stimmt. Es passt nicht zu Agnetha, klammheimlich zu verschwinden. Sie würde sich nie verstecken – nicht vor der Polizei und schon gar nicht vor mir. Da muss etwas passiert sein.«

Norden suchte die Augen des Mannes, aber die starrten nur leer vor sich hin.

»Seit wann verstecken Sie sich eigentlich in diesem Haus?«

»Erst seit gestern Nacht. Ich hatte nicht vor, hier zu bleiben. Wollte meinen Sohn holen und wäre sofort wieder zurückgefahren.«

»Wusste Ihr Sohn von Ihren Absichten?«

»Mehr oder weniger. Ich habe regelmäßig mit ihm telefoniert. Ohne Wissen seiner Mutter.«

»Wer war Ihnen dabei behilflich?«

»Das ist jetzt nicht mehr wichtig. Hätte zukünftig eh nicht mehr funktioniert.«

»Und Ihr Sohn war damit einverstanden, wollte mit Ihnen fahren?«

Der Mann zuckte mit den Schultern.

»Kinder haben immer Angst vor Veränderung. Er hätte sich dran gewöhnt. Ich musste ihn nur erst einmal da rausholen.«

»Das nennt man Kindesentführung.«

»Nennen Sie es, wie Sie wollen. So war jedenfalls der Plan. Ich habe mit diesen ganzen Aussteigern hier nichts mehr am Hut. Am Montag wäre ich in Stuttgart mit meinem Anwalt zur Polizei gegangen. Wir hätten natürlich sofort das Jugendamt eingeschaltet. Schulpflicht ist ein wichtiges Gut unserer Gesellschaft und mein Leumund ist wieder okay. Seit dem Frühjahr bin ich Beamter, das zählt was im Ländle. Ich wollte einfach nicht aufgeben.«

»Verstehe. Und was ist mit diesem Haus?«

»Was soll schon sein? Ist unbewohnt. Wird gerade renoviert. Bin genauso reingekommen wie Sie. Habe nur die andere Rampe benutzt. Die Fenster hat der Besitzer sicher nur gekippt, weil der Keller feucht ist. Wo ich da gelandet bin, habe ich erst heute Morgen gemerkt, als ich draußen die Polizisten gesehen habe. Das ist wirklich alles, was es zu sagen gibt. Außer den Decken vielleicht. Die hatte ich im Wagen. Falls es Finn auf der Rückfahrt kalt geworden wäre.«

»Sie haben auf alles eine Antwort, sogar auf Fragen, die nicht gestellt worden sind. Letztendlich werden Sie die auch brauchen. Der Hauptkommissar scheint ein fairer Mann zu sein. Bleiben Sie bei der Wahrheit. Wenn Ihnen jemand helfen kann, Ihren Sohn wiederzufinden, dann die Polizei. Es sind bestimmt ein Dutzend Beamte unterwegs.«

»Mich haben Sie auch nicht gefunden«, war der dünne Kommentar des Mannes.

»Außer mir hat Sie ja auch niemand gesucht. Wusste sonst keiner, was passiert ist. Ihre Ex hat den Überfall nicht angezeigt. Das war ich und das ist noch nicht lange her.«
»Sie Wichtigtuer!«
»Ich jage einen Doppelmörder.«
»Dann haben Sie den falschen Mann erwischt.«
»Werden wir sehen«, erwiderte Norden, ging zum Hauseingang und öffnete das Fenster neben der Tür. Ein Polizist in Uniform tauchte eben unter dem Absperrband durch und bewegte sich auf das Haus zu. Norden wartete, bis der Mann nahe genug war. Dann machte er sich bemerkbar und bat den Polizisten, Hauptkommissar Bender zu informieren. 15 Minuten später kletterten der Kommissar und zwei Kripo-Beamte über eine Leiter ins Hausinnere. Weil nirgendwo ein Schlüssel für die Eingangstür aufzutreiben war, würden die drei Männer samt ihrem vorläufig festgenommenem Verdächtigen das Haus auch so wieder verlassen müssen.
»Ihre Aussage können wir nachher im Büro aufnehmen«, wandte sich der Hauptkommissar an Norden. Beim Wort *Büro* hatte er mit seinen Fingern Anführungsstriche in die Luft gemalt. Sein Gesicht blieb ohne jede Regung. Ganz anders war das beim Gesicht des Kapuzenmannes. Die Falten darin schienen jetzt bis auf die Knochen zu gehen und seine Lippen waren blass und blau zugleich. Er war schon an Norden vorbeigegangen, als er sich noch einmal umdrehte und tonlos flüsterte:
»Suchen Sie bitte meinen Sohn. Fragen Sie Hermine. – Sie weiß über alles Bescheid.«

KAPITEL 21

Norden genoss die darauffolgende Stille im Haus. Er schloss das Fenster, ging zurück zu den bunten Decken und setzte sich hin. Ein turbulenter Morgen, dachte er. Einer mit vorläufigem Happy End. Immer vorausgesetzt, dass sie den Richtigen erwischt hatten. Dieser Mann hatte die Seifensiederin angegriffen und hätte sie wahrscheinlich auch erwürgt. Aber war der Bärtige auch der Armbrustmörder? Da war weder eine Tatwaffe noch ein Motiv. Wenigstens keines, das man in der Kürze der Zeit hätte aufdecken können. Es wartete eine Menge Arbeit auf den Herrn Hauptkommissar. Neben endlosen Verhören würde die Spurensicherung den Verdächtigen, sein Auto und auch dieses Haus unter die Lupe nehmen. Einen Blick in die Zimmer hatten sie eben schon geworfen. Sie würden den Hausbesitzer ausfindig machen und dann loslegen. Immerhin ging es um einen Doppelmord. Norden biss auf seiner Unterlippe herum. Und wenn es nun wirklich so war, wie der Kapuzenmann es ihm zugeraunt hatte? Wo war Agnetha? Wo war ihr Sohn? Was hatte der Mann vorhin gesagt? Zuhören würde man ihm, aber reagieren würden sie nur auf das, was sie hören wollten. Da war sicher etwas dran. Auch was ihn, Norden, und seine Wahrnehmungen anbelangte. Vielleicht gehörte aber das alles auch nur zu dem Plan des Bärtigen. Oder alles war bloß Zufall und Mutter und Sohn saßen jetzt in diesem Moment in ihrem Zelt und freuten sich über die ersten verkauften Seifenstücke. Und wenn nicht? Was konnte passiert sein? Hier würde er jedenfalls keine Antwort finden. Dieses Haus war nur ein Unterschlupf. Ein Dach über dem Kopf, ein improvisiertes Bett und anstelle von Möbeln zwei Stapel mit staubigen Tageszeitungen.

Norden griff nach der Obersten. Die Schlagzeilen waren zwei Jahre alt. Die Welt war damals genauso durchgeknallt gewesen wie heute. Meldungen über Kriege, Erdbeben, Börsenkurse und regionalen Klatsch füllten die Seiten. Er schlug sie auf, überflog sie kurz und wollte die Zeitung eben wieder beiseitelegen, als sein Blick an einer Überschrift im Innenteil hängenblieb. *Ungeklärte Verbrechen im Nahetal.* Auf einer ganzen Seite hatte der Redakteur vier Fälle aufbereitet. Ein Mord, zwei Einbrüche und eine Vergewaltigung waren aus ihren Aktengräbern ans Licht gezerrt worden. Unter jedem postkartengroßen Text waren mehrere Fotos platziert. Unter einem der Bilder stand *Ein weiteres Opfer des Alabastermörders?*[4]. Norden spürte, wie das Blut in seinen Ohren zu rauschen begann. Das hatte ihm gerade noch gefehlt. Immer wenn er dachte, dass sich sein Gedächtnis und der mittlerweile fünf Jahre zurückliegende Mord an seiner Frau sich miteinander arrangiert hätten, tauchte irgendwo eine Schlagzeile dazu auf. Der Serienmörder war nie gefunden worden, aber er hatte Spuren hinterlassen. Die letzten scheinbar vor zwei Jahren in dieser Gegend. Norden las den Bericht. Irgendwann faltete er die Zeitungsseite zusammen und steckte sie sich in die Hosentasche. Nur raus aus diesem Haus, bevor das Rauschen ihn mitreißen würde. Er nahm denselben Weg, den seine Kollegen genommen hatten, und ließ das Fenster einfach offen stehen. Auf der Straße angekommen überlegte er, was es noch zu erledigen gab. Wie den Hilferuf eines Ertrinkenden hörte er in dem Durcheinander in seinem Kopf die letzten Worte des Kapuzenmannes. Er würde noch einmal zum Zelt der Seifensiederin gehen.

---

4 Serienmörder, dem auch Nordens Frau zum Opfer gefallen ist.

Trotz des dunkler werdenden Himmels begannen sich die Straßen der Altstadt rasch zu füllen. Gruppen von Besuchern begegneten ihm, entspannte Gesichter, die sich auf das freuten, was kam. Als Norden die Gasse mit Agnethas Zelt endlich erreicht hatte, wusste er, dass er weder sie noch ihren Sohn antreffen würde. Trotzdem warf er einen kurzen Blick ins Zeltinnere, bevor er zum gegenüberliegenden Stand weiterging.

»Noch niemand aufgetaucht?«, fragte er die über ihrer Arbeit sitzende Schriftenmalerin.

Die Frau blinzelte ihm entgegen. »Nicht mal der Waffennarr. So verkauft man kein einziges Stück. Aber das ist nicht mein Problem.«

Achselzuckend wandte sich die Frau wieder ihrer Arbeit zu. Wie gestern übertrug sie den Text aus einem Buch auf eine leere Papierseite. Die große Feder, die sie dafür benutzte, schien heute noch störrischer als sonst zu sein. Klecksende Tinte verunstaltete das Blatt, aber davon bekam Norden schon nichts mehr mit. Er hatte es jetzt eilig – musste unbedingt mit Hermine sprechen, bevor ihr *Mäuselabyrinth*-Zelt wieder von Kindern belagert wurde. Schon von Weitem sah er, dass es dafür fast schon zu spät war.

Das Mäuserennen war bereits gestartet und unzählige Kinder starrten wie gebannt auf die labyrinthartige Rennbahn. Mittendrin eine Handvoll Mäuse, Hermine und ihr Mann. Während Gero den Verlauf des Mäuserennens kommentierte, als ginge es um Leben und Tod, war die grauhaarige Frau damit beschäftigt, die Tiere auf Kurs zu halten. Das Rennen war noch nicht zu Ende, als Norden sich dazwischendrängte, nach Hermines Arm griff und die überraschte Frau hinter sich herzog.

»Für Höflichkeit ist keine Zeit«, flüsterte er, als würde das als Erklärung reichen. Erst im hinteren Teil des Zeltes ließ er die Frau los.

»Ist schon 'ne Weile her, dass Gero so leidenschaftlich war, aber ich glaube, das ist auch nicht die Ursache für deinen Überfall. So kenne ich dich gar nicht, mein Lieber. Was ist passiert?« Die alte Frau wischte sich eine Strähne aus der Stirn, bevor sie sich den Unterarm rieb.

»Wenn ich dir wehgetan habe, tut mir das leid. Aber ich glaube, dass hier irgendetwas im Gange ist und dass es auf jede Minute ankommt.«

»Worum geht es denn?«

»Um deine Freunde aus der Seifensieder-Branche«, antwortete Norden und erzählte der Frau die Geschichte von dem Kapuzenmann und dessen Aufforderung, er solle mit ihr sprechen. »Und deshalb bin ich fast auf direktem Weg hierher, habe zwei Dutzend Kinder verwirrt, deinen Mann sprachlos gemacht und dir den Arm halb ausgerissen. Du weißt, ich gebe viel auf mein Bauchgefühl – und das sagt mir, dass sich nicht nur der Himmel verfinstert. Was hat der Ex-Mann der Seifensiederin damit gemeint, dass ich dich fragen soll?«

Die grauhaarige Frau rückte sich ihre Brille auf der Nase zurecht.

»Wenn wir mehr Zeit hätten, würde ich dir erst einmal einen Becher Löwenzahntee anbieten. Ein altes Rezept. Wirkt Wunder, wenn die Nerven mit einem durchgehen. So etwas hätte ich Benno auch anbieten sollen. So heißt Agnethas Ex. Eigentlich ein ganz lieber Mensch, nur manchmal rastet er halt aus. Hat er schon immer getan. Vielleicht sind daran diese kleinen Teufel schuld. Er ist Lehrer am Gymnasium, vor allem für die Unterstufe, wenn ich mich recht erinnere. Wir haben ihn und seine Frau vor Jahren kennengelernt. Mochten beide, aber haben miterlebt, wie sie sich gegenseitig das Leben schwer gemacht haben. Jeden Tag ein bisschen mehr. Irgendwann hat Benno dann seine Tasche gepackt. Es ging um Geld und um ihr Kind. Und um Finn geht es immer noch. Agnetha ist eine harte Frau. Vielleicht kommt das vom vielen Seifebeißen. – Du weißt schon, das machen Seifensieder so, um mit dem Mund zu prüfen, ob die Seife gut ist oder nicht.«

»Wusste ich nicht. Aber ist das wichtig?«

»Alles ist wichtig, um zu verstehen, warum Menschen reagieren, wie sie es tun. Je stärker Agnetha wurde, desto schwächer wurde Benno. Er hat zwar seine Tasche gepackt, aber Agnetha hat ihn zum Bahnhof gebracht, die Scheidung beantragt und das Geld für sich und ihren Sohn verdient. Und ganz nebenbei hat sie Finns Vater beerdigt. Wenigstens muss ihm das so vorgekommen sein. Irgendwann ist Benno dann wieder auf einem der Märkte aufgetaucht und wollte seinen Sohn sehen. Du glaubst nicht, wie fuchsteufelswild Agnetha geworden ist. Hat mit einem Seifenblock nach Benno geworfen. Seither hassen die beiden sich. Jedenfalls fand ich das immer ungerecht.«

»Also hast du vermittelt. Nicht zwischen Agnetha und ihrem Ex. Mehr zwischen Finn und seinem Vater.«

»Sagen wir, ich habe einen Kontakt ermöglicht.« Die blassblauen Augen erinnerten Norden in dem Moment an die seiner Mutter. »Jedenfalls haben sie regelmäßig miteinander telefoniert und gelegentlich haben sie sich sogar getroffen. Finn ist ein sehr aufgewecktes Kind und er kann ein Geheimnis für sich behalten. Er sieht die Vorteile, zwei Väter zu haben: doppelte Aufmerksamkeit und dreifache Geschenke.«

»Jetzt verstehe ich auch, warum Finns Vater seinen Sohn gerade dieses Wochenende abholen wollte. Es ist euer letzter Markt. Danach ist die Verbindung gekappt. Du und Gero, ihr verschwindet Richtung Süden und mit euch der Kontakt zu seinem Sohn. Ein starkes Motiv.«
»Für was?«
»Für alles, inklusive aberwitziger Entführungspläne und Affekthandlungen. Aber wie passen die beiden Toten in dieses Puzzle? Hat die Frau vom *Hexenstich* irgendetwas mit Benno zu tun gehabt? Vielleicht haben sich die beiden bei euch kennengelernt. Große Liebe, großes Drama, so in die Richtung. War da etwas? Erinnere dich bitte, Hermine.«
»Du bist und bleibst ein Romantiker. Du solltest uns das Zelt abkaufen, dir eine Narrenkappe nähen lassen und dein altes Leben an den Nagel hängen« Sie legte Norden die Hand aufs Bein. »Da war nichts. Die beiden sind sich nie begegnet. Außerdem hatte Benno bei diesen Treffen immer nur seinen Sohn im Kopf.«
»Verstehe.« Norden wusste, dass er so nicht weiterkommen würde. »Dann muss ich mich wieder mehr auf die Fakten konzentrieren«, sagte er. »Einziger Anhaltspunkt: Agnetha. Und die ist verschwunden, samt ihrem Sohn. Sie sind jedenfalls seit gestern Abend nicht mehr gesehen worden. Die Schriftenmalerin behauptet, Agnetha hätte sich mitten in der Nacht davongeschlichen. Der Letzte, der Finn gesehen hat, dürfte der Waffenschmied gewesen sein. Vielleicht haben die beiden Wind von Bennos Plan bekommen und verstecken sich, bis der Markt vorbei ist. Wie hat Finn auf den Wunsch seines Vaters reagiert, mit ihm wegzufahren? Wusste er überhaupt von dessen Absicht, ihn mitzunehmen?«

Die alte Frau nickte. »Und er war einverstanden. Hat sich sogar darauf gefreut, in einem richtigen Haus zu wohnen und mit Gleichaltrigen zu spielen.«
»Dann hat er das vielleicht doch seiner Mutter erzählt und die hat ihren Sohn in Sicherheit gebracht. So könnte es gewesen sein. Sie musste bloß in einen Spiegel schauen, um die blau gewordenen Fingerabdrücke ihres Ex an ihrem Hals zu sehen und um sich zu erinnern, wozu er fähig ist.«
»Ja, so wird ein Schuh draus«, stimmte ihm die alte Frau zu. »Es gibt also keinen Grund, die Wolken anzupieksen. So hat das jedenfalls die Tuchschneiderin vom *Hexenstich* genannt. Sie meinte, dass es eine Dummheit wäre, immer das Schlimmste herbeizureden.«
»Weise Worte.«
»Komm heute Abend zu uns. Wir müssen unbedingt einen Abschiedsbecher trinken. Löwenzahn- oder Johanniskrauttee, das darfst du dir aussuchen.«
Norden umarmte die Frau und gab ihr einen Kuss auf den Mund.
»Ich freue mich drauf. Du solltest dir wegen eben eine gute Geschichte einfallen lassen. Eine, die Gero entweder eifersüchtig macht oder ihn wenigstens zum Grübeln bringt.«
»Mir wird schon das Richtige einfallen«, erwiderte sie und zwinkerte Norden zu.
»Bis heute Abend.«

KAPITEL 22

Draußen vor dem Zelt waren mittlerweile noch mehr Menschen unterwegs. Gerade als sich Norden fragte, wie er hier jemals den Pfarrer finden sollte, stand dieser plötzlich vor ihm. Das heißt, er stand am Zelt des Münzenschneiders und begutachtete dessen Kunstwerke.

»*Monsignore* konnten es sicher nicht abwarten herzukommen und den versprochenen Rabatt einzusacken«, begrüßte Norden den Prediger und zwinkerte dem Mann im Rollstuhl zu.

»Lass doch den Kirchenmann in Ruhe seine Schätze aussuchen. Er hat ein Gespür für das Besondere. Soll mir nur recht sein, solange die Taler in meiner Kasse landen.«

»Ich sehe, wir verstehen uns«, sagte Pfarrer Klinger und legte zwei große Medaillon-Münzen auf ein dunkelrotes Samtkissen. »Von meinem schmucklosen Freund hier haben Sie keine Taler zu erwarten. Er gibt sein Geld lieber für schwarzes Bier und Pferdefutter aus, das er einem als Delikatesse andrehen will. Wie viel sollen diese beiden prächtigen Münzen kosten?«

»Weil Ihr es seid, 60 Taler.«

Während der Pfarrer das Geld abzählte, wandte sich der Kunsthandwerker an Norden. »Du wolltest mir ein Schwarzbier vorbeibringen.«

»Jetzt sofort oder lieber am Nachmittag?«

»Dann später.« Der Mann zog eine halbvolle Flasche unter dem Tisch hervor. »Wenn ich zu viel trinke, werde ich schnell müde.«

»Hast du etwa schlecht geschlafen? Sag nur, dass die Familie, bei der du untergekommen bist, zu laut gesungen hat?«

»Die sind in Urlaub. Hab sturmfreie Bude. An manchen Tagen lässt mich schon ein bisschen Wind nicht einschlafen. Ist aber alles gut. Das Bett war hart und die Türen breit genug.« Der Mann zeigte auf seinen Rollstuhl.
»Wer hilft dir morgen beim Abbauen?« Die Frage war Norden schon länger durch den Kopf gegangen.
»Alte Freunde bei den Stuntreitern. Ohne die wäre es nicht zu schaffen.«
»Dann sehen wir uns später.«

Sie waren einige Schritte gegangen, als der Pfarrer stehen blieb.
»Sind Sie denn gar nicht neugierig, was ich alles in Erfahrung bringen konnte?«, fragte er Norden.
»Dann lässt mich Hochwürden nur noch länger zappeln.«
»Sie sind ein Spielverderber.« Der Pfarrer verzog den Mund. »Ich hatte heute Morgen nämlich ein interessantes Gespräch mit unserer Schmuckhändlerin. Die Dame wohnt übrigens in einer Pension und teilt ihr Zimmer mit ihrem Mann oder ihrem Liebhaber, so genau konnte ich das nicht erkennen. Jedenfalls will sie unbedingt diese Perle haben. Lässt nicht locker. Wir haben bis morgen Mittag Zeit, dann reist sie ab.«
»Ich breche wahrscheinlich erst übermorgen auf.«
Mit gerunzelter Stirn schaute der Pfarrer Norden an.
»Sie werden Ihre Gründe haben. Ich muss spätestens morgen Vormittag meine Zelte abbrechen. Auch wenn ich es nicht mag, wenn sich alle zur gleichen Zeit auf den Weg machen. Hat so etwas von Flucht und Nach-mir-die-Sintflut. Aber da stehen Termine in meinem Kalender, die ich meiner Vertretung nicht zumuten möchte.«
Norden nickte.
»Ich brauche die Wiese wenigstens eine Nacht für mich allein, wenn Sie verstehen, was ich meine.«

»Sie sind halt ein ausgesprochener Menschenfreund.« Der Pfarrer schüttelte den Kopf. »Im Freien schweigen. Mein lieber Norden, irgendwann sollten Sie sich doch eine Narrenkappe kaufen.«

»Scheint etwas dran zu sein. Habe ich eben schon mal gehört.«

»Was ist los, Norden? Ich kenne Sie jetzt lang genug, um Ihre Launen richtig einzuschätzen. Was ist passiert?«

Norden erzählte dem Pfarrer, wie er den Kapuzenmann verfolgt hatte und was danach geschehen war.

»Dann ist doch alles in bester Ordnung. Die Kripo hat den Mann in Gewahrsam und wir können den Rest vom Mittelaltermarkt genießen.«

»Ihr Pragmatismus ist vorbildlich, Herr Pfarrer. Würde das gern genauso sehen, aber das kann ich nicht. Irgendetwas sagt mir, dass der Mann mit den Morden und mit dem Verschwinden seiner Ex-Frau und seines Sohnes nichts zu tun hat. Sie hätten seine Augen sehen sollen, als sie ihn abgeführt haben.«

»Und was sollten wir Ihrer Ansicht nach tun?«

»Weitermachen, als hätte es diese Episode heute Vormittag nicht gegeben.«

»Narren tun so etwas.«

»Ich habe nie gesagt, dass ich keiner bin. Lassen Sie uns zu dem Haus gehen, wo wir die Perle gefunden haben. Wir hatten es vor – wir sollten es tun.«

»Also gut. Verlassen wir uns auf unseren Instinkt oder unser Glück und hoffen darauf, dass wir auch bei unserem zweiten Einbruch nicht erwischt werden. Die Mutigen haben Gottes Wohlwollen. Ich wollte längst mal wieder ausprobieren, ob da noch etwas dran ist.«

Als Norden und Pfarrer Klinger in die kleine Seitenstraße einbogen, begann es zu regnen.

»Matschwiese, Sie erinnern sich.« Der Pastor zeigte mit seinem Finger Richtung Himmel.

Norden öffnete rasch die Tür im Tor und schloss sie ebenso schnell wieder hinter ihnen. Im Innenhof des Hauses schien sich nichts verändert zu haben. Erst als Norden den Fensterladen öffnen wollte, bemerkte er den Unterschied. Das kleine, aufgebrochene Vorhängeschloss hing nicht mehr an seinem alten Platz. Der Kippriegel, der den Fensterladen sicherte, war leer. Sonst gab es keine Veränderungen.

»Und Sie sind sicher, dass Sie das Schloss gestern wieder eingehängt hatten?«

»So sicher, wie man nur sein kann. Aber ich kann Sie beruhigen, *Monsignore*. Ich gehe zuerst, aber dafür werden Sie sich heute schmutzige Finger holen müssen. Machen Sie eine Räuberleiter für mich.«

Flink hatte Norden die Holzläden aufgeschoben, das Fenster geöffnet und war im nächsten Moment auch schon in dem Zimmer verschwunden. Es dauerte eine gefühlte Ewigkeit, bis sein Gesicht wieder im Fensterrahmen auftauchte.

»Ich habe die Tür so leise es ging geöffnet und mich in den Flur gestellt«, flüsterte er. »Das Haus scheint leer zu sein. Die Geräusche kommen von draußen. Ich denke, wir sollten es wagen.«

Anders als gestern untersuchten Norden und der Pfarrer heute die Zimmer sehr viel sorgfältiger. Sie begannen im Erdgeschoss. Sessel wurden zur Seite geschoben, Schranktüren geöffnet, unter Betten geschaut und die Deckel von Spülkästen angehoben.

»Was suchen wir eigentlich?«, fragte der Pfarrer, als Norden jetzt die Kellertür öffnete.

»Nach anderen Perlen, einer Armbrust, einem Versteck – Hochwürden können es sich aussuchen.«

Im Keller fanden sie einen erstaunlich modernen Sicherungskasten. Nachdem Norden einige Kippschalter betätigt hatte, funktionierte das Licht wieder. Die Kellerräume waren klein und vollgeräumt und über allem lag ein modriger Geruch.

»Ein Fall für den Entrümpler«, sagte der Pfarrer, nachdem er in einige Kisten hineingeschaut hatte.

»Wegen der verrammelten Fensterläden war es in den Zimmern gestern ziemlich dunkel gewesen. Vielleicht werden wir ja heute fündig.«

»Dann haben Sie immer noch nicht genug?«, fragte der Pfarrer und wischte sich die Spinnweben aus dem Gesicht.

»Haben Sie eine Verabredung oder warum sind Sie gerade so unentspannt?«

»Was wir hier machen, fühlt sich nicht richtig an. Je eher wir es hinter uns bringen, desto besser.«

Im ersten Stock wartete ein langer Flur auf sie. Fünf Türen waren zu sehen und eine breite Holztreppe, die wohl auf den Dachboden führte.

»Ich nehme die drei Zimmer auf der linken und Sie die beiden auf der rechten Seite«, entschied der Pfarrer. »Der Dachboden gehört also auch Ihnen. Dort gibt es bestimmt noch mehr Spinnen als im Keller und mein Bedarf an klebrigen Netzen ist gedeckt.«

»War das der Grund, warum Sie gestern nicht da hoch wollten?«

Der Geistliche zuckte mit den Achseln.

»Ja und nein. Wenn Sie mich fragen, hat seit Monaten niemand mehr diese Tür geöffnet. Ich mag zwar keine Spinnen, aber gestern waren die Netze sogar nützlich. Da oben klebte eines am anderen.«

Anders als am Vortag schalteten sie heute in jedem Raum das Licht an. Die Küche und das zweite Badezimmer waren schnell durchsucht. Pfarrer Klinger sah sofort, dass das Waschbecken nass war. Irgendjemand musste es erst vor Kurzem benutzt haben. Sicher nicht zum Händewaschen, denn das Seifenstück, das auf der Spüle lag, war trocken geblieben. Die restlichen Räume boten wenig Spektakuläres. Zwei Schlafzimmer und ein weiteres Wohnzimmer. Schallplatten, alte Bücher, noch ältere Möbel und Fotoalben. Der Pfarrer war noch damit beschäftigt, diese durchzublättern, als Norden mit einem großen Schlachtermesser neben ihm auftauchte.
»Hab ich aus der Küche mitgenommen. Jetzt könnte es spannend werden«, murmelte er und drückte dem Pfarrer das Messer in die Hand. »Ich habe nebenan auch noch einen knüppeldicken Spazierstock gefunden. Wir sollten auf alles vorbereitet sein. Im Gegensatz zu gestern sind nämlich so gut wie keine Spinnweben mehr vor der Dachbodentür.«
Auf Zehenspitzen schlichen sie zu der Treppe. Fingernageldicker Staub lag auf den Stufen. Auch ohne dass sie die Wandlampe einschalteten, sahen sie die Spuren. Schuhabdrücke und Stellen, an denen der Staub ganz weggewischt war.
»Gestern sah das noch anders aus«, sagte der Pfarrer so leise es nur eben ging und deutete auf dunkelgraue Spinnwebfetzen, die den Türrahmen umgaben.
Zwölf Stufen lagen zwischen ihnen und der alten Tür. Eine schlichte Klinke war von hier unten zu sehen und ein Schlüssel, der im Schloss steckte. Treppen scheinen heute mein Schicksal zu sein, schoss es Norden durch den Kopf. Er gab dem Pfarrer ein Zeichen, als er losging. Schon die erste Treppenstufe stöhnte unter seinem Gewicht. Er hielt kurz inne, lauschte, dann ging er weiter. Wenn sich

dort oben jemand versteckte, wusste der spätestens jetzt, was da draußen vor sich ging. Norden warf seine Vorsicht über Bord, umklammerte den Spazierstock noch etwas fester und eilte die letzten Stufen hoch. Die Tür war von außen abgeschlossen und als Norden sie aufsperrte und aufriss, quietschte sie, als wollte sie sich über die Störung beschweren. Mehrere Dachfenster versorgten den Raum mit genügend Licht. Millionen Staubpartikel tanzten durch die Luft. Norden sah sich rasch um. Kisten, Kartons, ein alter Schrank und eine Schaufensterpuppe. Ihm wäre fast das Herz stehen geblieben, als er sie aus dem Augenwinkel bemerkt hatte. Es setzte ein zweites Mal aus, als der Pfarrer jetzt hinter ihm auftauchte.

»Und?«

»Nichts. Scheint niemand eingesperrt worden zu sein. Jede Menge Dreck und Gerümpel. Aber auf den ersten Blick keine Menschenseele.«

»Aber dafür überall Schuhabdrücke. Ohne jedes Profil, dafür riesengroß. Mindestens 48, Marke Brennender-Busch-Austreter.« Der Pfarrer zeigte auf die Spuren im Staub. »Sie führen zu diesem Fenster da und kommen zurück zur Treppe.«

Norden stand jetzt unter dem Dachfenster.

»Hier scheint unser unheimlicher Besucher etwas abgelegt zu haben, jedenfalls ist hier kein Staub mehr auf den Brettern zu sehen. Dann ist er zurückgegangen. Eine zweite Spur führt zu dem alten Küchenschrank.«

Von zwei Seiten gingen sie jetzt darauf zu. Das große, dunkle Möbelstück hatte sicher zu Kaiserzeiten in einem Esszimmer gestanden oder in einer riesigen Küche. Jedenfalls hätte es in diesem Haus sonst nirgendwo hingepasst. Um keine Fingerabdrücke zu vernichten, zog Norden ein Taschentuch aus seiner Hosentasche. Vorsichtig öffnete er damit die oberen Türen. Beide Schrankseiten waren leer.

Er zog die Schubladen heraus und fand ebenfalls nichts von Bedeutung. Als er die unteren Schranktüren öffnete, kam sein Herz zum dritten Mal binnen kurzer Zeit ins Stolpern. Als er den dunklen Stoff sah, war sein erster Gedanke, dass dort Garderobe verstaut worden war. Den Körper, der in dem Schrank versteckt war, erkannte er erst auf den zweiten Blick. Auf der Seite liegend ähnelte dieses Bündel einer zu groß geratenen Puppe. Es dauerte einen Moment, bis Norden den Mut hatte, in die Hocke zu gehen und nach dem zu tasten, was da lag.

»Suchen Sie einen Lichtschalter«, rief er dem Pfarrer zu, während seine Finger nach dem Kopf der vermeintlichen Puppe griffen. Der Schrank musste über drei Meter breit sein, das Bündel war weniger als halb so lang. Bevor Norden seine Arme unter den Körper schieben konnte, wusste er, wen sie gefunden hatten. So behutsam wie möglich zog er den regungslosen Körper in seine Richtung. Der Kopf des Jungen kam gerade zum Vorschein, als eine einzelne Glühbirne aufleuchtete. Norden wischte Finn, dem Sohn der Seifensiederin, die Haare aus dem Gesicht und zog dann den Rest seines Körpers aus dem Schrank. Mit nervösen Fingern suchte er erst am Unterarm, dann am Hals des Jungen nach einem Puls.

»Hören Sie nie wieder auf mich«, sagte Norden zu dem Pfarrer. »Das Einzige, was uns jetzt helfen kann, ist ihr eingeschmuggeltes Handy. Der Junge lebt! Da ist ein Puls, wenn auch schwach. Sie müssen sofort den Notarzt alarmieren und anschließend Hauptkommissar Bender. Ich habe hier seine Nummer.« Er kramte den Zettel aus der Hosentasche. »Wir werden dem Herrn eine Menge zu erklären haben. Aber das kann auch noch ein paar Minuten warten. Jetzt brauchen wir erst mal einen Krankenwagen.«

KAPITEL 23

Trotz des Trubels und der Menschenmassen, die unterwegs waren, traf der Notarzt bereits wenige Minuten nach dem Anruf ein. Auch ohne den Straßennamen zu kennen, hatten sie dem Rotkreuzmitarbeiter den Standort des Hauses so gut es ging geschildert. Während Pfarrer Klinger draußen auf den Arzt und die Sanitäter wartete, war Norden bei Agnethas Sohn geblieben. Nach einer kurzen Untersuchung legte der Notarzt dem Jungen eine Infusion an. Gleich darauf wurde sein Körper auf einer Trage fixiert und weggebracht. Das Bild des dünnen, blassen Kinderarms, der langen Nadel und der dicken Kanüle hatte sich in Nordens Kopf eingebrannt.

Dagegen war das Gespräch mit dem Hauptkommissar eine einfache Übung gewesen. Vor seiner Aussage hatte er kurz Pfarrer Klinger vorgestellt und anschließend den Sachverhalt so erläutert, dass die Geschichte einigermaßen schlüssig klang: Er und der Pfarrer seien an dem Haus vorbeigekommen und hätten jemanden um Hilfe rufen hören. Sie hätten geklingelt und geklopft und als ihnen niemand die Tür geöffnet hätte, wären sie in den Innenhof gegangen. Dort hätten sie ein Fenster vorgefunden, das offenbar eingeschlagen worden war, und weil sie erneut Hilferufe hörten, wären sie eingestiegen. Norden wusste, dass der Kommissar ihm kein Wort glaubte, aber wie sollte er ihm das Gegenteil beweisen?

»Wissen Sie, wer der Junge ist?«, hatte Norden den Kommissar gefragt, bevor er die Antwort selbst lieferte.

»Der Sohn des Mannes, den Sie heute Morgen festgenommen haben. Seine Mutter ist die Frau, die seit letzter Nacht verschwunden ist. Finn ist sein Vorname, seinen Nachnamen kenne ich nicht.«

»Und als Sie den Jungen gefunden haben, hatte er bereits das Bewusstsein verloren und Sie haben außer ihm niemanden im Haus angetroffen?«
Der Hauptkommissar kannte bereits die Antwort. »Und Sie, Herr Pfarrer, können den Sachverhalt sicher bestätigen.«
Pfarrer Klinger räusperte sich. »Bestätigen und bezeugen«, sagte er. »Falls das erforderlich sein sollte.«
Der Hauptkommissar verzog das Gesicht, als würden ihn heftige Schmerzen quälen.
»Seien wir froh und glücklich, dass Sie beide so außergewöhnlich gute Ohren haben und der Junge noch gerade lange genug wach war. Alles andere ist nebensächlich.«
»Das sehe ich ganz genauso, Herr Kommissar. Für mich grenzt es an ein Wunder, dass meine Ohren immer noch so gut funktionieren. Was in meiner Jugend die Rockkonzerte waren, erledigt heute die Orgel in meiner Pfarrkirche. Irgendwie bin ich immer zu nah dran am Geschehen.«
»Dass Sie beide gut miteinander zurechtkommen, kann ich mir lebhaft vorstellen«, sagte der Kommissar an Norden gewandt. »Jetzt lassen wir die Spielchen und konzentrieren uns wieder auf die Fakten. Haben Sie eine Ahnung, auf welchem Dachboden wir gerade herumschleichen?«
Norden schüttelte den Kopf.
»Da kann ich Ihnen helfen.« Der Pfarrer zog sein Handy aus dem Umhang und öffnete das E-Mail-Programm. »Im Grundbuch ist ein Ignaz Scholz als Besitzer eingetragen. Wohnt in Neu-Isenburg in der Nähe von Frankfurt. Mehr weiß ich leider auch nicht.«
Während Norden die Augen verdrehte, hörte er den Kommissar neben sich tief Luft holen, als würde ihm durch den aufgewirbelten Staub das Atmen schwerfallen.
»Respekt, Herr Pfarrer. Es ist Sonntag. Meine Leute brauchen mindestens noch zwei Stunden, bis sie mir diese Information geben können. Es würde mich brennend

interessieren, wie ein Geistlicher, der angeblich rein zufällig an diesem Haus vorbeigekommen ist, Zugriff auf diese Information hat?«

»Ich habe da so meine Kontakte.«

»Und ich Trottel bin vor zwei Jahren aus der Kirche ausgetreten. Vielleicht sollte ich das noch einmal überdenken.«

»Sie hatten bestimmt Ihre Gründe, Herr Kommissar. Meine Kontakte sind viel banaler. Ich hatte Interesse an dem Haus und jemand war mir einen Gefallen schuldig.«

»Sie lügen! Sie lügen beide, aber damit kann ich leben. Nur ob Sie so jemals in den Himmel kommen, Herr Pfarrer, da habe ich doch meine Zweifel.«

»Ach wissen Sie, der Himmel wird allgemein überschätzt.« Der Priester steckte sein Handy ein und schaute den Kommissar an. »Das hier ist der Himmel. Das Jetzt und Heute. Ganz egal wie unvollkommen uns alles erscheint. Religionen kümmern sich meiner Ansicht nach viel zu sehr um das Jenseits, den anderen Himmel. Für mich muss Glauben auch immer Wissen beinhalten. Und ich kenne mich nun einmal viel besser mit dem Diesseits aus und glaube zu wissen, was danach kommt. So verstehe ich meine Arbeit. Und so haben wir den kleinen Jungen gefunden. Wer weiß, ob er eingepfercht in diesem Schrank die nächsten Stunden überlebt hätte. Ich habe da so meine Zweifel.«

»Der Notarzt hatte die auch.« Kommissar Bender wischte sich den Schweiß am Hemdsärmel ab. »Meinte, dass der Junge dehydriert war und ihm irgendwelche Drogen verabreicht wurden. Sein Blutdruck wäre sehr schwach gewesen und der Puls – wie hat er sich ausgedrückt – war nur noch am Flattern. Gut vorstellbar, dass er in dem Schrank gestorben wäre.«

»Das würde ihm sein Vater niemals antun«, mischte sich Norden ein. Er hatte sich bewusst zurückgehalten, um seine Gedanken zu sortieren.
»Was wollen Sie damit sagen?«
»Dass noch nicht Montag ist, Herr Kommissar. Dass wir den Falschen in Gewahrsam haben und dass da draußen immer noch mindestens ein Mörder unterwegs ist. Wir müssen die Mutter des Jungen finden. Haben Ihre Leute mittlerweile in den Krankenhäusern nachgefragt?«
»Da ist in den letzten 24 Stunden niemand eingeliefert worden, auf den Ihre Beschreibung passen könnte.«
»War jemand am Wohnmobil der Dame?«
Der Kommissar nickte. »Wir haben es uns sogar von innen angeschaut. Steht auf dem oberen Parkplatz. Die Tür war nicht abgeschlossen. Aber sonst wirkte alles völlig normal.«
»Was ist aus der LKA-Spur geworden. Haben die Kollegen inzwischen jemanden vorbeigeschickt?«
Dieses Mal schüttelte der Kommissar den Kopf.
»Wir wissen inzwischen nur, dass es am Turnierplatz noch einen zweiten Ermittler gibt, der dort verdeckt arbeitet. Das ist amtlich, aber wir haben keine Idee, wer das sein könnte, nicht mal ob das ein Mann oder eine Frau ist.«
»Die habe ich vielleicht. Fragen Sie mich jetzt bloß nicht nach einem Namen und dem Wieso und Weshalb.«
Der Kommissar kniff die Lippen zusammen.
»Vielleicht wäre es eine gute Idee, wenn der Pfarrer und ich jetzt einen Spaziergang Richtung Uferwiesen machen würden. *Monsignore* Klinger war noch nicht im Lager der Ritter und am Turnierplatz. Wenn wir es geschickt anstellen, kommen wir sicher weiter als Ihre Beamten. Wenn Sie einverstanden sind, werde ich unserem Pfarrer unterwegs vom Doppelleben der toten Tuchschneiderin erzählen.«
Der Blick des Kommissars wirkte erstaunt.

»Würden Sie doch sowieso tun.«
Norden grinste und nickte.
»Aber so klingt es für alle Beteiligten besser.«
»Rufen Sie mich an, wenn Sie etwas ausgegraben haben. Die Ausrede mit dem nicht vorhandenen Handy funktioniert ja nicht mehr.«
»Und Sie sagen dem Vater des Jungen, dass Sie seinen Sohn gefunden haben und dass es ihm gut geht.«

KAPITEL **24**

Hatten sie den Burschen also gefunden. Auch gut. Ihm war es egal. Er hatte dadurch nichts zu verlieren oder zu gewinnen.
Außer ein paar Abdrücken seiner profillosen Stiefel im Staub hatte er keinerlei Spuren hinterlassen. Bloß sein Gewissen hätte es erleichtern können – wenn er denn eines gehabt hätte. Diesen Luxus hatte er sich aber nie geleistet. Skrupel waren etwas für Schwache und hinter der Moral versteckten sich Frauen, wenn sie nicht mit einem Mann schlafen wollten. Diese Lektion hatte er früh gelernt. Wenn es der Richtige war, sprangen die Damen auch beim ersten Date mit demjenigen ins Bett oder vergaßen auf einmal, dass sie verheiratet waren. Das Gewissen diente nur als Regenschirm. Aber das war jetzt alles unwichtig.
Der Junge (Wie hieß er doch gleich?) schien zu leben. Er hatte dessen Tod auch nicht gewollt. Dann hätte er sich anders um ihn gekümmert oder sie hätten ihn gar nicht erst gefunden. Er nahm den Tod sehr ernst. Da gab es andere Namen auf seiner Liste, aber alles zu seiner Zeit. Er hatte Geduld. Nicht die Ruhe und innere Ausgeglichenheit eines Mönchs, eher die lauernde Variante davon. – Die einer Eule. Wenn er dann zuschlug, gab es kein Entrinnen mehr. Dann gab es nur noch ihn, sein Opfer, seine Klauen, seinen Hass und seine schrägen Gedanken. Mal sehen, wann sie die Frau finden würden …

KAPITEL 25

Draußen war es Herbst geworden. Auch wenn es nicht mehr regnete, erinnerten die Wolken, der Wind und die abgekühlte Luft heute mehr an November als an einen Spätsommertag. Trotzdem waren die Gassen voller Menschen und die Händler und Handwerker hatten an ihren Ständen alle Hände voll zu tun.

»Hat Ihnen unser Zeitungsinformant noch andere Dinge verraten? Dinge, die Sie mir bisher verschwiegen haben?«

»In der Summe nicht mehr als das, was ich eben unserem Kommissar gesagt habe. Sie sind mir gegenüber also im Vorteil. Rücken Sie schon raus damit! Was ist so geheim, dass die eine Behörde der anderen gegenüber mauert? So etwas erlebe ich sonst nur in der Ökumene oder bei Anwaltsserien im Fernsehen.«

»Es geht um eine verdeckte Ermittlung und um junge Mädchen aus Osteuropa, die ins Land geschmuggelt werden und hier ihre ›Schulden‹ abarbeiten müssen.«

»Eklig.«

»Sie sagen es.«

»Und die tote Frau vom *Hexenstich* war quasi eine Undercover-Ermittlerin?«

Norden nickte. »Und das LKA hat noch eine zweite Person eingeschleust. Direkt ins oder ans Lager der Ritter. Man verdächtigt wohl die Komparsen, die unten ihr Lager aufgeschlagen haben.«

»Und wen verdächtigen Sie?«

Norden zuckte mit den Schultern.

»Keine Ahnung. Dafür waren wir bisher zu weit weg vom Geschehen.«

»Und in Sachen Undercover-Ermittler?«

»Eine Frau, deren Rabe einen in die Schulter hackt. – Aber nur, wenn er einen mag.«
Sie waren jetzt an der Böschung angekommen.
»Ist etwas rutschiger als heute Morgen, aber wenn wir aufpassen, können wir trotzdem die Abkürzung nehmen.«
»Glauben Sie, dass da etwas dran ist?«
»Was meinen Hochwürden?«
»Dass unsere beiden Toten etwas mit den Leuten vom Turnierplatz zu tun hatten. Das Mordwerkzeug scheint jedenfalls darauf hinzudeuten. Ich bin mir nicht sicher, ob ich wüsste, wie man mit einer Armbrust umgeht.«
»Das ist das eine. Die andere Sache ist die, dass diese Typen vielleicht wissen, dass man ihnen auf den Fersen ist. Trotzdem dreht sich für mich vieles um unsere Seifensiederin.«
»Vielleicht steckt die feine Dame mit diesen fiesen Mädchenhändlern unter einer Decke. Möglich wäre es! Sie brauchen also gar nicht so skeptisch zu gucken«, sagte der Pfarrer, während er sein Handy hervorzog.
»Unser Redakteur war so freundlich, mir heute Morgen die beiden Hauseigentümer mitzuteilen.«
»Und? Sonst nichts?«
»Der Mann kann auch nicht hexen. Habe ihm erst vor ein paar Stunden die Adressen und Termine geschickt, die die Tote in diesem *Karfunkel*-Heft angekreuzt hat. Habe ihn gebeten, in den jeweiligen Tageszeitungen die Lokalberichte der darauffolgenden Tage zu überfliegen. Vielleicht gibt es ja irgendwelche Auffälligkeiten. Aber es ist Sonntag, da wird ihm kaum jemand helfen.«
»Trotzdem, ein sehr guter Ansatz. Besser wäre es noch gewesen, Hochwürden hätte gleich selbst mit der Recherche begonnen.«

»Zeitungsseiten auf einem Handydisplay vergleichen?« Der Pfarrer verzog den Mund. »Norden, Sie sind ein unverbesserlicher Nörgler. Kein Wunder, dass es keine Frau länger als ein paar Tage mit Ihnen aushält.«
Anstatt zu antworten, warf Norden einen Blick über die Schulter.
»Warum machen Sie das die ganze Zeit?« Der Pfarrer drehte sich jetzt ebenfalls um. »Kundschaften Sie einen Fluchtweg aus oder ist uns jemand auf den Fersen?«
»Vor was sollte ich davonlaufen? Da müssten Sie mir noch ganz andere Sachen an den Kopf werfen. Und selbst dann würde ich das nicht tun. Vielleicht war mir deshalb die Seifensiederin auf Anhieb sympathisch. Ihr Ex-Mann behauptet nämlich auch von Agnetha, dass sie sich niemals so mir nichts dir nichts verdrücken würde. Das ist nicht der Grund, warum ich nervös bin. Seit wir dieses Haus verlassen haben, werde ich das Gefühl nicht los, dass wir verfolgt werden.«
»Ist das bloß Ihr Gefühl oder haben Sie etwas Konkretes?« Der Pfarrer versuchte sich so unauffällig wie möglich einen eigenen Eindruck zu verschaffen. »Wissen Sie, wie viele Leute vor und hinter uns auf diesem Pfad unterwegs sind? Das sind Dutzende. Wie wollen Sie da einen Verfolger erkennen? Mir ist jedenfalls niemand aufgefallen, der sich merkwürdig verhält.«
»Wahrscheinlich haben Sie recht.«
»Sollen wir noch kurz bei unserem Zeltlager vorbeischauen? Ich hätte da noch eine luftgetrocknete *Finocchiona* anzubieten, eine italienische Fenchelsalami. Natürlich nur, wenn Sie Hunger haben.«
»Heben wir uns die für später auf. Wir sollten so rasch es geht zum Turnierplatz. Ich muss einen zweiten Blick auf die Händlerzelte werfen und das Lager der Stuntreiter genauer unter die Lupe nehmen.«

»Sie wollen den LKA-Ermittler ausfindig machen?«
Norden winkte ab.
»Ich möchte vor allem auch Ihre Meinung hören, Herr Pfarrer. Meine Antennen waren gestern etwas abgelenkt. Ihre sind da unbelasteter. Wir sind gleich da. Hinter der nächsten Biegung ist schon das Kassenhäuschen.«

Als wollte der Himmel das Seinige dafür tun, den Turnierplatz und das Ritterlager im besten Licht zu präsentieren, riss jetzt die Wolkendecke auf. Wie ein gigantischer Scheinwerfer tauchte die frühe Nachmittagssonne die Wiesen und den Fluss in flüssiges Gold. Vor dem Kassenhaus hatte sich eine kleine Menschentraube gebildet. Viele Familien waren heute schon früh unterwegs, um sich das Leben im Lager anzuschauen und sich anschließend die besten Plätze zu sichern.
»Es ist erst kurz vor zwei«, sagte der Pfarrer, bevor er sein Handy wieder verschwinden ließ. »Laut Plakat fangen die Schaukämpfe erst in einer Stunde an. Ich lade Sie übrigens ein.« Der Pfarrer zog seinen Geldbeutel aus der Tasche.
»Dann revanchiere ich mich später«, antwortete Norden, ohne richtig bei der Sache zu sein. Seine Gedanken waren anderswo unterwegs. Wieder hatte er das Gefühl, dass sich in der Menschengruppe, die nach ihnen eingetroffen war, Augen verbargen, die sie beide beobachteten. Er suchte ein bekanntes Gesicht in der Menge, die Frau oder den Mann, der sich auffällig anders verhielt oder das Gegenteil davon versuchte. Was er sah, waren lauter gut gelaunte Menschen.
»Gehen wir erst einmal zum Lager der Ritter und suchen unter all den alten Männern die hübschen, dunkeläugigen, jungen Mädchen, die deren Töchter sein könnten.«

Die Wiese am Fluss war so weitläufig wie zwei Fußballfelder. Unzählige große und kleine Zelte waren auf etwa der Hälfte der Fläche aufgeschlagen worden. Die Restlichen gehörten zu dem Übungsplatz und den Pferden. Eckige Strohballen und hölzerne Gatterstücke trennten das Lager vom Marktbereich der Händler ab. Dahinter lag der Turnierplatz. Bunte Bänder, Fahnen und Standarten wehten im Wind. Überall waren Gewandete und Ritter zu sehen. Eine Parallelwelt, die noch etwas extremer und exotischer war als die oben in der Altstadt.

»Und? Was halten Sie davon?«

Der Pfarrer zögerte. »Was wollen Sie hören? Ich bin beeindruckt und das gleich mehrmals. Die Kulisse ist einzigartig. Die Menschen, die Zelte, die Felsen, der Fluss, das alles wirkt wie die perfekte Bühne für eine Filmproduktion. Aber die Menschen beeindrucken mich fast noch mehr. Die, die Teil der Kulisse sind und die, die ihnen dabei zusehen.«

Norden nickte. »Wir sollten jetzt einen Honigwein trinken und ein paar Worte mit den Händlern wechseln. Vielleicht finden wir Antworten.«

Heute war deutlich mehr los als gestern während der Ritterspiele. Kinder warfen Äxte auf Holzblöcke, genauso wie andere am Nachbarstand ihre Pfeile auf Stroh-Zielscheiben abschossen.

»Die Polizei hat die Männer vom *Pfeil und-Sehne*-Stand auf Herz und Nieren kontrolliert«, erklärte Norden, der sich vorstellen konnte, was dem Pfarrer gerade durch den Kopf ging. »Dasselbe trifft übrigens auf den Armbruststand in der Altstadt zu. Sind beides die gleichen Betreiber, zwei Brüder. Kommen aus Osnabrück. Hatten eine Autopanne und sind erst am Morgen nach dem Doppelmord angereist. Habe ein bisschen herumgehört und immer die gleiche Geschichte erzählt bekommen. Scheint zu stimmen, sonst hätte es der Hauptkommissar niemals erlaubt, dass die Stände geöffnet werden.«

»Und die anderen Händler und Handwerker?«

»Bilden Sie sich Ihr eigenes Urteil, Hochwürden. Ein anderer Waffenschmied, ein Honighändler, ein Schuhmacher, der Stiefel nach Originalvorlagen aus jedem Jahrhundert fertigt, eine Gewandschneiderin und das Zelt der Wahrsagerin.«

»Und wen oder was suchen wir?«

»Einen Mörder, eklige Mädchenhändler und einen verdeckten Ermittler. Die Reihenfolge dürfen Sie sich aussuchen. Bevor Sie verzweifeln, sollten wir erst einmal etwas Süßes trinken. Etwas, das die Kreativität anschiebt.«

Immenhüter stand über dem an der Uferböschung aufgeschlagenen Zelt.

»Wir hätten gern zwei Gläser vom herberen Honigwein«, bestellte Norden und zog seinen Lederbeutel aus dem Gürtel. »Ist nicht zu süß und hat Alkohol, aber besänftigt die Nerven und schärft den Verstand.«

»Macht sechs Taler«, meldete sich der Mann hinter dem Holztisch, während er die randvollen Gläser vor ihnen abstellte. Als Norden seinen Lederbeutel öffnete, fielen ihm einige Münzen auf den Boden. Rasch bückte er sich, um sie aufzuheben. Kaum war er mit dem Kopf abgetaucht, als ihm etwas durch die Haare fuhr. Er spürte einen Luftzug, dann einen Druck und anschließend ein Brennen an seinem Hinterkopf. Als er sich aufrichtete und nach der Stelle tastete, wurde der Schmerz stärker. Weder der Pfarrer noch der Mann vom Honigstand schienen etwas von der Sache mitbekommen zu haben. Norden schaute auf seine Finger und das Blut daran ließ keine Zweifel zu.

»Kommen Sie, wir müssen weg hier«, sagte er und zog den verdutzten Pfarrer hinter sich her. Erst als sie das nach vorn offene Zelt umrundet hatten, blieb er stehen. »Wir müssen sofort zu den Bäumen. Da sind wir sicher. Dort gibt es keine freie Schussbahn«, murmelte Norden und zeigte dem Pfarrer das Blut an seinen Fingern. »Was auch immer das gewesen ist, es muss von dort gekommen sein.« Er zeigte in Richtung des gegenüberliegenden Zeltes. »Es hat jedenfalls meinem Hinterkopf einen Scheitel gezogen.«

Erst jetzt reagierte der Pfarrer, folgte Nordens Blicken, bevor er hinter ihn trat und seinen Kopf untersuchte. »Da hat jemand richtig Glück gehabt«, flüsterte er und kramte ein Päckchen Papiertaschentücher aus seinem Umhang hervor. »Sparen Sie sich jeden Kommentar, oder wäre Ihnen ein schmutziger Gammellappen lieber, um ihn sich auf diesen Riss zu drücken? Auch wenn es blutet, ist die Wunde nicht sehr tief. Was kann das bloß gewesen sein?«

Anstatt zu antworten, machte Norden ein paar Schritte auf eine der Uferweiden zu. Etwa auf Hüfthöhe steckte ein kurzer, dicker Bolzen in dem Baumstamm. Die Federn am hinteren Teil waren rabenschwarz wie der Rest des Geschosses und auf einheitliche Länge und Höhe zurechtgeschnitten.

»So fühlt es sich also an, wenn einem ein Armbrustbolzen um die Ohren fliegt.« Norden griff nach dem Pfeil und versuchte ihn herauszuziehen.

»Wäre es nicht klug, erst den Kommissar anzurufen?«, gab der Pfarrer zu bedenken. Nervös schaute er sich um. »Das, was Sie da gerade machen, steht sicher so in keinem Lehrbuch.«

»Wenn Sie das Vernichten von Fingerabdrücken meinen, kann ich Sie beruhigen.« Norden versuchte jetzt mit beiden Händen den tief im Stamm steckenden Bolzen zu lösen. »Auch an den anderen Pfeilen war nichts zu finden. Hätte der Kommissar sicher als Erstes erwähnt, wenn da was gewesen wäre.«

»Mag alles sein, aber wir sollten hier weggehen. Bestimmt gibt es da, wo dieser Pfeil hergekommen ist, noch mehr davon.« Der Geistliche hielt wählbereit sein Handy in der Hand.

»Aber vorher wollte ich dieses hässliche Ding sicherstellen und der Honigwein wartet auch noch auf uns.« Norden präsentierte dem Pfarrer den Armbrustbolzen.

»Hochwürden kann tun, was er für richtig hält. Also rufen Sie den Kommissar an. Sagen Sie ihm, was passiert ist und dass Sie hier warten.«

»Warum nur ich?« Während der Pfarrer die Nummer heraussuchte, war Norden bereits wieder um den Stand herumgegangen.

»Weil ich austesten möchte, ob ich einem alten Raben immer noch sympathisch bin.« Norden trank sein Glas Honigwein ohne abzusetzen leer. »Warten Sie auf den Kommissar. Wenn alles glattgeht, bin ich bald wieder hier.«

»Und wenn nicht?«

»Finden Sie mich irgendwo auf dem Weg zur Wahrsagerin.« Norden deutete auf das gegenüberliegende Zelt. »Allerdings mit einem Pfeil in der Brust. Irgendwo dort drüben muss unser Schütze nämlich gestanden haben«, murmelte er, bevor er losging.

Diesmal traf ihn der Rabenschnabel deutlich fester als am Vortag.

Als Norden das Zelt betrat, benebelte der herbe und gleichzeitig süßliche Duft ihm augenblicklich wieder die Sinne. Der Mann, der der Wahrsagerin gegenübersaß, hatte wie er gestern seine Hände in die der Frau gelegt. Während diese den Verlauf der Linien darin mit ihren

GLÜHWÜRMCHEN
ETWAS LICHT IN GANZ VIEL DUNKELHEIT

Fingern nachzeichnete, hatte der Mann seinen Blick stur auf deren Brüste gerichtet. Wahrscheinlich betete er gerade, dass sich die Schnüre des Leinenkleides wie von Zauberhand öffnen würden und er endlich zu sehen bekam, wonach er sich sehnte.

»Gäbe es eine Linie in der Hand für Unverschämtheit, würde Ihre auf dem Handrücken weiterlaufen«, begrüßte die Frau Norden, ohne sich von ihrer Arbeit ablenken zu lassen.

»Bin gleich wieder weg. Will nur wissen, wie lange Sie diesem Mann schon Ihre Märchen erzählen.«

Die Frau seufzte und weigerte sich noch immer, Norden anzuschauen.

»Touristentarif. Zehn Minuten. Davor eine Gewandete. Das hat länger gedauert. Hat Stress mit ihrem Mann. Dafür nehme ich mir besonders viel Zeit.«

»Ist Ihnen sonst etwas aufgefallen? Haben Sie zufälligerweise jemanden mit einer Armbrust ums Zelt schleichen sehen? Mir können Sie das ruhig sagen. – Ich meine, so unter Kollegen.«

Jetzt hielt die Frau inne und ihre Augen fanden sich.

»Ich weiß zwar nicht, was Sie damit meinen, aber Sie werden Gründe für Ihre Fragen haben. Kommen Sie nachher wieder, es bleibt aber beim Touristentarif plus Zuschlag.«

»Das sind mir Ihre Märchen nicht wert.«

Die Frau nickte und wandte sich wieder der Hand ihres Kunden zu.

»Dann wünsche ich Ihnen weiterhin viel Glück. Das werden Sie brauchen. Ihr Weg ist noch ziemlich holprig und unserer hat noch lange nicht angefangen.«

»Ach, lassen Sie mich doch in Ruhe.« Norden wusste nicht, warum ihn diese Frau jedes Mal auf die Palme brachte. Als er das Zelt verließ, ärgerte er sich mehr über sich selbst als über sie. Als wäre das noch nicht genug, grub sich der Rabenschnabel jetzt auch noch in seinen anderen Oberarm.

»Verdammtes Mistvieh«, zischte er und hätte dem Vogel am liebsten den Hals umgedreht, als sein Blick auf einen im Boden steckenden Pfeil fiel. Hier musste der Mann also gekniet oder gestanden und auf ihn gezielt haben. Warum er den Bolzen zurückgelassen hatte, darüber konnte Norden nur spekulieren. Vielleicht wurde der Mann gestört und musste rasch verschwinden, oder er wollte, dass Norden ihn fand. Der zweite Pfeil sah wie der Zwillingsbruder des ersten aus. Schwarz, mit gestutzten Federn und einer teuflisch scharfen Pfeilspitze. Diesen Bolzen hier musste sich der Armbrustschütze vorsorglich in den weichen Wiesenboden gesteckt haben, um flott nachladen zu können, falls das notwendig sein sollte. Warum er es dann nicht getan hatte, blieb im Dunkeln. Der Platz war jedenfalls ideal gewählt. Zwischen zwei Zelten gelegen, die jeweils zu dieser Seite geschlossen waren, konnte man unbemerkt seine Vorbereitungen treffen. Genauso wie man problemlos wieder verschwinden konnte.

Norden nahm den zweiten Bolzen an sich und ging um das andere Zelt herum. Eine Schneiderin präsentierte darin Kleider und Umhänge im Mittelalterstil. Die Frau war um die siebzig, hatte das gutmütigste Lächeln, das Norden seit Langem gesehen hatte, und hieß Leonore. Aus München kam sie und hatte dort für alle großen Marken gearbeitet, bis sie *keine Lust mehr auf den Modequatsch und die Stadt* hatte. Ihre Geschäfte würden prächtig laufen, erzählte sie Norden, als sie ins Gespräch kamen. Sie hätte seit dem Vormittag nicht einmal Zeit gehabt, um etwas zu essen. Jede Frage danach, ob sie in ihrem Trubel etwas bemerkt hätte, wäre pure Zeitverschwendung gewesen. Beide Pfeile unter dem Umhang verbergend, ging Norden zum nächsten Zelt, dann weiter, bis er mit allen Händlern gesprochen hatte. Als er wieder am Stand des *Immenhüters* angekommen war, sah er den Kommissar neben Pfarrer Klinger stehen. Sie unterhielten sich. Worüber, zeigte die sorgenvolle Miene des Kommissars.

»Ich lebe noch, also gibt es keinen Grund für diese ernsten Gesichter.« Norden wollte das alles möglichst schnell hinter sich bringen.

»Wenn ich Pfarrer Klinger glauben darf, hat nicht viel gefehlt und ein Armbrustbolzen hätte auch Sie getroffen. Ob Sie dann noch genauso locker mit dem Vorfall umgehen würden, wage ich zu bezweifeln. Wo ist eigentlich der Pfeil?«

Norden händigte dem Kommissar den Bolzen aus. Den zweiten Pfeil erwähnte er nicht. Der steckte mittlerweile in seinem Gürtel.

»Bin so erzogen worden.«

»Zu was? Sich im richtigen Moment vor heranfliegenden Pfeilen wegzuducken?«, fragte der Ermittler.

»Auch Kleingeld aufzuheben, wenn es einem hingefallen ist. Wichtig ist, dass wir jetzt wissen, dass unser Armbrustschütze noch unterwegs ist.«

Der Kommissar nickte. »Unsere Leute untersuchen gerade den *Pfeil-und-Sehne*-Stand und verhören den Betreiber.«

»Wird nichts bei rumkommen. Habe eben mit dem Mann gesprochen. Hat wie die anderen Händler heute alle Hände voll zu tun.«

»Und nun?« Der Ermittler steckte seine ganze Ratlosigkeit in diese zwei Worte.

»Vielleicht sollten Sie Ihre Aufmerksamkeit noch mehr auf das Ritterlager legen. Ich finde es naheliegend, weil ...«

Weiter kam Norden nicht, denn in diesem Moment klingelte das Handy des Kommissars und kurz darauf begannen in der Altstadt die Sirenen zu heulen.

KAPITEL 26

»Nein, wir gehen jetzt nach Hause«, sagte die Frau und ihre Stimme klang unnachgiebig.
»Aber ich will noch Armbrustschießen – du hast mir das versprochen«, quengelte der Junge an ihrer Hand und stampfte dabei mit dem Fuß auf. »Du hast es versprochen!«
»Es ist doch erst Viertel vor vier«, schaltete sich der Mann ein, der einen Schritt hinter den beiden ging und ein kleines Mädchen an der Hand hielt. »So früh sind wir doch noch nie nach Hause gegangen.«
»Ist auch das erste Jahr, dass so viele Nackte in diesem Holzfass sitzen und so wenig Wasser im Zuber ist. Man konnte eben alles sehen.«
»Da musst du aber ganz genau hingeschaut haben«, antwortete der Mann grinsend.
»Du bist keinen Deut besser als diese Idioten, die um die Wette frieren. Wo gibt es denn so etwas, sich nackt in diesem Badezelt herumzurekeln, während noch Kinder unterwegs sind.«
»Was ist herumrekeln?«, fragte das Mädchen, ihren Vater am Arm ziehend.
»So ist das halt auf Mittelaltermärkten. Hauptsache rustikal«, antwortete der Mann lächelnd.
»Das wundert mich gar nicht, dass du das sagst. Ich habe beobachtet, wie du diese blasse Blondine angestarrt hast. Am liebsten wärst du doch zu ihr in diesen Bottich gestiegen.«
»Was ist ein Bottich?«
Auch diese Frage blieb unbeantwortet, denn in diesem Moment meldete sich der Bruder des kleinen Mädchens wieder zu Wort.

»Da ist der Armbruststand – *Drei Schuss, drei Taler*, steht so auf dem Schild.«
»Bevor jemand fragt«, beeilte sich der Mann am Stand zu erklären. »Ein Taler ist Geld, wenigstens hieß das früher so. Heißt jetzt Euro.«
»Bitte, bitte, nur noch Armbrustschießen, dann können wir nach Hause gehen«, bettelte der Junge, der jetzt nur noch Augen für die Strohscheiben und die Pfeile zu haben schien. »Ich bezahle das selbst, könnt ihr mir vom Taschengeld abziehen«, rief er und lief los.
Der Stand des Armbrustmeisters war in einem Scheunenhof unweit des Haupteingangs aufgebaut. Zwei Holzkarren standen neben der Strohscheibe, in deren Mitte ein farbiger Kreis gemalt war. Ein dickes Seil trennte den Innenhof ab und ein zweites markierte die Linie mit dem Tisch, hinter dem die Schützen zu stehen hatten.
»Na, will der kleine Ritter auch mal sein Glück probieren?«, sprach ihn der Mann mit dem Lederwams und der Augenklappe an. »Drei Treffer ins Schwarze auf zehn Schritt und der edle Recke bekommt als Belohnung seinen eigenen Armbrustpfeil«, rief er und fuchtelte mit einem gefährlich aussehenden Bolzen in der Luft herum. »Und wem das gelingt, der kann anschließend noch den Meisterschuss wagen.« Ohne sich umzudrehen, zeigte der Mann auf ein Scheunentor weitere zehn Meter hinter der Strohscheibe, das momentan noch geschlossen war. »Hat heute aber noch niemand geschafft. Zwanzig Schritte und hinter dem Tor ist das nächste Ziel. Nur einen Schuss hat der Meister! Aber wenn der trifft, dann bekommt der Schütze als Preis eine kleine Armbrust zu seinem Pfeil. So wahr ich der Bolzenhans bin – wenn der Taler im Beutel klingt, gilt unser Geschäft.«

Auch wenn um diese Zeit wegen der Ritterspiele am Turnierplatz weniger Menschen in den engen Gassen der Altstadt von Ebernburg unterwegs waren, blieben doch einige stehen. Der Mann schien die richtigen Worte gefunden zu haben, denn ein paar junge Männer, die gerade gehen wollten, kamen noch einmal zurück.

Einer nach dem anderen versuchte sein Glück. Aber keinem gelang es, auch nur zwei Pfeile in die handballgroße Mitte der Strohscheibe zu schießen.

»Siehst du, alles Beschiss«, sagte die Frau und wollte gerade gehen, als ihr Mann Münzen in den Lederbeutel des Armbrustmeisters warf.

»Versuch dein Glück, Markus«, sagte er seinem Sohn auf die Schulter klopfend, während er dem Blick seiner Frau auswich.

Auch wenn der Junge erst zehn Jahre alt war und schlank und schlaksig wirkte, war er kräftig genug, um die Armbrust selbst zu halten.

»Jetzt zeigt der Knappe den Edelleuten, was eine ruhige Hand ist«, sagte der Mann mit der Augenklappe, der sich Bolzenhans nannte, und trat beiseite. »Knie dich hinter den Tisch. Du darfst den Arm darauflegen und die Armbrust abstützen. Die wäre sonst doch noch zu schwer für dich.«

Der kleine Junge machte es genauso, wie der Armbrustmeister es ihm gesagt hatte. Er zielte kurz und sein Pfeil traf ins Schwarze.

»Hab ich's nicht gesagt – der junge Herr ist ein Naturtalent!«, rief der Mann mit gleichgültiger Miene, bevor er die Armbrust erneut spannte. Erst als der zweite Schuss ebenfalls sein Ziel fand, huschte ein Lächeln über sein Gesicht. Mittlerweile waren mehr Zuschauer stehen geblieben und verfolgten zusammen, wie auch der dritte Armbrustbolzen des Jungen ins Schwarze traf.

»Ein wahrer Meister«, rief der Mann, zog die Bolzen aus der Scheibe und überreichte einen davon dem Jungen. Der strahlte, als wäre ihm nur das wichtig. In diesem Moment war Markus der glücklichste Mensch auf dem Mittelaltermarkt in Ebernburg. »Willst du auch noch den Meisterschuss wagen? Der kostet dich aber fünf weitere Taler. Es geht immerhin um eine echte kleine Übungsarmbrust.«

»Was für eine Frage«, rief sein Vater und warf das Geld in den Lederbeutel. Mittlerweile hatten sich noch mehr Menschen vor der Absperrung versammelt und beobachteten aufmerksam die Szene. Marktbesucher in mittelalterlicher Gewandung genauso wie normal gekleidete Besucher. Da standen Jeans neben Pluderhosen und Schnürleibchen neben Kuttenträgern. Sie alle sahen, wie Bolzenhans zur Scheune ging, die obere Hälfte des geteilten Holztores öffnete und wie dahinter eine weitere Strohscheibe auftauchte.

»So, der Lausebengel ist heute Nachmittag der Erste, der den Meisterschuss wagen darf. Seine sichere Hand hat ihm das Tor geöffnet. Triffst du Teufelskerl auch mit dem letzten Pfeil wieder die Mitte, so gehört diese nagelneue Armbrust dir.« Der Mann hielt eine deutlich kleinere Armbrust samt Gummistopfen-Pfeilen in die Luft.

»Aber die Mitte ist ganz schön klein«, meldete sich Markus' Vater zu Wort. »Nur ein weißes Etwas, das man kaum erkennen kann.«

»Es muss ja auch ein Meisterschuss sein«, sagte Bolzenhans grinsend und kratzte sich dabei seinen kleinen Ziegenbart.

»Alles Beschiss«, schimpfte Markus' Mutter erneut und schüttelte den Kopf. »Ich kann nicht mal erkennen, was da in der Mitte sein soll.«

»Ein Kürbis, meine Holde. In der Mitte der Scheibe ist ein Loch und dahinter ein runder Kürbis. Und damit man das Ziel besser erkennen kann, mit einem weißen Leinentuch darüber. Zugegeben: Weit entfernt und nicht größer als ein Kuchenteller, aber die Habichtaugen eines wahren Meisters werden ihr Ziel schon finden.«
Es war mucksmäuschenstill, als der Mann jetzt die Armbrust das vierte Mal für Markus spannte und einen Bolzen darauflegte. Der Junge zielte kurz und nur einen Wimpernschlag später schoss er den Pfeil ab. Das Sirren des Bolzens schien die Luft zu teilen. Mit bloßem Auge konnte man sehen, wo der Pfeil stecken geblieben war: im runden Weiß der Scheibe.
Am lautesten jubelte Markus' Schwester, die mittlerweile auf den Schultern ihres Vaters saß.
»Potzblitz, was für ein Schuss!«, rief der Mann vom Armbruststand anerkennend und klopfte dem Jungen auf die Schulter. »Nun gehe er selbst vor, ziehe den Pfeil aus dem Stoff und dem Kürbis. Und nehme er die Armbrust gleich mit, er hat sie sich redlich verdient.«
Markus strahlte wie ein Honigkuchenpferd. Er strahlte auch noch, als er das Scheunentor erreichte, auch wenn er sich über die rote Farbe wunderte, die sich auf dem Stoff in der Mitte der Scheibe zu verteilen schien. Die war eben noch nicht da gewesen. Als er den Pfeil aus dem Stoff und dem Kürbis herausziehen wollte, merkte er, dass das gar nicht so leicht ging. Es dauerte eine ganze Weile, bis er endlich mit einem kräftigen Ruck den Bolzen samt rot gefärbtem Tuch durch die Mitte der Strohscheibe gezogen hatte. Das Gesicht, das darunter zum Vorschein kam, war wachsweiß und starr und die Augen waren weit aufgerissen. Das heißt, nur eines davon – das Übriggebliebene.

Das war der Moment, als Markus zu schreien begann. In diesem Augenblick war der Junge der einsamste Mensch auf dem ganzen Mittelaltermarkt in Ebernburg.

KAPITEL 27

Der Kommissar und die beiden Beamten, die ihn begleiteten, hatten sich augenblicklich wieder auf den Rückweg zum Markt in der Innenstadt gemacht. Ihr Dienstwagen stand auf einem der unteren Besucherparkplätze.

Norden und Pfarrer Klinger waren zu Fuß Richtung Altstadt losgegangen. Hauptkommissar Bender hatte sie kurz darüber informiert, was man ihm eben telefonisch mitgeteilt hatte.

Die Ritterspiele auf dem Turnierplatz an der Nahe waren in vollem Gange, als eine Polizeisirene eingeschaltet wurde, die die Fahrt des Kommissars begleitete.

»Und es war wieder ein Armbrustpfeil?«, fragte Pfarrer Klinger, der Schwierigkeiten hatte, mit Norden Schritt zu halten.

»Ich weiß genauso viel wie Sie. Wir sind gleich da, dann werden wir sehen, was los ist.«

Als sie die Böschung hinter sich hatten, sahen sie schon von Weitem die Menschenmenge, die sich am Haupteingang gebildet hatte.

»Katastrophen scheinen für unsere Spezies wie Pheromonfallen für Motten zu sein. Manchmal schäme ich mich für meine Mitmenschen«, flüsterte der Pfarrer und war stehen geblieben.

»Kommen Sie, Ihr Blues bringt uns jetzt auch nicht weiter. Lassen Sie uns schauen, ob und wie wir uns nützlich machen könnten.«

Kräftig mit den Ellenbogen nachhelfend, bahnte sich Norden einen Weg durch die Gaffergruppe, die fast bis zur Anlage des Armbrustmeisters reichte. Da standen Familienväter, die sich ihre Kinder auf die Schultern gesetzt hatten, neben Müttern, die mit ihren Handys wild drauflos knipsten. Die Polizisten, die zwei Meter vor dem Absperrseil postiert waren, wirkten wie eine lebendige Barriere.

Norden ging zu einem der Beamten und bat ihn den Hauptkommissar zu informieren. Der war zwar selbst erst vor wenigen Minuten eingetroffen, ließ es sich aber nicht nehmen, kurz darauf persönlich zu erscheinen.

»Ich habe schon viel gesehen, aber so etwas ist mir bisher erspart geblieben«, sagte der Kripo-Beamte mit dünner Stimme.

»Kommen Sie, alle beide. Sie müssen das Opfer identifizieren.«

Das Sandsteinhaus und der Innenhof, in dem sich die Schießanlage befand, erinnerten Norden an seine Urlaube in der Provence. Nur das Licht war damals anders gewesen und der Himmel. Der passte besser zu einem Tatort und einer Leiche, die aufrecht sitzend an einem Stuhl festgebunden war. Die Szene war so unwirklich, dass Norden für den Bruchteil einer Sekunde hoffte, dass der Honigwein dafür verantwortlich wäre. Direkt hinter der zweiteiligen Scheunentür hatte dieser Stuhl gestanden. Der Körper, der darauf saß, war mit grauem Klebeband daran fixiert worden. Anders konnte man diese Art Fesselung nicht nennen. Jedes Bein war für sich festgebunden. Genauso die Taille, der Rücken, die Arme und der Kopf. Norden fühlte die Schmerzen, dic das Klebeband verursacht haben musste. Und er sah die Schnitte an den Armen, sah das eingetrocknete Blut. Weil die Stuhllehne nur bis unter die Schulterblätter reichte, hatte man zur Verlängerung ein Brett zwischen Rücken und Lehne geschoben. Daran war dann der Kopf festgeklebt worden. Dasselbe breite Gewebeband verschloss auch ihren Mund. Er bemerkte die Zielscheibe mit dem Loch in der Mitte und den Kürbis, den jemand herausgenommen hatte und der jetzt achtlos auf dem Boden lag. All das sah Norden, registrierte sein Verstand – der des Ermittlers und der des Künstlers. Nur das blaue Leinenkleid und das Gesicht der Frau mit dem Franzosenzopf wollte er nicht anschauen.

»Ja, wir kennen die Frau. Das ist Agnetha, die Seifensiederin«, beantwortete Pfarrer Klinger stellvertretend die Frage des Kommissars. »Ich kenne nur ihren Vornamen. Sie ist die Mutter von dem kleinen Jungen, den wir vor ein paar Stunden auf diesem Dachboden gefunden haben.«

»Apropos kleiner Junge.« Der Hauptkommissar drehte sich zu einem der Polizisten um. »Hat jemand an das Kind gedacht, das den Pfeil abgeschossen hat? Wir brauchen einen Psychologen, der sich um ihn kümmert. Wo ist der Junge eigentlich?«

»Im Rotkreuzzelt«, antwortete ein zweiter Kommissar aus Mainz, den Norden nur flüchtig kannte. »Die ganze Familie ist übrigens dort. Wir sollten SBE-Berater anfordern, auch für die Helfer.«

Der Hauptkommissar machte ein skeptisches Gesicht. »Dann erledigen Sie das. Sie haben ja selbst gesehen, was draußen los ist. Betroffenheit sieht für mich anders aus.«

»Was bedeutet SBE?«, fragte der Pfarrer flüsternd.

»*Stressbewältigung nach belastenden Ereignissen*. So nennt sich das heute. Wir sind das Land der Beamten und die Weltmeister im Erfinden von Worthülsen«, antwortete Norden mit ähnlich leiser Stimme. »Gemeint sind Psychologen und Seelsorger, die sich um Helfer, Zeugen und Passanten kümmern.«

»Was sollen wir sonst noch machen?«, fragte der deutlich jüngere Kommissar seinen Vorgesetzten, bevor der ihn beiseitezog.

»Was wollen Sie hören, Müller? Wir machen das, was wir schon vorgestern hätten tun sollen: Wir erklären den ganzen Markt zum Tatort und beenden diesen Firlefanz. Mir doch egal, was die Leute von mir denken. Diese Sesselfurzer in ihren Amtsstuben hier und in Mainz müssen sich auch nicht solche Tatorte antun und eine Leiche nach der anderen abtransportieren lassen. Was würden Sie denn an meiner Stelle tun?«

»Wahrscheinlich das Gleiche, Herr Hauptkommissar«, antwortete der Angesprochene mit stockender Stimme. Ratlosigkeit stand dem jungen Beamten ins Gesicht geschrieben.

»Fordern Sie Verstärkung an«, mischte sich Norden ein. »So viele Polizisten, wie Sie für richtig halten und wie Sie bekommen können. Lassen Sie Doppel- und Dreifachstreifen laufen, aber geben Sie dem Menschen, der für diese Morde verantwortlich ist, keine Gelegenheit, sich klammheimlich davonzustehlen. Alle würden sich so schnell es geht aus dem Staub machen. Und unser Mörder wäre unter ihnen, da bin ich mir hundertprozentig sicher. Die einen reisen Richtung Norddeutschland ab, die anderen fahren gen Süden. Sie können dem Mörder keinen größeren Gefallen tun, als den Markt abzubrechen.«

»Das klingt ja fast so, als wenn der Herr Dozent eine heiße Spur hätte. Also bitte, ich bin ganz Ohr.«

Norden verzog den Mund. »So weit bin ich noch nicht. Aber ich habe eine Idee und ich scheine dem Mörder näher zu kommen. Warum sonst hätte er sich am helllichten Tag aus der Deckung wagen sollen, um mich aus dem Weg zu räumen. Ich bin mir sicher, dass wir einen Fehler machen, wenn wir jetzt kapitulieren und die Besucher und Aussteller nach Hause schicken. Fordern Sie viel mehr Polizisten an, informieren Sie Ihre Beamten und lassen Sie sie von Zelt zu Zelt gehen. Unser Mörder ist

einer der Aussteller, der Rittertruppe, der Händler oder der Handwerker. Wir sollten ihm nicht noch den Gefallen tun, entkommen zu können«, fasste er zusammen.
»Also gut.« Die Stimme des Kommissars war ankerschwer. »Müller, Sie warten noch auf den Gerichtsmediziner und die Spurensicherung, während ich mehr Einsatzkräfte anfordere. Und Sie beide ermitteln weiter wie bisher. Nur will ich regelmäßig informiert werden. Das ist dann wohl die Sache vom Pastor. Sie waren wenigstens nicht so blauäugig wie unser Herr Dozent und haben Ihr Telefon nicht auf dem Küchenschrank liegen lassen. Ich hoffe, dass ich nicht gerade den größten Fehler meines Lebens mache.«
Norden war um den Stuhl herumgegangen und hatte sich gebückt.
»Wo ist der Armbrustmeister?«, fragte er.
Kommissar Müller deutete auf eine der Türen des Sandsteingebäudes. »Sitzt in dem Haus und versteht die Welt nicht mehr. Wenn er das nur schauspielert, hat er Talent.«
»Würden Sie den Mann bitte kurz herschicken?«
Der Kommissar warf einen Blick in Richtung seines Vorgesetzten.
Erst als dieser nickte, ging er los.
»Ich bräuchte noch einmal das Päckchen mit den Papiertaschentüchern«, bat Norden den Pfarrer. »Nur um keine Spuren zu verwischen«, erklärte er. Kurz darauf bückte er sich erneut, um Augenblicke später den Kürbis in die Höhe zu halten.
Überdeutlich konnten Hauptkommissar Bender und Pfarrer Klinger das fratzenartige Gesicht sehen, das ein scharfes Messer in die orangefarbene Kürbisschale geschnitten hatte. Ein Grinsen, das jeden, der es anschaute, zu verspotten schien.

In diesem Moment öffnete sich die Tür und Kommissar Müller und ein hagerer Mann mit Augenklappe betraten den Innenhof.
»Haben Sie dieses Kunstwerk verbrochen oder lacht die Fratze Sie genauso aus wie uns?«
Der blasse Mann schüttelte den Kopf.
»Möchten Sie etwas näher kommen oder sehen Sie auch so, was ich meine?«
Nur zögernd trat der Armbrustmeister einen Schritt auf Norden zu und zog sich die Augenklappe vom Kopf.
»Gehört zum Geschäft«, erklärte der Mann und verstaute die schwarze Binde in der Tasche. »Das war ich nicht. Für solche Spielereien hatten wir gar keine Zeit. Unser Wagen ist auf der Anreise liegen geblieben. Außerdem hat der Kürbis nur die Funktion, den Pfeil aufzufangen, wenn wirklich mal jemand ins Schwarze trifft. Macht schwer Eindruck auf die Zuschauer, wenn ich den Kürbis mit dem Pfeil darin präsentiere. Damit man eine reelle Chance hat, kommt noch ein weißes Tuch drüber. So sieht man das Ziel besser.«
Norden nickte.
»Das war's schon. Die Kommissare werden sich gleich um Ihre Aussage kümmern.«
Als der Armbrustmeister die Schießanlage wieder verlassen hatte, präsentierte Norden den Kürbis zum zweiten Mal.
»Also ist das eine Botschaft der besonderen Art. Unser heimtückischer Mörder will uns verspotten. Vielleicht wird er unvorsichtig und die Spurensicherung findet hier seine Fingerabdrücke. Es ist gar nicht so einfach, ein Muster in die Schale zu schneiden. Man muss ihn schon richtig festhalten.« Norden legte den Kürbis vorsichtig auf einem der an der Wand stehenden Tische ab und knüllte die Papiertaschentücher zusammen.

»Wie lange mag die Frau hier gesessen haben, bevor der Pfeil sie getroffen hat?« Pfarrer Klinger war zu dem Stuhl gegangen. »Sie wissen, was ich meine. Ihre Hände sind blau und ihre Fingernägel fast schwarz.«
Der Kommissar antwortete mit einer Gegenfrage:
»Seit wann wird sie vermisst?«
»Seit heute Morgen«, erwiderte Norden. »Aber wichtiger ist, wann sie zuletzt gesehen wurde. Glaubt man der Zeltnachbarin, dann hat sich unser Mordopfer mitten in der Nacht davongeschlichen. So hat die Frau es jedenfalls formuliert.«
»Um was wo zu tun? Wen zu treffen?«
»Keine Ahnung, Herr Kommissar.« Norden machte einen niedergeschlagenen Eindruck. »Getroffen hat sie den Mann, der sie gefoltert und der ihren Tod eingefädelt hat.«
»Was für ein kranker Geist«, sagte der Pfarrer. »Lässt einen kleinen Jungen seine dreckige Arbeit machen. Während das Kind im Rotkreuzzelt liegt und diese Bilder wohl ein Leben lang nicht mehr aus dem Kopf bekommt, ist unser eigentlicher Mörder irgendwo auf dem Markt unterwegs und reibt sich die Hände. Ich werde nicht für ihn beten. Mein Gott ist heute ein Gott des Zornes und ich werde ihn nicht um Gnade für diese verirrte Seele bitten.«
»Der Mörder konnte nicht wissen, wer derjenige sein würde, der den tödlichen Schuss abfeuert«, warf Norden ein.
»Wollen Sie ihn etwa in Schutz nehmen? Anwalt spielen für jemanden, der keine Fürsprache verdient hat?«
»Wir sollten jetzt gehen«, sagte Norden, der merkte, wie sehr die Situation den Pfarrer belastete. »Die Spurensicherung wird jeden Moment auftauchen und sicher ihr Bestes geben.«

Der skeptische Blick des Hauptkommissars bestätigte ihm, dass der Mann die gleiche Befürchtung hatte wie er selbst. Sie würden nichts finden. Alles war kaltblütig geplant und inszeniert. Der Mörder hatte bisher keine Fehler gemacht und genauso würde es wieder sein.
»Der Pfarrer meldet sich bei Ihnen, sobald es etwas zu berichten gibt.« Norden versuchte etwas Zuversicht in seine Stimme zu legen. Der Kommissar nickte und wandte sich seinen Kollegen zu.
Vor dem Innenhof standen noch mehr Menschen als vor einer halben Stunde. Solange hatten Norden und der Pfarrer mit ihren Dämonen gekämpft.
»Und was wäre gewesen, wenn der kleine Junge nicht getroffen hätte?« Man sah Pfarrer Klinger an, wie sehr ihn dieser Gedanke beschäftigte. »Hätte die Frau dann überlebt? Wann hätte man sie gefunden? Sicher spätestens dann, wenn Bolzenhans seine Zielscheibe in der Scheune abgebaut hätte.«
»Und Hochwürden fragen sich jetzt, ob das der mögliche Fehler im Plan unseres Mörders war?« Norden hatte da seine Zweifel. »Sicher haben Sie die verkrusteten Schnitte an den Unterarmen der Frau gesehen. Der Mann – Frauen haben mehr Respekt vor dem Leben und vor Schmerzen – hat sich hier mit ihr getroffen, sie überwältigt, festgebunden und gefoltert. Wenn dieser Geist so krank ist, wie ich denke, dann hat er ihr vorher gesagt, was er mit ihr tun wird. Wahrscheinlich war die Dosis des Betäubungsmittels noch stärker als die bei dem Jungen in dem leer stehenden Haus. Für beide Verbrechen ist der gleiche Täter verantwortlich.«
Während der Pfarrer nickte, ballte er beide Hände zu Fäusten, bis nur noch blutleere Knöchel zu sehen waren.

»Auch wenn die Frau überlebt hätte, hatte er keine Angst, dass sie gegen ihn aussagen würde. Entweder weil sie ihren Peiniger nicht kannte oder weil er etwas gegen sie in der Hand hatte«, fuhr Norden fort.
»Das ist ja noch schlimmer«, platzte es aus dem Pfarrer heraus. »Wissen Sie überhaupt, was Sie da andeuten? Dann hätte der Mann mit seinem Opfer gespielt. Psychopathen tun so etwas und Katzen, wenn sie eine Maus gefangen haben. Sie trainieren mit ihren Opfern, um für die nächste Jagd noch besser zu werden.«
»Man könnte auch sagen, er hätte es Ihrem Chef überlassen, ob die Seifensiederin überlebt oder nicht«, murmelte Norden.
»Das ist mir zu neutestamentarisch. Wir werden ihn aufhalten und zur Rechenschaft ziehen!«, rief der Pfarrer und kniff die Augen zusammen. »Welche Spur haben Sie vorhin gegenüber dem Hauptkommissar erwähnt?«
Sie waren jetzt mindestens hundert Meter vom Ort des Verbrechens entfernt und die Straßen und Gassen waren menschenleer. Selbst viele der Handwerker und Händler hatten ihre Stände verlassen. Schlechte Nachrichten waren schneller unterwegs als gute.
»Das ist nur eine Ahnung, ein vager Verdacht«, dämpfte Norden zu hohe Erwartungen. »Ich habe mich gefragt, ob es Zufall ist, dass unser Opfer Seifen verkauft. Ich kann Ihnen das noch nicht näher erklären. Muss erst noch einmal zum Zelt der Frau. Habe dort Blutspritzer auf einem großen Block Seife gesehen.«
»Dann ist das unser nächstes Ziel?«
»Ja. Und anschließend sollten wir dem Freund der Frau einen Besuch abstatten. Wir wissen zwar, wo der Waffenschmied sein Zelt hat, ich weiß aber nicht, ob ich dem Hauptkommissar erzählt habe, dass die beiden ein Paar waren.«

Der Pfarrer zog überrascht die Augenbrauen in die Höhe. »Absicht oder Gedankenlosigkeit?«, überlegte er laut.

»Das werde ich mich fragen, wenn ich die Zeit dazu habe. Kommen Sie, Herr Pfarrer. Wir sollten uns beeilen.«

KAPITEL 28

Was für ein Spaß.

Hatte Agnetha also doch noch bekommen, was sie verdient hatte. Eigentlich hatte er schon früher mit der Nachricht gerechnet, aber so war es fast noch besser. Auch gestern Nacht war schon atemberaubend gewesen. Fast meinte er jetzt, den Stoff ihres Kleides und ihre weiche Haut unter seinen Fingerspitzen fühlen zu können, den Duft ihres Haares in der Nase zu haben. Er hatte sie nicht nur gefesselt und mit seinem Messer an ihr herumgespielt, er hatte sie auch berührt. Mal hastig und fordernd und mal schüchtern und neugierig, als wäre er wieder sechzehn. Trotz ihrer Schönheit hatte er aber dabei nie vergessen, was für eine falsche Schlange dort vor ihm gesessen hatte. Er hätte noch ganz andere Sachen mit der Frau machen wollen, aber er durfte keine Spuren hinterlassen. Dafür gab es andere Tage und andere Frauen. Also hatte er rasch in Erfahrung gebracht, was er wissen musste, und der Rest war die Entschädigung für seinen Zorn gewesen. Bis zum Schluss hatte die Frau ihren Stolz wie eine Krone getragen. Er hatte die Angst in diesem Gesicht gesucht. Dieselbe Angst, die er keine Stunde davor für einen Moment gesehen hatte, als er ihr die Nachricht von der Entführung ihres Sohnes ins Ohr geflüstert hatte. Sie hatte sie ihm nicht mehr gezeigt. So als wäre ihr die ganze Furcht mit diesem einen Gesichtsausdruck genommen worden, hatte sie alles ruhig geschehen lassen. Er hatte sich viel mehr Zeit für sein Spiel genommen, als vernünftig gewesen war, hatte extra eine zweite Laterne in der Scheune auf dem Tisch neben ihr angezündet, um keine ihrer Gefühlsregungen zu verpassen. Aber da war keine Furcht mehr in diesem Gesicht gewesen.

Schmerz und Anspannung ja, sonst nur Verachtung und Kälte. Jetzt hatte er nur noch eine Sache zu erledigen. Dann würde er weiterziehen zu den nächsten Märkten, den nächsten Nächten und den nächsten Zelten ...

KAPITEL 29

Sie hatten das Zelt der Seifensiederin fast erreicht, als die Frau vom gegenüberliegenden Stand es gerade wieder verlassen wollte.

»Stimmt es, was man so hört?«, fragte sie und ihr Blick sprang von einem Gesicht zum anderen.

Als weder Norden noch der Pfarrer gleich antworteten, wurde sie konkreter. »Ist Agnetha wirklich tot?«

»Wer behauptet das?« Norden musste sich zwingen ruhig zu bleiben.

»Freunde, Gewandete. Wir sind eine große Familie.« Die Stimme der Frau klang, als würde sie sich verteidigen.

Norden ging an ihr vorbei und betrat Agnethas Zelt. Beklommenheit beschrieb am ehesten seine Gefühle. Er war jetzt zum vierten Mal hier, aber nun wirkte das Zelt doppelt so groß wie zuvor. Menschen hinterließen ihre Spuren, die Anwesenden wie auch die Fortgegangenen. Erst wenn sie niemals zurückkehrten, war die Leere allgegenwärtig und erdrückend zugleich.

»War noch niemand von der Polizei hier?«, fragte Norden kühl.

»Keine Seele.«

»Haben Sie wenigstens gefunden, wonach Sie gesucht haben?«

Jetzt zog die Frau ihren kugelrunden Kopf noch etwas tiefer zwischen die Schultern. Das schlechte Gewissen ließ sie Nordens bohrenden Blicken ausweichen.

»Was wollen Sie damit andeuten?«

»Ich glaube, das wissen Sie genau. Vielleicht trauen Sie ja wie Agnetha auch keiner Bank. Und damit Sie zwischenzeitlich nicht noch einmal hier nach dem Rechten sehen, wird der Herr Pfarrer warten, bis die Polizei auftaucht.«

Als hätte man sie auf das Gröbste beleidigt, drehte sich die Frau um, murmelte etwas Unverständliches und verschwand kurz darauf in ihrem Zelt.
»Agnetha hat mir erzählt, dass sie ihr Geld immer in der Nähe aufbewahren würde. Für mich klang das nach unter der Matratze oder so.«
Während Norden die Zusammenhänge erklärte, stand der Pfarrer daneben und schaute sich um. Zwischen Pyramiden aus Seifenklötzen und einem Bett stand ein Tisch, auf dem die Frau ihre Ware zugeschnitten haben musste. Wie heute Morgen lagen immer noch die verschiedenen Messer neben breiten Spachteln, Sägen und Drähten, die auf beiden Seiten Holzgriffe hatten.
»Und da ist der Klotz, auf dem die eingetrockneten Blutspritzer zu sehen sind.« Norden hob das wuchtige Stück Seife auf den Tisch und untersuchte es von allen Seiten. In Kartons neben der Zeltwand lagerten weitere Blöcke. Er zog einen zweiten hervor und legte ihn neben den Blutbespritzten. »Wenn mich nicht alles täuscht, hat dieser da die makellosere Form.«
»Jetzt, wo Sie es sagen«, bestätigte der Pfarrer, ohne zu wissen, was das alles sollte.
Eingeschlossene Kamillenblüten leuchteten in der milchigen Masse. Norden stellte die beiden Blöcke zusammen und fuhr mit seinen Fingern über die unebene Oberfläche. Als das erledigt war, schob er sie wieder auseinander und begann sie abzuklopfen. Erst mit einem Finger, dann trommelten zehn gleichzeitig darauf herum.
»Klingt anders«, bestätigte der Pfarrer und deutete auf den Block mit den rostigen Flecken.
»Das denke ich auch«, stimmte Norden zu. Er hatte den Block jetzt wie einen Turm aufrecht hingestellt und ihn abgetastet. »Nichts zu sehen und nichts zu fühlen«, sagte er und legte die lange Seite der Seife schräg gegen die auf

dem Tisch liegenden. Wie eine holprige Rutsche sah das aus. Norden musste nicht einmal stark drücken, um den Block in der Mitte durchzubrechen. Als er die eine Hälfte anhob, fiel ihm im gleichen Moment eine Rolle enggewickelter Geldscheine entgegen. Kurz darauf eine zweite.
»Lauter Scheine, alle Farben«, stellte der Pfarrer fachmännisch fest. »Wie viele mögen das wohl sein?«
Der Geistliche nahm beide Rollen vom Tisch und versuchte das abzuschätzen.
Norden zuckte mit den Schultern.
»Genug jedenfalls, um als Mordmotiv herzuhalten.«
»Verstehen Sie mich nicht falsch.« Der Pfarrer zog an den Gummibändern, die die Rolle zusammenhielten, und ließ es zurückschnappen. »Mich interessiert auch nicht, wie viele Scheine das sind. Ich will nur wissen, was ein Leben wert ist. Wahrscheinlich mussten wegen diesem bedruckten Papier mehrere Menschen sterben. Diese Rollen sehen wie buntes Klopapier aus, nur für Puppen.«
»Geld ist ein Virus, gegen den es keine Impfung gibt«, zitierte Norden, ohne sich daran zu erinnern, wer das eigentlich gesagt hatte. Er war zu den anderen Kartons und Pyramiden zurückgegangen. »Hier sind noch viel mehr Seifenblöcke. Von zimtbraun bis veilchenlila. Da wird der Herr Hauptkommissar gleich jede Menge zu tun haben. Rufen Sie den Mann an und informieren Sie ihn. Erklären Sie denen, was passiert ist, und dann kommen Sie nach. Ich gehe jetzt zu unserem Waffenschmied. Mal sehen, wie viel schauspielerisches Talent in dem Mann steckt. Oder soll ich hier warten und Sie gehen hin und erzählen ihm, was geschehen ist? Falls das nicht schon jemand getan hat.«
Der Pfarrer schüttelte den Kopf.
»Ich würde momentan sicher nicht die richtigen Worte finden. Da ist zu viel Wut in mir.«

Als Norden um die Ecke bog, schien der Stand des Waffenschmieds leer zu sein. Keine Menschenseele war zu sehen. Erst als er unmittelbar vor dem Tisch mit den Schwertern, Äxten und Dolchen stand, sah er hinter einem runden Wikingerschild die zusammengesunkene Gestalt des Mannes. Wie ein Teil seiner Ware lag der Kopf des Schmieds regungslos auf seinen dunklen Armen. Für einen Moment befürchtete Norden, den nächsten Schauplatz eines Verbrechens vor sich zu haben. Doch dann hob und senkte sich der massige Oberkörper und ein ersticktes Schluchzen war zu hören.

»Du hast es also schon gehört?«

Der Mann richtete sich nur mühsam hinter seinem Tisch auf und wischte sich die Haare aus der Stirn.

»Wie hätte ich es überhören sollen.« Dicke Tränen liefen ihm übers Gesicht und Norden bekam einen Eindruck davon, wie der Mann als Kind ausgesehen haben musste. »Jemand tauchte hier auf und dann noch jemand, und dann sind alle runter zum Armbruststand gegangen. Nur ich konnte mich nicht bewegen. Hatte plötzlich keine Beine mehr.« Tiefe Schluchzer unterbrachen die kurzen Sätze des Mannes. »Wusste sofort, dass es Agnetha war. Konnte nur sie sein. Dann ist jemand zurückgekommen. Der war als einer der Ersten am Schießstand gewesen. Hat ihr Kleid und ihre Haare erkannt. Und das andere auch. Ihr Gesicht, meine ich. Musste mir alles haarklein erzählen, dieser Mensch.«

Von allen holprigen Momenten bei einer Mordermittlung hasste Norden diesen am meisten. Man fand nie die richtigen Worte, um einem Angehörigen oder dem Opfer nahestehenden Personen etwas Tröstendes zu sagen. Jedes Wort war im schlimmsten Fall eine Lüge, im besten eine Absichtserklärung.

»Das werden wir herausfinden«, meinte Norden mitfühlend. »Jetzt geht es darum, rasch die letzten Stunden zu rekonstruieren. Und dabei kannst du uns helfen. Du hast im gleichen Zelt mit Agnetha geschlafen. In ein paar Minuten werden Polizeibeamte hier auftauchen und dich das Gleiche fragen. Du musst dich zusammenreißen und deinen Kopf klar bekommen. Versuche dich an das, was seit gestern Abend passiert ist, zu erinnern.«
Der Mann senkte den Kopf und sein Atem ging schwer. »Das tue ich doch, tue ich die ganze Zeit. Aber da ist nichts, an das ich mich erinnern könnte. Wir haben gestern hier unser Zelt dichtgemacht. Dann sind wir auch schon losgegangen. Später, als wir das vorhatten. Finn und ich.« Kaum hatte er den Namen ausgesprochen, hielt er mitten im Satz inne. »Was ist mit Finn? Haben sie ihn gefunden? War er ebenfalls in der Scheune? Ist er auch tot?« Der Mann versuchte aufzustehen, aber seine Beine schienen ihm immer noch nicht zu gehorchen. »Nun sag schon! Sag mir die Wahrheit!«
Norden beeilte sich den Mann zu beruhigen. »Es geht ihm gut. Er liegt im Krankenhaus. Ist unverletzt, aber müde.«
»Das war ich doch auch. Müde, so müde. Hatte Agnetha ja noch vorgeschlagen, runter zum Lagerfeuer zu gehen, aber sie wollte nicht. Dann habe ich mich hingelegt und bin erst heute Morgen wieder aufgewacht.«
»Erzähl das genauso den Beamten von der Kripo. Lass dich nicht aus der Ruhe bringen. Du bist zwar momentan nur Zeuge für sie, aber weil ihr zusammen wart, bist du automatisch auch ein Verdächtiger.«
»Warum kennst du dich mit diesem Kram so gut aus? Man könnte meinen, dass du selbst Polizist bist.«

Norden schüttelte den Kopf. »Das erkläre ich dir später einmal. Wenn wir mal Zeit haben, ein Schwarzbier zu trinken. Jetzt gibt es Wichtigeres zu tun.« Norden zog den Armbrustbolzen aus seinem Gürtel und legte ihn vor sich auf den Tisch.

»Kannst du mir etwas zu diesem Ding da sagen?«

Der hünenhafte Mann wischte sich noch einmal kurz die Tränen aus dem Gesicht, bevor er den Pfeil genauer betrachtete.

»Das ist einer von meinen Bolzen«, sagte er nach einer Weile. »Nur mein Lieferant färbt auch die Schnittstellen der Federn schwarz ein. Die Pfeilspitzen habe ich selbst geschmiedet. Mache sie aus alten Blattfedern von LKWs. Die Bolzen sind teuflisch scharf und gut ausbalanciert. Fliegen wie an einer Schnur ins Ziel.« Als hätte er sich an seinen Worten verschluckt, hielt der Mann inne. »Das ist hoffentlich nicht der Pfeil, der Agnetha getötet hat?«, stammelte er heiser.

»Sicher nicht. Der war für mich gedacht. Du hast wirklich keine Vorstellung, wann und wie dir deine Bolzen abhandengekommen sind?«

»Mitte August in Xanten hatte ich sie noch. Da bin ich mir absolut sicher. Habe dort nämlich meine letzte Armbrust verkauft und der Mann hat ein Dutzend Pfeile dazu genommen. Sind immer zu zwanzig Stück in einem Lederbeutel, aber das war ihm zu teuer.«

»Also waren acht Bolzen übrig. Oder verkauft man die Dinger auch einzeln wie ein Souvenir?«

»Habe schon vierzig Bolzen auf einmal verkauft, aber auch ab und zu einzelne Pfeile, die dann als Brieföffner enden.«

Auch das wird dich die Polizei fragen, dachte Norden. Und wenn du ihnen diese Geschichte erzählst, wird es dich noch verdächtiger machen.

»Hat dich nach den ersten beiden Morden niemand von der Polizei nach Armbrustpfeilen gefragt? Du weißt schon, wegen des Toten im Käfig und der Frau in der Gasse.«
»Und ob. Haben mir sogar einen der Bolzen gezeigt. Klebte noch Blut dran. Waren weiße Gänsefedern. Habe ich seit Jahren nicht mehr im Programm. Benutzen die Armbrustmeister an ihren Ständen.« Das Gesicht des Mannes verlor jetzt seine letzte Farbe. »Sicher ist Agnetha mit so einem Ding getötet worden.« Als würden ihm seine Worte die restliche Energie nehmen, sackte der Mann wieder in sich zusammen.
Norden sah in der Ferne, wie sich zwei Polizisten dem Stand des Waffenschmieds näherten.
»Wir haben übrigens euer Versteck gefunden. Das Geld ist in Sicherheit. Du musst dir deshalb keine Sorgen machen.« Der Mann schaute Norden aus unendlich traurigen Augen an.
»Das war Agnethas Geld. Ich habe meines auf der Bank. Habe sie nie verstanden, warum sie dieses Risiko eingegangen ist. Hatte vielleicht etwas mit ihrem Ex-Gatten zu tun. Oder weil sie Schlipsträgern nicht traute. Keine Ahnung. Sie sagte immer, dass ihre Seifenblöcke ein besseres Versteck wären als der dickste Tresor.«
»Sie wird ihre Gründe gehabt haben.« Norden vermied es den Mann anzuschauen. »Ich bringe in Erfahrung, in welchem Krankenhaus Finn liegt«, versprach er. Als er sich verabschiedete, lag der Kopf des Mannes wieder auf seinen Armen.
Norden verlor keine Zeit. Auf direktem Weg ging er zum Zelt der Seifensiederin zurück. Dort hatte Pfarrer Klinger gerade alle Hände voll zu tun, dem Kollegen des Hauptkommissars die Sache mit dem gefundenen Geld zu erklären. Norden schnappte nur Wortfetzen auf, aber die

reichten aus, um den Gesichtsausdruck des Geistlichen zu erklären. Als der Pfarrer kurz darauf das Zelt verließ, hatte er den Kopf wie ein Stier in der Arena gesenkt.
»Kommen Sie, Norden. Hier gibt es für uns nichts mehr zu tun. Anstatt dass sich Ihre bornierten Kollegen über unsere Unterstützung freuen, fragt man mich, warum wir ausgerechnet in diesem Stück Seife nach dem Geld gesucht hätten. Ich habe es zu erklären versucht, aber als dieser Kommissar dann etwas von ›göttlicher Führung‹ und ›Stimmen aus brennenden Büschen‹ gefaselt hat, wurde es mir dann doch zu bunt.«
Norden konnte sich ein Grinsen nicht verkneifen.
»Warum regen Sie sich immer noch auf? Sie sollten langsam wissen, wie Kriminalbeamte ticken. Ist ja nicht das erste Mal, dass Sie mit ihnen zu tun haben. Außerdem stehen alle gewaltig unter Druck.«
»Wie war Ihr Gespräch mit Agnethas Freund? So schlimm wie befürchtet?«
»Erzähle ich Ihnen auf dem Weg. Wir statten jetzt einer alten Freundin von mir einen Besuch ab. Hat ihr Zelt direkt gegenüber der Tuchschneiderin. Vielleicht bringt sie etwas mehr Licht ins Dunkel. Ich weiß immer noch nicht, ob der Schlüssel zu diesen Mordfällen hier in der Altstadt liegt oder ob nicht doch alles unten mit dem Ritterlager zu tun hat.«

KAPITEL **30**

Die Frau vom *Mäuselabyrinth* und der Pfarrer waren sich auf Anhieb sympathisch. Auch wenn hier im oberen Teil der Altstadt mehr los war als in den leer gefegten Seitenstraßen, nahmen sich Hermine und Gero Zeit für ein Gespräch.

»Eine schlimme Geschichte«, hatte die alte Frau mit dünner Stimme gesagt. »Wir sind einfach nur schockiert.«

»Die Leute, die diesen Eingang benutzen, haben natürlich noch nichts von dem Drama mitbekommen«, erklärte Gero. »Wundern sich höchstens, warum heute weniger los ist als sonst. Die Erklärung dazu kriegen die Leute dann von irgendwem an den Nachbarständen. Dann haben sie es auf einmal eilig, als würden sie etwas verpassen.«

»Wir machen da jedenfalls nicht mit. Zu uns kommen vor allem Kinder und die interessieren sich mehr für unsere Mäuse und die Rätselspiele«, ergänzte Hermine an den Pfarrer gewandt. »Hoffen wir, dass es dem kleinen Finn bald wieder besser geht.«

»Du hast auch davon gehört?«

Die Frau quittierte Nordens Frage mit einem dünnen Lächeln. »Ich weiß sogar, dass du und der Pfarrer den Jungen gefunden habt.« Sie tätschelte Norden den Arm. »Wir wirken vielleicht etwas angestaubt, aber wir wissen fast alles, was um uns herum passiert.«

»Das ist der Grund, warum wir hier sind.« Norden zog die Frau ein Stück näher an sich heran. »Was ich dir jetzt sage, ist nur für deine und für Geros Ohren bestimmt. Es geht um eure tote Standnachbarin, die Tuchschneiderin. Sie hat verdeckt ermittelt, war eine Mitarbeiterin vom Landeskriminalamt. Ich kann dir nicht sagen, worum sich die Ermittlungen im Einzelnen gedreht haben. Nur so viel: Es ging mehr um das Ritterlager unten beim Turnierplatz.«

»Und warum hatte die Gute dann ihr Zelt hier oben aufgebaut?«

»Gute Frage. Hermine, du kennst Gott und die Welt. Wer von den Händlern und Handwerkern hier in der Oberstadt hat auch Verbindungen zum Lager an der Nahe? Gibt es Zelte, wo Mitglieder der Stuntmangruppe hier aus- und eingehen? Hast du irgendeine Idee, die uns weiterhelfen könnte?«

Tiefe Falten zeigten sich auf der Stirn der alten Frau.

»Weißt du, wann ich mir das letzte Mal ein Ritterturnier angeschaut habe?«

Die Antwort lieferte ihr Mann.

»Das muss vor drei Jahren gewesen sein. Wir sind auch nur hingegangen, weil uns Freunde aus La Gomera besucht haben, die so etwas noch nicht kannten.«

Die Frau nickte.

»Das ist nicht so mein Ding. Aber das heißt ja nicht, dass ich meine Ohren auf Durchzug schalte, wenn ich etwas höre oder mitbekomme. Jetzt, wo du mich fragst, ist mir schon etwas aufgefallen. Bettina hat, gleich nachdem sie ihr Zelt aufgebaut hatte, gesagt, sie würde runter zum Fluss gehen. Eine Freundin treffen. Hilft dir das?«

Norden zuckte mit den Schultern.

»Sind hier sonst irgendwelche Gestalten aufgetaucht, die zum Ritterlager gehören könnten?«

Hermine überlegte eine Weile, dann schüttelte sie den Kopf.

»Sicher kommen auch immer Leute vom Zeltlager hoch. Es gibt hier einfach das bessere Essen. Aber an jemanden Speziellen kann ich mich nicht erinnern.«

Norden versuchte sich seine Enttäuschung nicht anmerken zu lassen.

»Da kann man nichts machen. Wir suchen nach dem Verbindungsglied zwischen dem Mittelaltermarkt und dem Ritterlager. Wäre zu schön gewesen, wenn ihr eine Idee gehabt hättet.«

»Frag doch den Marktmeister oder die Leute vom Organisationsteam«, mischte sich Gero ein. »Wenn mich nicht alles täuscht, wechseln sie sich regelmäßig an den Eingängen ab. So ein ganz in Schwarz gekleideter Erbsenzähler hat mir erst vorhin freudestrahlend erzählt, dass er endlich wieder unten am Turnierplatz eingeteilt wäre.«

»Meinst du den Machiavelli-Typ?« Norden war plötzlich hellhörig geworden. »Dieser Mann mit den aberwitzig teuren Stiefeln und dem Notarius-Kostüm? Habe ich erst heute Morgen kennengelernt«, erinnerte sich Norden.

»Jetzt ist er jedenfalls nicht mehr da. Hat sich vor zwei Stunden verabschiedet.«

»Ihr habt uns sehr geholfen.« Norden hatte es auf einmal eilig. »Kommen Sie, Herr Pfarrer. Wir sollten kurz einen Abstecher zum Nebeneingang machen. Drückt uns die Daumen, dass die Frau, mit der ich heute Vormittag gesprochen habe, auch jetzt noch Dienst hat.«

Sie hatten Glück. Schon von Weitem sah Norden diesen außergewöhnlichen Umhang, der sicher einmal eine Gardine gewesen war. Während sich ihre Kollegen um die neu eintreffenden Besucher kümmerten, hatte sich die Frau umgedreht und in ihre Richtung geschaut. Ihr Lächeln wurde breiter, je näher sie kamen.

»Musst du dir jetzt schon Verstärkung mitbringen?«, fragte sie mit gespieltem Erstaunen. »Und dann auch noch einen Priester.«

»Einen Waschechten sogar«, erwiderte Norden. »Darf ich vorstellen: Pfarrer Klinger. Ein wacher Geist, ein liebenswerter Mensch und der einzige Freund, den ich habe.«

»Wollt ihr schon nach Hause gehen oder was führt euch sonst hierher?«

»Sehen Sie, *Monsignore*, ein anderer wacher Geist.« Norden lächelte die Frau und den Pfarrer an. »Die Dame ist im richtigen Leben Erzieherin. Wahrscheinlich ist sie deshalb eine so begnadete Beobachterin.«

»Ach, du und deine Sprüche. Wie kann ich helfen?« Die Blicke der Frau wechselten von einem Gesicht zum anderen.

»Wir suchen deinen Kollegen, den Notarius, den mit den 500-Euro-Stiefeln und dem Machiavelli-Gehabe.«

»Und was wollt ihr von ihm? Hat er etwas verbrochen und dein Freund soll ihm jetzt die Beichte abnehmen?«

»Weil wir dir ja sowieso nichts vormachen können, bleiben wir besser gleich bei der Wahrheit.« Norden senkte die Stimme. »Ich könnte dir jetzt erzählen, dass mein Freund auch solche Stiefel sucht und wir deshalb gern mit dem Mann sprechen würden.«

»Aber weil du mich mit solch einer plumpen Geschichte beleidigen würdest, lässt du es besser gleich bleiben«, schlussfolgerte die Frau.

Norden nickte.

»Wir suchen deinen Kollegen als möglichen Zeugen. Es könnte sein, dass er etwas mitbekommen hat, das im Zusammenhang mit dem Tod der Frau vom *Hexenstich* steht.« Norden deutete auf den freien Platz keine zehn Meter entfernt, auf dem vorgestern noch das Zelt der Toten gestanden hatte. Ihm war auf die Schnelle nichts Besseres eingefallen. Keine Lüge, aber auch nicht die ganze Wahrheit.

»Dann bist du also Polizist?«

»Nein, ich bin Künstler. – Aber ich habe mit Kriminalbeamten zu tun. Bin durch Zufall in diese Geschichte reingerutscht.«

»Genauso wie ich«, meldete sich der Pfarrer. »Seit ich Norden kennengelernt habe, passiert mir so etwas übrigens häufiger, also passen Sie gut auf sich auf.«

Die Frau kniff ihre mandelförmigen Augen zusammen. »Das werde ich tun. Aber zurück zu Thomas Unger, so heißt der Mann übrigens. Ich weiß recht wenig über ihn. Der Typ ist nicht mein Fall. Hört sich gern selber reden und stellt niemals Fragen. Er interessiert sich wohl nur für sich selbst. So etwas fängt übrigens schon im Sandkasten an. Kann man wunderbar beobachten. Aus kleinen Egoisten werden später große Egomanen.«

»Und so jemand ist Thomas Unger?«, fragte Norden.

»Würde ich jedenfalls meinen. Er arbeitet irgendwo in Frankfurt bei einer Versicherung. So genau weiß ich das aber nicht. Menschen, die mich nicht interessieren, frage ich nämlich auch nichts. Aber ich schnappe Dinge auf und habe ein gutes Gedächtnis.«

»Hast du eine Idee, ob die Frau vom *Hexenstich*, die Seifensiederin und dieser Herr Unger etwas miteinander zu tun hatten? Hast du die drei zusammen gesehen oder hat er die beiden Frauen vielleicht einmal erwähnt?«

Ohne lang nachdenken zu müssen, schüttelte die Frau den Kopf.

»Keine Idee. Aber ich habe auch sehr wenig mit dem Mann zu tun gehabt. Er hat die meiste Zeit unten am Turnierplatz gestanden. Hat heute Morgen schon herumgemault, weil sie ihn hier oben eingeteilt hatten. War heilfroh, als vorhin jemand vom Organisationsteam aufgetaucht ist und ihm gesagt hat, dass sie ihn unten bräuchten.«

»Aber er war heute Morgen nicht zum ersten Mal hier am oberen Eingang?«, beeilte sich Norden nachzuhaken.

»Nein. Vorgestern hat er auch schon Waffen in Empfang genommen. Hat sich sofort bei uns beliebt gemacht, weil er sich lautstark darüber beschwerte, dass er viel besser beim Kartenverkauf aufgehoben wäre, als dieses Alteisen auf den Tisch zu packen.«
»Nettes Kerlchen«, brachte es Norden auf den Punkt.
»Im passenden Gewand«, ergänzte der Pfarrer.
»Tut mir leid, dass ich nicht wirklich helfen kann.«
»Aber das hast du«, stellte Norden fest, ohne den Beweis dafür anzutreten.
»Nicht so wie du oder ihr beide. Habe davon gehört, dass ihr den kleinen Jungen gefunden habt. Respekt!«
»Nicht dafür.«
»Was macht ihr jetzt?« Da war es wieder, das Grübchenlächeln der Frau. Zusammen mit diesen leicht schräg gestellten Augen hatte dieses Gesicht etwas Unwiderstehliches.
»Gute Frage.« Norden griff nach einem der Schwerter, die auf dem Tisch lagen und darauf warteten, von ihren Besitzern wieder abgeholt zu werden. »Am sinnvollsten wird es sein, wenn wir uns wieder trennen. Ich muss noch einmal zum Hauptkommissar und währenddessen könnte Hochwürden zum Turnierplatz gehen und den Notarius und sein Umfeld im Auge behalten.«
»Das trifft sich gut. Wenn es dem Herrn Pfarrer nicht unangenehm ist, würde ich ihn gern begleiten. Habe hier nämlich gleich Feierabend und möchte selbst zum Turnierplatz. Außerdem kann ich ihm den Notarius zeigen, auch wenn die Beschreibung blasse Haut, schwarzer Umhang und Ziegenbärtchen sicher ausreichen würde.«
»Perfekt.«
»Dann machen wir das so.« Norden kratzte sich seinen Bart, der ihn langsam zu stören begann.

Anstelle einer Antwort hatte der Pfarrer nur kurz genickt. Während die Frau zu dem kleinen Holzhaus am Eingang ging, überflog Norden die von den gewandeten Besuchern abgegebenen Waffen. Da lag auch eine Armbrust samt einem Köcher voller Pfeile. Rasch öffnete er die Ledertasche und zog einen der Bolzen hervor. Die Federn waren weiß und die Pfeile allesamt makellos, so als wären sie neu oder niemals abgeschossen worden. Norden griff nach der Armbrust und legte sie sich an die Schulter. Gar nicht so einfach, damit ein Ziel anzuvisieren.
Pfarrer Klinger schien Nordens Gedanken erraten zu haben. »Das muss man sicher oft üben, bevor man damit etwas trifft.«
»Andererseits gelingt es einem kleinen Jungen auf Anhieb, vier Mal ins Schwarze zu treffen«, überlegte Norden. »Wenigstens wenn es stimmt, was man hört.«
Der Pfarrer nickte. »Auch so eine Ungereimtheit, wie so vieles auf diesem Markt. Manchmal glaube ich, dass uns wirklich jeder hier etwas vormacht.«
In diesem Moment meldete sich das Handy des Pfarrers. Eine SMS war eingegangen.
»Das wird Sie interessieren.« Der Prediger überflog rasch den Inhalt. »Unser Redaktionsfreund war scheinbar erfolgreich. Hat zwar noch nicht alle angestrichenen Termine abgleichen können, aber bei zweien ist er schon fündig geworden. In der jeweiligen Tageszeitung gab es in der Woche nach den Mittelaltermärkten Berichte über Wohnungseinbrüche. Genaueres könnte er natürlich erst morgen recherchieren. Aber das ist doch wenigstens ein Anfang. Wir lagen richtig.«
Norden nickte. »Jetzt passen Sie mir bloß auf sich auf. Nicht dass sich Hochwürden in Gefahr begeben.«
»Kann ich sonst noch etwas für Sie tun?«

»Können Sie allerdings«, überraschte Norden den Pfarrer mit seiner Antwort. »Geben Sie mir die Perle zurück. Ich habe da so eine Idee und es wäre hilfreich, das edle Stück dabeizuhaben.«
Er hatte sich gerade wieder umgedreht, als die Frau zurückkam.
»Ich bin fertig.«
»Dann sollten wir gehen«, antwortete der Pfarrer aufgekratzt.
Norden sah den beiden nach. Die weiche Stimme der Frau klang noch etwas sanfter, als sie es ohnehin schon war.
»Nun erzählen Sie mir erst einmal, woher Sie kommen und …«
Den Rest der Frage konnte Norden nicht mehr hören. Die Worte gingen unter in der einsetzenden Kakophonie von Sackpfeifen und Drehleiern.

KAPITEL 31

Bevor Norden zum provisorischen Büro des Hauptkommissars aufbrach, wollte er rasch noch etwas trinken. Er kaufte drei Flaschen Schwarzbier und ging zum Stand des Münzenschneiders.

Der saß im hinteren Teil seines Zeltes und schien vor sich hin zu dösen. Wie ein König auf seinem Thron, dachte Norden. Nur die Räder mit den breiten Gummireifen wollten nicht dazu passen.

»Ich muss dich wohl nicht fragen, wie die Geschäfte gelaufen sind«, riss Norden den Mann aus seinem Dämmerschlaf. Langsam rappelte sich der in seinem Rollstuhl hoch.

»So lange die da auf der Bühne diesen Krach machen, bleibt sowieso kein Kunde stehen.«

»Dann kommen wir vier ja gerade rechtzeitig. Habe dir dein versprochenes Bier mitgebracht, dieses Mal aber alkoholfreies, sonst schläfst du ein, bevor es dunkel ist.«

»Du bist zwar immer gern gesehen, aber so ist es noch besser. Komm nach hinten. Hier ist der Lärm etwas erträglicher.« Der Mann zeigte auf einen Hocker mit drei Beinen. »Leg dir das Fell drauf, dann sitzt du bequemer.«

Norden umkurvte den großen Tisch mit den Münzen und den kleineren, auf dem verschiedene Sägen und Feilen lagen.

»Zwei der drei Flaschen mit dem leckeren Bier sind für dich. Musst dir also keine Sorgen machen, mir reicht eine.«

Der Mann prostete Norden zu.

»Auf dich und den Prediger. Habe gehört, dass ihr Agnethas Sohn gefunden habt – und was mit ihr passiert ist, natürlich auch. Stimmt es, dass die Polizei ihren Mann festgenommen hat?«

»Du bist gut informiert«, bejahte Norden die Frage indirekt.

»So wie du. Wenn ich es nicht besser wüsste, könnte man glauben, dass du für die Polizei herumschnüffelst. Bist immer viel zu dicht mit der Nase dran, wenn hier irgendwo was passiert. Entweder ziehst du das Pech an oder du hast wirklich einen Dienstausweis in der Tasche. In beiden Fällen würde ich einen Bogen um dich machen.«

»Musst du nicht. Ich bin kein Polizist, das kannst du mir glauben.«

»Was bist du dann?«

Norden griff nach einem kurzen Stock, der auf einem der Tische lag, und begann etwas in den staubigen Boden zu kratzen.

»Künstler bin ich. Ein Maler, der nicht nur mit Pinsel und Leinwand arbeitet. Eben noch Staub unter Stiefeln, jetzt ein Pferd mit einer nackten Lady Godiva im Sattel.«

Der Mann im Rollstuhl warf nur einen kurzen Blick auf das in den Schmutz gekratzte Bild.

»Damit kann ich überhaupt nichts anfangen. Für mich muss etwas real sein, um einen Nutzen zu haben. Aber ich mag dich trotzdem.«

»Und du magst das Ritterleben, trotz deines Unfalls. Was ist mit Pferden?«

Der Mann wischte sich den Schweiß von der Stirn, bevor er antwortete.

»Die liebe ich immer noch. War ja nicht die Schuld von dem Gaul. Eher von meinem Gegner. Wollte mich unbedingt aus dem Sattel werfen. Hat dabei mein Pferd erwischt und das ist wie vom Blitz getroffen umgefallen.«

»Warst du versichert?«

Der Mann lachte.
»Sind wir auf dem Papier alle, aber die Summe ist so lächerlich niedrig, dass du dir nicht mal einen elektrischen Rollstuhl davon kaufen könntest. Man kriegt halt nix geschenkt.«
»Und es war die gleiche Gruppe, die auch dieses Jahr unten auf den Wiesen campiert.« Norden versuchte den Satz so beiläufig wie möglich klingen zu lassen.
»Nur der harte Kern. Die *Hasardeure* nennen sie sich. Mehr als ein Dutzend von denen war schon Donnerstagabend hier oben. Haben mir geholfen, meinen Sprinter leer zu räumen und das Zelt aufzuschlagen. So eine Gemeinschaft ist besser als jede Versicherung.«
»Und du würdest für jeden von ihnen die Hand auf die Herdplatte legen.«
»Wer sagt denn so was?« Der Mann lachte, als hätte Norden einen schlechten Witz gemacht. »Die hätte ich mir rasch verbrannt und ich brauche meine Hände. Die meisten, die heute reiten, kenne ich nicht einmal. Die Stuntleute kommen und gehen. Sind viele aus Osteuropa dabei. Tschechen und Polen. Sind richtig gut im Sattel und ehrlich sind sie auch.«
»Und wer sind die Unehrlichen?«
Jetzt musterte der Mann Norden, als würde er ihn durchleuchten wollen.
»Ihr Chef ist immer noch der gleiche wie damals. Ein Münchner, hat früher für die *Bavaria Studios* als Stuntman gearbeitet. Kinofilme und so. Kommt langsam in die Jahre. Wird immer komischer, der Gute.«
»Wie meinst du das?«
»Finde es selber heraus. Ich weiß nicht, welche Rolle du hier spielst, aber glaube mir, meine kenne ich. Ich bin kein Spitzel. Würde niemals jemanden verpfeifen.«
»Ganz egal was er getan hat?«, fragte Norden.

»Wir haben alle Dreck im Beutel. Ich weiß natürlich nicht, wie das bei euch Künstlern ist. Für meinesgleichen gilt: Fass dir zuerst an die eigene Nase. Morgen machst du vielleicht den gleichen Fehler wie der Mensch, den du gerade verurteilst.«

»Das sehe ich anders.« Norden trank seine Flasche leer. »Bei mir hört die Freundschaft auf, wenn ich mitbekomme, dass Schwächere ausgenutzt werden. Junge Mädchen beispielsweise, die über die Grenze geschmuggelt werden, nur um sie hier in Hinterhofbars zu verscherbeln. Oder wenn man eine Frau foltert und sie anschließend mit einem Tuch über dem Kopf an einen Stuhl fesselt und sie ihrem Schicksal überlässt. Das macht mich rasend.«

»Das ist ein Standpunkt, das akzeptiere ich. Du darfst mich nicht falsch verstehen. Bin selbst ein Schwacher, wie du das nennst, und oft auf die Hilfe anderer angewiesen. Aber das heißt noch lange nicht, dass ich mir ein zweites Mal mein Rückgrat brechen lasse.«

Norden war aufgestanden. »Vielleicht kannst du trotz deiner Überzeugung noch eine harmlose Frage beantworten?«

»Leg los, dann werden wir sehen.«

»Hier läuft seit Tagen so ein Typ vom Organisationsteam herum. Schwarzer Umhang, Ziegenbärtchen, sündhaft teure Stiefel, auf dem Kopf eine Haube und eine Kappe, alles nach historischem Vorbild.«

»Ich kenne den Fatzken. Was willst du wissen?«

»Hat er irgendetwas mit den *Hasardeuren* zu tun, und wenn wir schon dabei sind, welche Verbrechen würdest du ihm zutrauen?«

»Clevere Frage.« Der Meister der Münzen schlug sich auf die Schenkel. »Erstens: Ein Hasardeur? Das kann ich mir nicht vorstellen. Macht auf mich mehr den Eindruck, als würde er Bausparverträge verkaufen. Zweitens: Jedes

Verbrechen, inklusive das Verkaufen der Nieren seiner Mutter – seiner noch lebenden, wenn du verstehst, was ich meine.«
»Denke schon, du hast mir jedenfalls geholfen.«
»Wirklich?« Der Mann schien überrascht zu sein. »Na, wenn du meinst. Bevor du gehst, möchte ich dir aber auch noch etwas sagen.«
Norden, der schon fast wieder auf der Gasse stand, drehte sich noch einmal um.
»Pass besser auf dich auf. Das nächste Mal hast du vielleicht nicht wieder so viel Glück.« Der Mann strich sich mit der Hand übers Haar.
»Funktioniert wirklich gut, euer Nachrichtensystem«, antwortete Norden. »Und das alles ohne Strom und Funkmasten.«
Der Münzenschneider rutschte wieder ein Stück tiefer in seinen Rollstuhl.
»Ich muss nicht am Turnierplatz sein, um mitzubekommen, was dort passiert.«
»Und ich kann genauso wenig aus meiner Haut raus wie du aus deiner«, antwortete Norden.
»Deshalb mag ich dich und darum der Tipp. Vielleicht sehen wir uns später vor der Bühne. Nachher tritt ein wirklich guter Feuerakrobat auf. War auch Mitglied der *Hasardeure* und ist nicht so ein Brandstifter wie der von gestern. Geht um acht los, das Spektakel. Würde mich freuen, dich dort zu sehen.«
Norden ließ es offen, ob er sich die Vorstellung anschauen würde. Zu viel ging ihm durch den Kopf und es blieb nur sehr wenig Zeit, um Ordnung in das Chaos zu bringen.

Auf dem Weg zu Hauptkommissar Bender war Norden so mit seinen Gedanken beschäftigt gewesen, dass er sich verlaufen hatte. Das heißt, er war an der richtigen

Seitenstraße vorbeimarschiert und musste jetzt den weiteren Weg durch eine engere Gasse nehmen. Am Ende der Straße war das Zelt der Perlentaucherin. Auch wenn Norden gestern nur kurz mit der Frau gesprochen hatte, schmunzelte sie, als sie ihn sah.

»Sie haben sich vertan«, rief ihm die Frau zu und zum ersten Mal taute neben ihrem Mund auch der Rest ihres Gesichtes auf.

»Das ist die Tragik meines Lebens. Wenn ich auch im Moment nicht weiß, wo genau ich danebengelegen haben soll.«

»Sie erinnern sich wohl gar nicht mehr an mich.« Die Stimme klang vorwurfsvoll. »Na ja, bin eben keine Fünfundzwanzig mehr.«

Jetzt grinste Norden.

»Die werden überschätzt, die Fünfundzwanzigjährigen. Ich war nur in Gedanken. Klar erinnere ich mich.«

»Dann wissen Sie auch, was ich meine. Der Mann mit der Perle hat sich hier noch nicht wieder blicken lassen. Dafür habe ich mit ihm gefrühstückt. Gekauft hat er trotzdem nichts und verkauft auch nicht. Vielleicht kommt er noch zu mir ins Hotel. Ist sowieso der bessere Platz für solche Geschäfte.«

»Also wollen Sie ihm etwas abkaufen?«, fragte Norden unschuldig.

»Wenn er mich lässt. Er hat eine wunderschöne Perle. Hatte schon mal so eine. War riesengroß und unser Goldschmiedemeister hat ein wahres Kunstwerk geschaffen. Ein Collier aus Weiß- und Rotgold mit der Perle in der Mitte. Haben wir sofort verkaufen können. Erst vor Kurzem hat sich der damalige Käufer wieder bei uns gemeldet. Fragte, ob wir ihm noch einmal so ein Unikat anfertigen könnten. Das Collier wäre ihm gestohlen worden. Etliche andere Sachen auch, aber an diesem Stück hätte seine Frau besonders gehangen.«

»Sie werden sicher eine Ähnliche auftreiben können, wenn Sie der Mann mit der Perle doch versetzen sollte.«

»Keine Frage. Aber irgendwie hatte ich das Gefühl, dass sie die Zwillingsschwester der Gestohlenen war. Wenn es so etwas bei Perlen überhaupt gibt. Ist ja auch egal. Vielleicht täusche ich mich ja auch nur. Sie wissen schon, man will etwas haben, kriegt es aber nicht und mit jeder Minute, die verstreicht, will man es nur noch mehr.«

»Bei Perlen ist mir das zwar noch nicht passiert, aber ich glaube, ich kann Ihnen folgen. Wo hat der Mann übrigens gewohnt, dem das Schmuckstück gestohlen wurde?«

»Hier ganz in der Nähe. In Bad Kreuznach. Ist Chefarzt einer Kurklinik oder ihm gehört die Klinik oder die ganze Stadt. So genau weiß ich das nicht mehr. Weiß nur noch, dass es ziemlich genau ein Jahr her ist, dass die Polizei bei uns in Idar-Oberstein aufgetaucht ist. Hat uns nach Bildern des Colliers gefragt.«

»Konnten Sie behilflich sein?«

Die Frau zog die Augenbrauen in die Höhe.

»Natürlich konnten wir das! Wir fotografieren immer unsere Unikate.«

»Dann drücke ich Ihnen noch einmal die Daumen. Vielleicht klappt es ja doch noch.«

»Schon ulkig.« Die Frau begann mit ihrem Finger an einem ihrer Ohrringe zu spielen. »Sonst ist das immer mein Part, so etwas zu sagen. Eigentlich bin ich die unverbesserliche Optimistin.«

So sind nun einmal oberflächliche Menschen, dachte Norden – und sagte laut: »Vielleicht hat das etwas mit dem neuerlichen Mord zu tun. So etwas nimmt einem rasch den Optimismus.«

»Noch ein Mord?« Die Frau schien überrascht zu sein.

»Ja. Eine Gewandete, etwa Ihr Alter«, erklärte er. »Unten am Haupteingang in einer Scheune am Armbruststand.

Die Frau hatte auch ein Zelt in der Altstadt. Hat Seifen verkauft.«

Die Nachricht schien die Schmuckhändlerin nicht sonderlich zu erschüttern.

»Ich kaufe meine Seife in der Parfümerie.«

In diesem Moment betrat ein junger Mann das Zelt der *Perlentaucherin* durch den Hintereingang. Sein buntes Gewand und das gitarrenartige Instrument in der Hand zeigten, womit er auf dem Markt sein Geld verdiente. Als die Frau ihn bemerkte, drehte sie sich um und hatte ab da nur noch Augen für ihn.

»Wünsche Ihnen trotzdem Glück«, murmelte Norden zum Abschied. Am liebsten hätte er der Frau etwas ganz anderes gesagt, aber er hatte schon zu viel Zeit vertrödelt.

Er musste rasch zum Büro des Hauptkommissars. Als er die Straußwirtschaft erreichte, hatte er für einen Moment befürchtet, dass der Kriminalbeamte noch unterwegs sein könnte. Das war nicht der Fall. Ein sichtlich niedergeschlagener Bender öffnete Norden die Tür.

»Ach, Sie sind's.« Der Hauptkommissar trat beiseite und schloss die Tür hinter Norden.

»Ich will Sie gar nicht lange stören. Habe nur ein paar Fragen. Hier scheint ja alles ausgeflogen zu sein.«

Der Kommissar nickte.

»Wir haben genug Baustellen. Der Schießstand, das alte Haus, in das Sie eingebrochen sind, das Zelt des Opfers und das von diesem Schmied, der die Schwerter und den ganzen Kram verkauft. Ein merkwürdiger Mensch, wenn Sie mich fragen.«

»Der Mann hat eben erst erfahren, dass seine Lebensgefährtin ermordet wurde. Dafür kriegt er von mir mildernde Umstände.«

»Für patziges Auftreten?«

»Sie wissen, wie ich das meine, Herr Hauptkommissar. So eine Nachricht reißt einem den Boden unter den Füßen weg. Ich habe eben auch mit ihm gesprochen.«
»Weiß ich. Ist ja nicht so, als wenn wir taub und blind wären.«
»Habe ich nie behauptet. Können wir uns setzen?«
Der Hauptkommissar deutete auf einen leeren Stuhl, bevor er selbst hinter seinem provisorischen Schreibtisch Platz nahm.
»Was gibt es?«
»Warum so feindselig?«, fragte Norden.
»Bin ich nicht, bin nur irritiert. Wären Sie an meiner Stelle auch. Das Geld in dem Seifenblock haben Sie doch nicht zufällig gefunden.«
»Es war nur ein Gedanke, Herr Hauptkommissar. Wollte mich erst selbst davon überzeugen. Das Opfer hatte erwähnt, dass sie ihr ganzes Geld immer dabeihätte. Also habe ich mich gefragt, wo ich es verstecken würde. Das Wohnmobil wäre mir zu unsicher gewesen, also blieb nur ein Platz im oder am Zelt. Metallkassetten oder Kisten mit Vorhängeschlössern erwecken zu viel Aufmerksamkeit. Blieben nur die offensichtlichen Dinge. Auf diesem Seifenblock waren einige rostrote Tropfen. Sahen auf den ersten Blick wie getrocknetes Blut aus. Hätte es natürlich auch sein können. Ich bin sicher, dass man sich beim Zerteilen der Seife schon mal verletzen kann, bei den Werkzeugen, die auf dem Tisch herumliegen.«
»So weit, so gut, aber das hätten Sie mir auch vorhin schon sagen können.«
»Ich musste mich beeilen, habe mich gefragt, ob die Gedanken anderer auf dem Markt vielleicht in die gleiche Richtung gehen. Ich weiß nicht, wie viel Geld in diesen beiden Rollen steckte, aber es dürfte als Motiv ausreichen.«

»Da haben Sie recht«, stimmte der Hauptkommissar zu. »Sind sicher mehr als zehntausend Euro.«

»Und in den anderen Blöcken haben Sie nichts gefunden?«

»Das untersuchen wir noch. Momentan schauen wir uns nur die größeren Seifenstücke an. In dem Zelt stehen ja genug Kartons herum. Vorsichtshalber packen wir auch die kleinen Brocken ein. Aber das wird dauern. Letztendlich wird die KT alles nach Mainz bringen und dort untersuchen müssen.«

»Sind die zusätzlichen Beamten schon eingetroffen?«, fragte Norden.

»Alles, was wir kriegen konnten. Wir zeigen Präsenz, wie das so schön heißt. In einer halben Stunde habe ich alle herbestellt, um die Ergebnisse der ersten Befragungen zusammenzutragen und um alle noch mal auf Kurs zu bringen. Bisher haben wir nur Zeugen, keinen einzigen Verdächtigen.«

»Den Ex-Gatten haben Sie also freigelassen?«

»Der Mann war nie verhaftet. Wir haben ihn aufgrund Ihrer Aussage vorläufig in Gewahrsam genommen. Und da ist er auch jetzt noch. Kommt immer noch als Täter infrage, wenn ich daran persönlich auch nicht glaube. Wie es aussieht, hat er ein Alibi für die Donnerstagmorde. Wir haben die Personalien festgestellt und seine Aussage aufgenommen. Zwischenzeitlich hat man sich im Krankenhaus auch um seine gebrochenen Finger gekümmert. Mir wäre es am liebsten, wir würden schnell den wahren Täter finden, dann würde ich den Mann höchstpersönlich zu seinem Sohn fahren. Besser so, als dass sich das Jugendamt um Finn kümmert.«

Norden nickte. So hatte er den Hauptkommissar eingeschätzt: Ein ruhiger, sachlicher Mensch, der meistens das Richtige tat.

»Ich hätte da noch eine Bitte.«

»Schießen Sie los. Soll ich einen Zaun um die Altstadt bauen lassen, oder was geistert Ihnen durch den Kopf?«
»Etwas viel Banaleres. Würden Sie bitte von Ihren Kollegen in Bad Kreuznach eine Fallakte anfordern? Es geht um einen Einbruch. Das Ganze liegt ziemlich genau ein Jahr zurück. Wohnungs- oder Hauseinbruch. Der Geschädigte ist ein Arzt oder der Inhaber einer Kurklinik. Es sind wohl in erster Linie Schmuck und Wertgegenstände gestohlen worden.«
»Am besten frage ich Sie gar nicht erst, weshalb ich das tun soll, Sie verraten mir ja doch nichts.« Der Hauptkommissar seufzte. »Sonst noch was?«
»Es wäre wichtig, möglichst heute noch einen Blick in die Akte werfen zu können.«
»Ich melde mich, sobald ich etwas in Erfahrung gebracht habe. Am besten rufe ich die Nummer von Ihrem Pfarrerfreund an. Wo treibt er sich übrigens gerade rum?«
»Am Turnierplatz. Noch so eine Idee, dir wir haben ...«
»... Und die Sie erst überprüfen wollen, bevor Sie uns darüber informieren«, orakelte der Hauptkommissar. »Ich kann Sie nur warnen, Norden. Wir haben schon drei Tote. Irgendwann fällt es Ihnen zu spät ein, uns zu informieren. Dann beerdigt man Sie zusammen mit Ihrem Wissen und Ihrem Misstrauen.«
»Dann war das mein Schicksal, Herr Kommissar. Sie haben mich jedenfalls gewarnt.«

KAPITEL 32

Norden wäre jetzt liebend gern zur gleichen Zeit an verschiedenen Orten gewesen. Es waren Dinge zu klären: mit der Schriftenmalerin, mit Agnethas Ex-Mann, dem Waffenschmied, mit Machiavelli und anderen Haupt- und Nebendarstellern der Mordfälle, aber dafür war keine Zeit. Als müsste er sich noch mehr unter Druck setzen, fragte Norden einen der Marktbesucher nach der genauen Uhrzeit. Zu spät, um etwas zu essen oder zu trinken, entschied er. Und erst recht, um die falschen Fragen zu stellen. Zum Glück meinte er wirklich eine Spur entdeckt zu haben. Ganz allmählich lichtete sich der Nebel. Trotzdem wusste Norden, dass er etwas Wichtiges übersehen hatte. Sein Magen knurrte und seine Gedanken glichen Katzen, die sich selbst in den Schwanz beißen wollten. Vielleicht hatte der Hauptkommissar gar nicht so unrecht. Einmal war er davongekommen, ein zweites Mal würde er sicher nicht so viel Glück haben. Hier in der Altstadt war es noch viel leichter, einen Anschlag zu verüben, als unten am Fluss. Weniger Menschen und weniger Stände bedeuteten auch weniger Deckung. Hier oben waren die Straßen und Gassen voll von beidem. Ein letzter Ansturm vor dem finalen Bühnenspektakel, das mit dem Feuerakrobaten seinen Anfang nehmen würde. Die Besucher, Gewandete wie Touristen, würden dicht gedrängt vor- und nebeneinander stehen. Leichtes Spiel für einen Mörder, sein Messer zu ziehen und zuzustechen. Vielleicht hatte der Mann aber auch jetzt, in diesem Augenblick, eine Armbrust auf ihn gerichtet und der Pfeil mit seiner scharf geschliffenen Spitze wartete nur darauf, endlich abgeschossen zu werden.

Norden hatte den oberen Teil der Altstadt wieder erreicht. Die ersten Händler begannen gerade damit ihre übrig gebliebene Ware einzupacken. Sobald das Spektakel auf der nahen Bühne anfing, würden die Ersten, die noch heute Abend aufbrechen wollten, mit dem Zeltabbau beginnen. Auch wenn das Einpacken immer deutlich schneller klappte wie das Auspacken, würde es dennoch Stunden dauern, bis alles verstaut war. Dann begann der Ärger mit dem Beladen der Autos. Wer clever war und Zeit hatte, verschob diesen Stress auf den nächsten Tag. Nordens Blicke flogen von einem Zelt zum anderen. Niemand schien von ihm Notiz zu nehmen. Er war einer von vielen. Ein unrasiertes Gesicht in einem braunen Lederwams und Stiefeln, die alles andere als bequem waren. Vor einem Jahr war er zum ersten Mal auf diesem Markt gewesen. Er hatte seinen Alltag hinter sich lassen wollen: den Fall, den er damals bearbeitet hatte genauso wie die Frau, in die er sich dabei verliebt hatte und dieses Hamsterradleben, das so gar nicht zu ihm passte. Hier hatte er Menschen getroffen, die anders waren. Mit jedem ausgetauschten Kleidungsstück war etwas von seiner Lebenslust zurückgekehrt. Dieses Jahr war das alles irgendwie andersherum. Er hatte sich auf diesen Markt gefreut, war nicht geflüchtet. Und dann hatte ihn sein Alltag eingeholt. Der Tod hatte im blassen Laternenlicht auf ihn gelauert. Niemals würde er das ausblenden können, das hübsche, würdevolle Gesicht der Seifensiederin ebenso wie die schmerzverzerrte Maske, die daraus geworden war.

»Du siehst aus, als ob dir deine Liebste weggelaufen wäre«, sprach ihn eine Stimme an. Norden drehte sich um. Laternen hingen in und an dem Zelt, vor dem er stehen geblieben

war. Die Frau, die hinter dem Tisch stand, war um die sechzig, trug einen schlichten Umhang über einem Leinenkleid und eine dicke Kappe über einer dünnen Mütze. »Vielleicht kannst du mir gerade dabei helfen, die vorderen Laternen anzuzünden. Dabei ist so manchem schon ein Licht aufgegangen«, sagte sie und drückte Norden einen Feuerstab in die Hand, ein pfeillanges Stück Holz mit einem brennenden Docht daran. »Du bist jünger als ich und länger bist du auch, also mach dich nützlich.«
Norden schmunzelte, als er mit dem brennenden Docht die erste Kerze anzündete. Genau in dieser Art hatte ihn Hermine letztes Jahr angesprochen. Sie hatte gemerkt, mit welchem Sack voller Probleme er unterwegs gewesen war.
»Recht so?«
Die Frau nickte. »Du willst ja nur, dass ich dich lobe.«
»Und wenn? Was wäre so schlimm daran?«
»Nichts.«
»Aber du tust es nicht«, führte Norden den Satz der Frau fort. »Sind dir etwa die Worte ausgegangen? Oder bist du in Gedanken schon beim Zeltabbau? Wann brichst du auf? Doch hoffentlich erst am nächsten Tag.«
»Du kannst Gedanken lesen.« Das Gesicht der Frau begann zu strahlen. »Mein Sohn kommt morgen aus Kaiserslautern. Ist der letzte Markt, auf dem ich allein gestanden habe.«
»Es scheinen viele Leute deine Laternen zu kaufen, wenn das Geschäft so viel abwirft.«
»Wer sagt denn so etwas? Er übernimmt das *Mäuselabyrinth*. Hat es den Vorbesitzern abgekauft. Ist schon seit Monaten besprochene Sache, aber erst seit gestern ist das Geschäft unter Dach und Fach.«
»Ich kenne Hermine und Gero.«
»Dann weißt du ja sicher auch, dass Gero krank ist und dass sie das nicht ganz freiwillig machen.«

»Das wusste ich nicht.« Nachdenklich blies Norden den Feuerstab aus.

»Ist aber so. Du kannst ihn mir zurückgeben und dich auf den Weg zur Bühne machen.« Die Laternenverkäuferin zeigte auf das erloschene Holz. »Du möchtest doch sicher nicht hinten in der Menge stehen.«

»Mich würde etwas ganz anderes interessieren.«

»Bin ganz Ohr.«

»Hat mit deinem Platz hier zu tun. Von deinem Zelt aus kannst du alles überblicken.« Norden deutete von einer Seite des Festplatzes zur anderen. »Vom oberen Eingang bis hinter die Bühne«, ergänzte er.

»Und? Jetzt willst du wissen, was man tun muss, um so einen Logenplatz zu bekommen?«

Norden schüttelte den Kopf.

»Das soll dein Geheimnis bleiben. Mir geht es darum, was du die letzten Tage über beobachtet hast oder haben könntest.«

»Und warum interessiert dich das?«

»Weil ich denjenigen finden möchte, der seit Donnerstag drei Menschenleben ausgeblasen hat wie Zugwind deine Kerzen.«

»Um dann was zu tun?«

»Für Gerechtigkeit zu sorgen und für Strafe.«

»Das klingt sehr ritterlich. Ich wünschte, ich könnte dir helfen. Je schneller dieser Druck von dir genommen wird, desto eher kannst du dich wieder auf die Lebenden einlassen.«

»Hilf mir dabei. Sag mir, ob dir die letzten Tage hier etwas aufgefallen ist. Etwas, das dir merkwürdig vorkam. Du weißt, was ich meine. Du hast wache Augen.«

»Alte Augen«, korrigierte ihn die Frau. »Aber so ganz unrecht hast du nicht. Ich beobachte gern.«

»Und was ist dir aufgefallen?«

»Dass alle lügen, die einen mehr, die anderen weniger. Verstehe mich nicht falsch, wir spielen alle unsere Rollen auf diesen Mittelaltermärkten, lieben es nicht nur die Kleider zu wechseln. Aber wir wissen ganz genau, dass jeder weiß, dass alles nur ein Spiel ist. Die Besucher wissen das und wir Gewandeten erst recht. Dieses Mal ist das anders. Hier sind Menschen unterwegs, die versuchen, dir wirklich etwas vorzumachen. Ich weiß nicht, wie ich das sonst sagen soll.«

»Du sprichst von den Händlern?«

Die Frau nickte.

»Die meisten kenne ich schon lang. Ich komme seit zehn Jahren auf diesen Markt, wohne in der Nähe, kenne sogar jemanden vom Organisationsteam.« Ein breites Grinsen huschte der Frau übers Gesicht. »Glaubst du, sonst hätte ich mir einen Platz wie diesen aussuchen können? Auf anderen Märkten habe ich nicht so viel Glück. Aber das lenkt nur von dem ab, was ich eigentlich sagen will. Nimm dich, zum Beispiel. Du hast mir auch etwas vorgemacht. Dabei bist du wahrscheinlich jemand vom Ordnungsamt und hast den Auftrag, uns auszuquetschen. Du brauchst nichts zu sagen, da sind und waren lauter Lügner unterwegs. Wie die Frau vom *Hexenstich.* Hat nur Fragen gestellt. Oder die Seifensiederin. Agnetha war immer ernst, wirkte manchmal sogar arrogant, aber sie hatte immer Zeit für ein paar Worte. Hier hat sie mich nicht einmal begrüßt. Genauso wie die Leute vom Ritterlager. In den letzten Jahren hat sich kaum einer von denen hier in die Altstadt verirrt. Haben unten an der Nahe ihre eigene Welt. Dieses Jahr sehe ich jeden Tag Kerle vom Lager. Kaufen nie etwas, schauen sich nur ein wenig um, reden ein bisschen mit den Händlern und sind genauso schnell wieder verschwunden.«

»Gehen sicher auch zum Zelt ihres alten Kameraden, des Münzenschneiders, und helfen ihm.«
Die Frau schüttelte den Kopf.
»Die haben zwar sein Zelt mit aufgebaut, aber ansonsten habe ich da kaum jemanden von denen gesehen.«
»An wen denkst du sonst noch? Etwa an den Marktmeister und seine Leute? Dass sie anderen etwas vormachen, meine ich.«
»Darüber habe ich noch gar nicht nachgedacht. Wie gesagt: Ich kenne einige von ihnen.«
»Auch einen komischen Kauz, der sich wie ein Notar aus dem Spätmittelalter kleidet und auch so spricht?«
»Und ob. Allein sein Umhang hat sicher so viel gekostet wie zwanzig meiner Laternen. War selten hier oben. Machte dann immer einen mürrischen Eindruck. Aber frag ihn doch selbst. Wenn mich meine alten Augen nicht täuschen, steht er da drüben und lässt sich gerade einen Ritterfladen schmecken.«
In Nordens Rücken, keine dreißig Schritte entfernt, stand der Mann im schwarzen Talar am Zelt des Münzenschneiders und betrachtete dessen Auslage. Vergeblich suchte Norden Pfarrer Klinger. Entweder hielt er sich bewusst im Hintergrund oder Machiavelli hatte ihn abgeschüttelt. Vielleicht hatte der Pastor ihn aber auch bloß nicht gefunden. Nachdem der Mann den Rest seines Fladens in einen Abfalleimer geworfen hatte, ging er zum nächsten Stand weiter, bevor er seinen Schritt beschleunigte und hinter einer Häuserecke verschwand.
»Ich komme wieder«, rief Norden der Frau im Zelt zu und war auch schon fort. Er hatte befürchtet, dass er den Notarius im Gedränge der Gassen nicht wiederfinden würde. Umso überraschter war er, als er den Mann jetzt am Stand der Schriftenmalerin stehen sah. Die beiden schienen sich zu kennen. Norden sah, wie ein Lächeln

das herbe Gesicht der Frau mit den Tintenklecksen an den Fingern schlagartig hübscher werden ließ. Das Gesicht des Mannes dagegen blieb so kalt und regungslos, wie Norden es in Erinnerung hatte. Auf der anderen Seite der Gasse waren Männer der Spurensicherung noch immer damit beschäftigt, den Inhalt von Agnethas Zelt zu verpacken. Der Mann in Schwarz vermied es, in diese Richtung zu schauen. Wie zufällig warf er jetzt einen Blick über seine Schulter. Dann schien er sich wieder mehr für die angebotenen Bücher zu interessieren. Eins nach dem anderen nahm er in die Hand, schlug es auf und schien darin zu lesen. Gerade als Norden dachte, dass das noch eine Weile so weitergehen würde, hatte der Mann sich kurzerhand verabschiedet und war losgegangen. Norden wollte ihm folgen, aber in diesem Moment verließ eine Gruppe gut gelaunter Marktbesucher den Innenhof eines Hauses und schob sich zwischen ihn und den Notarius. Beobachtet von der Tintenkleckserin, hatte Norden alle Hände voll zu tun, um sich durch die Menge zu zwängen. Als es ihm endlich gelang, war der Mann längst verschwunden. Norden schluckte einen Fluch herunter und hoffte, dass Pfarrer Klinger mehr Glück haben würde als er selbst.
Auf dem Mittelaltermarkt schien jetzt alles in Bewegung zu sein. Unten am Fluss waren die Ritterspiele beendet worden und nach und nach strömten die Besucher zurück in die Altstadt. Hier war der Markt vorgestern eröffnet worden und hier würde er traditionell am Abend zu Ende gehen. Die meisten der neu eintreffenden Besucher wussten noch nichts von dem, was zwischenzeitlich am Stand des Armbrustmeisters passiert war. Vielleicht machte sich der ein oder andere seine Gedanken, warum noch mehr Polizisten unterwegs waren als ohnehin. Aber das war auch schon alles. Selbst die Gaffer am Armbruststand hatten ihre Logenplätze aufgegeben. Als Norden jetzt

daran vorbeiging, sah er nur noch die Absperrbänder der Polizei und die Beamten, die davor Wache hielten. Es würde noch Stunden dauern, bis die Spurensicherung den Tatort wieder freigeben würde. Bis dahin passierte alles Wichtige hinter diesen Mauern.

Er war auf dem Weg zum Zelt des Baders. Der Mann war bestens informiert, war schon immer das Bindeglied zwischen dem Ritterlager und den Händlern gewesen. Wenn jemand Bescheid wusste, dann dieser bierbäuchige Mann. Schon der erste Besuch dieses Jahr hatte Norden mehr Überwindung gekostet, als er sich einzugestehen bereit war. Offene Ehe hin, offene Ehe her, Norden hatte eine Liebelei mit dessen Frau gehabt. Das war zwar schon ein Jahr her, aber das schlechte Gewissen plagte ihn immer noch. Doch dafür war jetzt keine Zeit. Bei seinem ersten Besuch dieses Jahr war der Bader erstaunlich ruhig geblieben, hatte Norden sogar wie einen guten Bekannten begrüßt. Dabei war es ein weit verbreiteter Irrtum, dass Männer so etwas jemals vergessen würden. Frauen gelang das viel besser. Sie verdrängten solche Episoden, als ob sie niemals stattgefunden hätten. Das alles ging Norden durch den Kopf, als er jetzt das Zelt des Baders betrat. Schon von Weitem sah er die massige Gestalt, die leicht torkelnd zwischen den beiden Zubern stand und die Gäste darin zu bedienen und zu unterhalten schien.

Als er Norden sah, wich für einen Moment die gute Laune aus dem Gesicht des Mannes, nur um sofort zurückzukehren.

»Juckt dich der Pelz oder willst du deine Liebste besuchen?«, begrüßte ihn der Mann mit holpriger Zunge. Norden bemerkte auf Anhieb, dass das heute ein Schwarzbier zu viel gewesen war. Die meiste Arbeit hatten die Töchter des Baders übernommen. Sie standen hinter einem Tisch, auf dem zwei Fässer lagen, und füllten die leeren

Becher der Gäste mit Schwarzbier und Honigwein. Die Aufgabe ihres Vaters bestand nur noch darin, die Becher zu servieren und den ein oder anderen dummen Spruch loszulassen.
»Wir müssen reden.« Norden deutete auf das kleine Zelt nebenan. »Da wartet bestimmt heute niemand mehr auf dich und deine heilenden Hände.« Als der Mann ihm nicht folgte, sagte er. »Geht nicht um uns. Betrifft die Toten.«
Der Bader hatte sich wenig später auf einen der Tische im Nachbarzelt gesetzt wie einen Abend zuvor dessen Frau.
»Was willst du? Was soll dieses dunkle Gerede? Ich bin vielleicht ein Trottel und betrunken bin ich auch, aber ich kann immer noch eine ehrliche Haut von einer unehrlichen unterscheiden. Du gehörst zur letzteren Sorte.«
Norden stand dem Mann gegenüber und seufzte laut.
»Du kannst das so sehen, aber letztes Jahr ist vorbei und vergessen. Ich habe dir nichts wegnehmen wollen. Alles schien geklärt – ist geklärt«, korrigierte sich Norden. »Habe mit Lana gesprochen. Deine Frau liebt dich. Du bist wirklich ein Trottel, wenn du jetzt eifersüchtig auf mich bist.«
Der Mann ruderte mit den Armen in der Luft herum, als würde er Halt suchen.
»Was willst du dann? Lana ist nicht da. Steht vorn an der Bühne und wartet auf die Musik und den Mann mit dem Feuer oder auf sonst etwas. Ich werde diese Frau niemals verstehen.«
»Denn geht es dir besser als mir. Bei mir trifft das auf alle Frauen zu, aber Schwamm drüber. Du hast sicher davon gehört, was mit Agnetha passiert ist.«
Glasige Augen schauten Norden an. »Werde sie vermissen. War eine Gute, wenn auch etwas spröde. Habe nie ihren nackten Hintern zu Gesicht bekommen, wenn du verstehst, was ich meine.«

Norden nickte.
»Der Mörder hat sie gefoltert und anschließend getötet. Auch wenn ein kleiner Junge den Pfeil abgeschossen hat, ist der Mörder einer von euch.«
»Und was habe ich damit zu tun?«
»Du weißt mehr, als du zu sagen bereit bist. Und ich will wissen, was das ist.«
Die gleichen Hände, mit denen sich der massige Mann eben noch am Tisch abgestützt hatte, legten sich im nächsten Augenblick um Nordens Hals.
»Was bildest du dir eigentlich ein?«, rief der Bader und es klang mehr nach einem Dauergrunzen. »Tauchst hier oben auf, wann immer dir danach ist, und beschuldigst mich, dass ich etwas mit diesen Verbrechen zu tun habe. Wenn ich jemanden umbringen möchte, dann bist du das, du falscher Vogel.«
Nüchtern wäre der Bader ein ernst zu nehmender Gegner gewesen. Der Alkohol aber machte ihn schwach. Norden hatte keine große Mühe, die Hände des Mannes abzustreifen und ihn wegzustoßen. Er stolperte drei Schritte nach hinten, bevor er gegen den zweiten Tisch im Zelt stieß und dieser zusammen mit ihm umkippte. Während der Bader reglos liegen blieb, war Norden an ihm vorbeigegangen. Neben dem Tisch lagen die Dinge, die heruntergefallen waren. Ein Schaffell, zwei Umhänge, Hemden und Hosen, die irgendwer irgendwann ausgezogen und beiseitegelegt hatte. Aber Norden hatte nur Augen für die Armbrust, die unter den Kleidungsstücken zum Vorschein gekommen war. Ein Bolzen lag in der Pfeilrinne. Die Sehne war gespannt.
»Wem gehört dieses Ding? Sag schon!« Norden hatte sich neben den Bader gekniet und ihn an seinem Hemd in die Höhe gezogen.

»Wach auf und schnarch mich nicht an.« Am liebsten hätte er dem Mann jetzt ein paar Ohrfeigen verpasst, aber das wäre sinnlos gewesen. Betrunken, wie der Bader war, hatte ihn der Sturz vollkommen wegtreten lassen. Norden suchte nach einem Eimer. Als er keinen fand, ging er zurück ins große Zelt und fragte eine der Töchter danach. Die zeigte hinter sich, ohne das Bier im Krug, den sie gerade füllte, aus den Augen zu lassen.

Norden bediente sich und ging zu dem nächsten Zuber. Fünf Männer und drei Frauen saßen darin und ließen es sich gut gehen. Als Norden neben der Wanne auftauchte, kicherten die Frauen und die Männer fluchten, als er kurz darauf den Eimer ins Badewasser tauchte. Er ignorierte beides. Nebenan lag der Bader so, wie er ihn verlassen hatte. Das Wasser traf ihn ins Gesicht und am Oberkörper. Auch wenn Norden den ganzen Eimer ausgeschüttet hatte, war der Mann nicht wirklich wach zu bekommen. Prustend hob er den Kopf und blinzelte Norden aus müden Augen an.

»Sag mir, wem die Armbrust gehört«, rief Norden und kniete sich wieder neben den Betrunkenen.

Der schüttelte wie in Zeitlupe den Kopf.

»Find's doch selber raus«, stammelte er, dann sank er wieder zurück. Lautes Schnarchen begleitete sein Atmen.

Norden rappelte sich auf und griff erneut nach der Armbrust. Nachdem er den Pfeil abgeschossen hatte, wickelte er die Waffe in eines der Leinenhemden, zog den Bolzen aus dem Boden und trat vor das Zelt. Er sprach den ersten Polizisten an, der ihm unterwegs begegnete, gab ihm das Bündel und sagte, was damit zu tun war.

KAPITEL 33

Bevor es zu dämmern begann, erreichte Norden wieder den Marktplatz im oberen Teil der Altstadt. Hunderte Besucher standen bereits vor der Bühne und warteten auf den Beginn des Programms. Anstatt sich dazuzustellen, schob sich Norden durch die Reihen. Er wollte zum Zelt des Münzenschneiders. Als er es erreichte, war es aber schon geschlossen. Der Tisch davor war leer geräumt und alle Planen heruntergelassen. Norden ging um das Zelt herum und über den Hof bis zum Hauseingang. Ein typisches Sandsteinhaus mit kleinen Fenstern und hübscher Laterne über der Tür; daneben eine Garage mit halb offenem Holztor, in der ein Kleinwagen parkte. Er stieg die Treppe zur Eingangstür hoch und klingelte. Der Münzenschneider hatte ihm erzählt, dass die Hausbesitzer in Urlaub waren und er es über die Markttage bewohnen durfte. Als niemand öffnete, wollte Norden schon wieder gehen. Aber von hier oben hatte er einen guten Blick auf die Menschen, die vor der Bühne warteten, und auf die, die gerade ankamen. Zuerst sah er die Tintenkleckserin, dann die dunkelhaarige Frau des Baders. Polizisten hielten sich genauso im Hintergrund wie die Person, die auch jetzt wieder in einem der gegenüberliegenden Häuser stand und den Marktplatz mit einem Fernglas beobachtete. Genau dort sollte er hingehen. Ganz egal, ob das nun ein neugieriger Anwohner war oder ein weiterer LKA-Beamter, der unentdeckt bleiben wollte. Norden würde das in Erfahrung bringen. Er wollte gerade losgehen, als sein Blick an zwei Gestalten unmittelbar neben der Bühne hängen blieb. Die schwarze Robe Machiavellis war dort neben einem Mann im Rollstuhl zu sehen. Das zweite Mal innerhalb kurzer Zeit, dass Norden die beiden zusammen sah. Natürlich konnte das auch Zufall sein. Von Pfarrer Klinger war weit und breit nichts zu sehen. Als hätte der Mann in seinem Notarius-Umhang Nordens Blicke wie Mückenstiche im Nacken gespürt, drehte er sich in diesem Moment um und schaute in Richtung des Hauses. Trotz der Entfernung konnte er unschwer dessen Reaktion erkennen. Jetzt hatte es auch Norden eilig. Rasch hastete er die Treppe herunter. Als er wieder an dem Zelt des Münzenschneiders vorbeikam, wäre er um ein Haar auf der Gasse mit Hermine und Gero zusammengestoßen. Sie waren wohl auch auf dem Weg zur Bühne. Im letzten Moment konnte er abbremsen und es blieb bei erschrockenen Gesichtern.

»Wir sehen uns später«, rief Norden ihnen zu und war kurz darauf in der Menschenmenge verschwunden.

Die beiden Männer hatten sich eben direkt vor der Bühne befunden. Als Norden den Platz erreichte, traf er nur noch einen von ihnen an. Der Mann im Rollstuhl machte ein ernstes Gesicht, als Norden neben ihm auftauchte.

»Schon wieder auf der Flucht?«, fragte der Münzenschneider besorgt. »Welcher eifersüchtige Ehemann ist dir denn jetzt auf den Fersen?«

»Man könnte meinen, du kannst Gedanken lesen.« Norden sortierte seine durcheinandergeratene Kleidung.

»Wer verfolgt dich? Wahrscheinlich der Bader. Da vorn steht seine Frau. Da muss man gedanklich bloß eine kurze Brücke schlagen.«

»Eigentlich hatte ich gehofft, mit dem Mann zu sprechen, der bis vor drei Minuten hier gestanden hat. Du erinnerst dich sicher. Schwarze Robe, blasse Haut und Ziegenbärtchen. Sah aus, als wenn du ihn näher kennen würdest. Jetzt ist er verschwunden.«

Der Mann im Rollstuhl nickte.

»Habe mich auch gewundert, warum er es plötzlich so eilig hatte. War vorher schon einmal an meinem Stand. Wollte eine Eulen-Drachme kaufen. Musste leider passen. Dein Freund, der Priester, hat das letzte Medaillon gekauft. Und so schnell bekomme ich keine neue Münze ausgesägt.«

»Gutes Stichwort«, hakte Norden ein. »Hast du heute Abend den Prediger gesehen?«

»Sag nur, er ist dir weggelaufen?« Ein Grinsen machte sich im Gesicht des Mannes breit. »Das Suchen von Leuten scheint eine Marotte von dir zu werden. Du solltest Menschen finden und nicht hinter ihnen herlaufen.«

»Du bist also auch noch Philosoph«, stellte Norden fest, bevor er sich weiter umschaute.

»Wenn es sein muss, auch das. Aber man muss nicht acht Semester studiert haben, um auf so etwas zu kommen. Lebenserfahrung reicht völlig.«

»Und davon haben wir beide ja reichlich«, pflichtete ihm Norden bei. »Kannst du mir wenigstens etwas über den Notarius sagen oder fällt der auch unter dein Schweigegelübde?«

»Wieso das denn?« Der Mann im Rollstuhl machte ein erstauntes Gesicht. »Der Typ ist keiner von uns – weder vom Ritterlager noch von uns Marktleuten. Gibt also keinen Grund dafür. Das Pech ist bloß, dass ich den Kerl nicht näher kenne. Könnte dir nicht einmal sagen, ob er mir früher schon einmal begegnet ist. Zu viele Märkte und zu viele Gesichter, die man darauf trifft.«

Das sah eben von da oben ganz anders aus, dachte Norden. Wenn ich mich jetzt festlegen sollte, was euch beide verbindet, würde ich immer auf das Ritterlager tippen. Der Mann war unten an der Nahe genauso unterwegs wie hier oben in der Altstadt. Gab es eine unauffälligere Art Botschaften zu übermitteln?

»Normalerweise müsste ich wieder los, aber es ist Sonntagabend und langsam werde ich müde.« Nur mühsam unterdrückte Norden ein Gähnen.
»Weise Worte, mein Herr. Sag dir einfach: Wenn du Pech hast, wirst du ihn nie erwischen. Je näher du ihm zu kommen glaubst, desto weiter entfernt er sich von dir.«
»Schon wieder ein philosophischer Ansatz?«
Der Mann im Rollstuhl schüttelte den Kopf.
»Eher ein pragmatischer. Wir könnten uns jetzt einen Teil des Feuerzaubers anschauen und anschließend noch einmal zu mir ins Zelt gehen. Habe vorhin das beste Bier vorbeigebracht bekommen, das du auf dem ganzen Markt kaufen kannst. Außerdem muss ich schauen, dass nachher jemand vor mir herläuft und Platz für mich und meinen Rollstuhl schafft. Glaube ja nicht, dass man hier Rücksicht auf Menschen mit Handicap nimmt. Du siehst, reiner Pragmatismus.«
Norden nickte.
Der Mann, der in diesem Augenblick die Bühne betrat, sah wie der Zwillingsbruder von Jack Sparrow aus. Gekleidet wie ein Pirat hatte dieser hier anstelle von Pistolen und Säbeln ein Dutzend Fackeln dabei. Binnen kürzester Zeit wurde die Bühne von kleinen und großen Feuerlichtern erleuchtet.
Wie der Münzenschneider gesagt hatte, verstand der Mann etwas von seinem Geschäft. Für ein paar Minuten hatte sich Norden nur zu gern ablenken lassen. Irgendwann war es damit aber vorbei und er begann von Neuem in der Menge nach Gesichtern zu suchen. Das Licht, das von den wirbelnden Fackeln und Feuerstäben auf die Zuschauer geworfen wurde, reichte von Flüssiggold bis Glutnesterrot. Wie gebannt beobachteten unzählige Augenpaare den Akrobaten auf der Bühne und die Bilder

aus Feuer und Licht, die er mit seinen Fackelpinseln zu malen schien. Mit spielerischer Leichtigkeit gelang es dem Mann, die ganze Aufmerksamkeit auf sich zu ziehen. Nur Nordens Augen rissen sich immer wieder los. Trommeln, die im Hintergrund der Bühne geschlagen wurden, begleiteten das Spektakel. Als wäre das alles noch nicht genug, hielt der Mann sich eine Fackel vor das Gesicht und spie eine sich sofort entzündende Fontäne in den matten Abendhimmel. Jack Sparrow musste die brennbare Flüssigkeit die ganze Zeit über im Mund gehabt haben. Alles eine Frage der richtigen Planung und des perfekten Moments, schoss es Norden durch den Kopf. Der Akrobat hatte genauso mit seinem Publikum gespielt wie der Mörder auf dem Mittelaltermarkt mit seinen Verfolgern. Und trotzdem war das nur ein Teil der Wahrheit. Irgendetwas musste schiefgegangen sein. Sonst wäre der Mann nicht gezwungen gewesen, sich aus der Dunkelheit herauszuwagen und Menschen zu verschleppen. Agnetha war darüber hinaus gefoltert worden. Der Mörder hatte entweder seinen Hass ausgelebt oder etwas in Erfahrung bringen wollen. Norden tippte auf Letzteres. Es ging um das Erpressen von Informationen. Sicher war Finn deshalb entführt und an einen anderen Ort gebracht worden als seine Mutter. Gab es ein stärkeres Druckmittel, um jemanden in die Knie zu zwingen, als dessen Kind zu entführen? Der Mörder schien zu guter Letzt doch die Informationen bekommen zu haben, um die es ihm ging. Und das, wonach er gesucht hatte, musste wertvoller sein als die zehntausend Euro, die Agnetha in dem Seifenblock verborgen hatte. Dieses Versteck hatte sie nicht verraten. Also ging es um etwas anderes. Um mehr Geld, um viel mehr.
Aufbrandender Applaus riss Norden aus seinen Gedanken.

»Na, habe ich zu viel versprochen?«, fragte der Mann im Rollstuhl. »Jetzt ist der richtige Moment, um den Rückzug anzutreten. Oder hast du große Lust auf Sackpfeifen und Trommeln? Du musst mich nicht schieben. Es reicht, wenn du vor mir herläufst und die Menschenmenge vor uns teilst wie seinerzeit Moses das Meer.«

Sie hatten schon die Hälfte des Rückwegs geschafft, als Norden das Gesicht der Wahrsagerin in der Menge entdeckte. Ein interessantes, ernstes Gesicht. Während alle anderen Zuschauer nur Augen und Ohren für die Musiker hatten, die eben die Bühne betraten, schaute sie Norden lang und nachdenklich an. Augen, tief wie zwei Brunnen, und ein schwungvoll angemalter Mund.

Er war schon fast an der Frau vorbeigegangen, als sie sich vorbeugte, um ihm etwas ins Ohr zu flüstern. Weil im gleichen Moment die Musik einsetzte und das Publikum zu klatschen begann, hatte Norden die Worte nicht verstehen können. Er hatte sich noch nach der Frau umgedreht, aber da war sie von der Menschenmenge schon wieder verschluckt worden. Kurz darauf erreichten sie das Zelt des Münzenschneiders. Hier würde er die Antworten finden, die er suchte.

»Am besten nehmen wir den Hintereingang. Hier vorn habe ich schon alles dichtgemacht«, sagte der Mann und war mit seinem fahrbaren Untersatz flinker um das Zelt herumgerollt, als Norden zu Fuß gehen konnte. Während er im Zeltinneren verschwand, rief er:

»Dort liegen Streichhölzer. Wenn du dich um die Laternen kümmerst, hole ich unser Bier.«

Auch wenn es sicher schon halb neun oder noch später war, konnte man im Zelt noch alles gut erkennen. Draußen war es durch die vielen Lichter der umgebenden Stände noch nicht zu dunkel und die Planen waren wie die an seinem Schlafzelt aus weißem Leinen. Norden fand die Streichhölzer und hatte eben die vierte Laterne angezündet, als der Münzenschneider mit vier Flaschen Bier auf dem Schoß zurückkam.

»Ale mit schottischem Whiskey abgeschmeckt. Du wirst es lieben«, sagte der Mann und stellte die Flaschen auf einen Tisch neben dem Hocker. »Setz dich und lass es dir gut gehen. Wir haben es uns verdient. War ein turbulenter Markt. So etwas habe ich noch nicht erlebt.«

»Wenn es dich beruhigt – ich auch nicht.«

Norden hatte sich hingesetzt und nach dem Bier gegriffen. »Bisher kannte ich Mittelaltermärkte nur von ihrer gemütlichen Seite. Dieser hier hatte etwas von einer Achterbahnfahrt.«

»Der Vergleich passt zwar nicht zu einem Rittermarkt, aber ich verstehe, was du meinst.«

»Ich bin zu platt, um klar denken zu können.« Norden stöhnte.

»Schon gemerkt. Was hat dir das schöne Irrlicht eben ins Ohr geflüstert? Kann ganz schön geheimnisvoll sein, die Dame.«

Norden nahm einen großen Schluck aus der Flasche, bevor er antwortete.

»Habe leider nichts davon verstanden. War bestimmt nichts Nettes. Die Dame und ich, wir haben so unsere Schwierigkeiten miteinander. Wundert mich nur, dass du sie kennst.«

»Lydia?« Der Mann machte ein überraschtes Gesicht. »Wer kennt die nicht. Ist nicht nur ein Fest für die Augen, die Dame hat auch was auf dem Kasten. Hat Psychologie studiert. Warum sie später eine klimatisierte Praxis gegen ein Wahrsagerinnenzelt eingetauscht hat, fragst du sie aber am besten selbst.«

Norden meinte sich verhört zu haben.

»Dann hast du die Frau also schon auf anderen Märkten getroffen?«
Nickend prostete der Mann Norden zu.
»Seit Jahren. Damals war ich noch kein Krüppel. Hätte liebend gern etwas mit ihr angefangen, aber irgendwie hatte ich keine Chance. Vielleicht haben ihr auch die Karten oder die Runen gesagt, sie solle die Finger von mir lassen. Trotzdem mag ich sie.«
»Und wir sprechen von der gleichen Frau? Die Haare stecken meistens halb unter einem Tuch, ihr Gesicht ist unverschämt lebendig und ein fieser Rabe sitzt neben ihrem Zelteingang?«
Der Mann verdrehte die Augen. »Klar. Habe doch eben gesehen, wie dir die Dame etwas zugeflüstert hat.«
Wie hatte er sich nur so täuschen können! Norden ärgerte sich über sich selbst. Wenn die Wahrsagerin nicht die andere verdeckte Ermittlerin des LKA war, wer war dann der Kollege oder die Kollegin des ersten Opfers gewesen? Und warum hatte sich die Frau ihm gegenüber so merkwürdig verhalten?
»Was hast du eigentlich vorhin oben an der Haustür gewollt?«, fragte der Münzenschneider.
»Na, was wohl? Habe dich gesucht und als ich gesehen habe, dass du dein Zelt schon dichtgemacht hast, dachte ich, du hättest dich vielleicht hingelegt.«
»Und dabei wolltest du mich stören?« Der Mann zog die Nase hoch. »Ich meinte schon, du würdest mir hinterherspionieren.«
»Warum sollte ich das tun?«
Nordens Frage schien den Mann im Rollstuhl zu amüsieren.

»Sag du es mir. Ich weiß doch nicht, was einem Künstler so durch den Kopf geht. Vielleicht glaubst du, ich hätte etwas mit diesen furchtbaren Sachen zu tun, die hier auf dem Markt passiert sind.«

Die über seinem Kopf an der Deckenstange hängende Laterne warf ein flackerndes Licht auf Nordens Gesicht.

»Vielleicht hast du dich aber auch nur bei mir verstecken wollen«, fuhr der Münzenschneider fort. »Bist doch auf der Flucht vor einem eifersüchtigen Ehemann. Die Frau des Baders ist eine Schönheit und ihre Ehe hat schon damals nicht mehr funktioniert. Ich weiß, dass ihr letztes Jahr etwas miteinander hattet. Hat sie mir selbst erzählt. Vor meinem Handicap war ich nämlich mit ihr zusammen. Wenn du mich fragst, säuft der gute Bader zu viel. Nur eine Frage der Zeit, bis die schöne Lana sich davonmacht. Ihre Töchter sind alt genug. Sind nur ihrer Mutter zuliebe noch dabei. Wenn sie geht, bleiben die Bottiche des Baders leer.«

»Dir scheint wirklich nichts zu entgehen«, erwiderte Norden. »Umso erstaunlicher, dass du keine Idee haben willst, wer hinter diesen Morden steckt.«

Draußen vor dem Zelt verabschiedete gerade wilder Applaus die Musiker von der Bühne.

Der Mann im Rollstuhl ignorierte Nordens Feststellung.

»Denk bloß nicht, dass es jetzt vorbei wäre. Die Musik, meine ich natürlich. Die nächste Gruppe klingt noch etwas heftiger. Viel mehr Drehleiern und noch größere Sackpfeifen.«

»Dann werde ich meine Fragen etwas lauter stellen«, sagte Norden. »Vielleicht bekomme ich dann endlich meine Antworten.«

»Also doch mehr Ermittler als Künstler. Aber bitte, versuch dein Glück.« Der Münzenschneider war mit seinem Rollstuhl hinter Nordens Hocker gefahren. Hier war ein

hölzernes Bett aufgebaut, das aber einen unbenutzten Eindruck machte. »Habe hinten in meiner Kiste etwas Feines zum Rauchen. Das beste Gras, das du hier kaufen kannst. Alles ganz legal. Bekomme ich auf Rezept. Marihuana ist ein anerkanntes Schmerzmittel, aber es hat auch diese wunderbaren Nebenwirkungen.«

Der Mann hatte die Kiste geöffnet, hineingestarrt und dann darin herumgewühlt.

»Alles in Ordnung?«, fragte Norden, als der Münzenschneider immer noch in die Kiste zu schauen schien.

»Alles bestens«, antwortete der nach einer Weile, warf den Deckel wieder zu und fuhr auf seinen alten Platz zurück. »Das mit dem süßen Qualm verschieben wir noch ein Weilchen. Trinken wir lieber vorher noch eine Flasche Bier?«

»Später«, sagte Norden. »Gibt es eigentlich auch Frauen unter diesen Stuntreitern, den *Hasardeuren*? Ich meine nicht nur im Lager.«

»Machen wir also weiter? Aber dann möchte ich eine Regeländerung vorschlagen.«

»Und die wäre?«

»Frage um Frage. Klingt ein bisschen so wie Auge um Auge. Du stellst mir eine Frage und dann stelle ich dir eine.«

Norden musste nicht lange überlegen. Deshalb war er schließlich hier.

»Und die Antworten müssen ehrlich und ohne Joker sein.«

Der Münzenschneider nickte. »Um zehn spielen sie draußen das letzte Lied. Dann beendet der Marktmeister offiziell die Veranstaltung. Die Leute klatschen, trinken die letzten Fässer leer und gehen nach Hause. Dann ist auch unser Spiel zu Ende. Danach gibt es keine Fragen und keine Antworten mehr.«

»Wer fängt an?«

»Der mit weniger Durst«, sagte der Mann im Rollstuhl und öffnete sich die nächste Flasche. »Leg los.«

»Also gut.« Norden spürte, wie ihm ein Dutzend Fragen gleichzeitig durch den Kopf schossen. Jetzt nur keinen Fehler machen. Den Plauderton beibehalten und Müdigkeit und Kopfschmerzen beiseiteschieben. »Es geht um den Mann mit dem Ziegenbart, das Machiavelli-Double. Was hast du mit ihm zu tun?«

Der Mann ihm gegenüber vermied es Norden in die Augen zu schauen.

»Er ist ein nützlicher Bekannter. Erledigt hier und da Botengänge für mich. Reicht dir die Antwort?«

»War das deine erste Frage?«

»Das hättest du wohl gern.« Der Mann lachte. »Nein, mein Lieber. Ich will von dir wissen, ob du für die Polizei arbeitest. Und antworte mir bloß nicht nur mit Ja oder Nein, sonst ist unser Spiel schneller zu Ende, als es begonnen hat.«

Norden nickte.

»Ich bin Dozent für forensische Wissenschaft an der LKA-Akademie in Mainz. Auch Abteilung KT genannt. Steht für Kriminalwissenschaft und Technik. Fachdezernat Audio- und Videotechnik. Ich unterrichte Kriminalbeamte und Polizisten, schule die Mitarbeiter der Spurensicherung. War das ausführlich genug?«

»Gut genug, um weiterzumachen. Du bist wieder dran.«

Norden atmete tief und laut. Er wusste, worauf er sich eingelassen hatte.

»Weißt du, dass Bettina Schirner, so hieß die Tuchschneiderin, eine verdeckte Ermittlerin des LKA war?«

»Klar wusste ich das.« Der Mann grinste wieder. »Ist nicht die Einzige, die hier herumgeistert. Damit du nicht noch eine weitere Frage verschwenden musst, sag ich dir freiwillig, wer der andere Ermittler ist. Der Mann hat sein Zelt unten am Turnierlager aufgebaut. Verkauft dort drittklassigen Honig und gestreckten Met.«

Draußen brandete gerade wieder Applaus auf.

»Meine nächste Frage ist kniffliger. Wen verdächtigen deine Kollegen, wer hinter den Morden steckt?«
Norden zögerte mit seiner Antwort.
»Leute vom Ritterlager. Deshalb werden auch die verdeckten Ermittler eingesetzt. Geht wohl um Menschenhandel. Mehr kann ich dir dazu nicht sagen, weil ich nicht mehr weiß. Organisierte Kriminalität ist Sache des LKA. Aber meine nächste Frage knüpft nahtlos an deine an: Liegen die Leute mit ihrem Verdacht richtig?«
Der Münzenschneider stellte seine leere Flasche auf den Boden und fuhr sich mit den Fingern durchs Haar.
»Und ob sie das tun. Kurt Kiesewetter ist ein Idiot. Das ist der Chef der *Hasardeure.* Zuerst haben ihn die jungen Mädchen wohl selbst interessiert. Konnte schon früher seine Finger nicht bei sich behalten. Meinte, jede Frau müsste wie selbstverständlich vor seinem herben Charme in die Knie gehen. Dabei hat er nicht mal welchen. Er ist ein Arsch, aber viele Frauen mögen das. Nur wurden die, die er haben konnte, immer älter und für die, die er haben wollte, sollte er bezahlen. Also warum das Geschäft nicht selbst übernehmen? Das muss als Antwort genügen, sonst ist der Markt zu Ende und ich bleibe auf meinen eigenen Fragen sitzen.«
»Dann beeil dich!«
»Was weiß die Polizei über Agnetha, die Seifensiederin?«
Norden runzelte die Stirn.
»Was meinst du konkret?«
»Alles! Leg los und ich sage, wenn es genug ist.«
»Wie bei einem Verhör?«
»Kann ich leider nicht mitreden, hatte nämlich noch nicht das Vergnügen. Zeit schinden zählt nicht, Herr Dozent. Ich bin ganz Ohr.«
Norden räusperte sich.

»Gibt gar nicht viel zu sagen. Für die Polizei ist Agnetha erst mal nur ein weiteres Mordopfer. Die Frau scheint da in irgendetwas verwickelt worden zu sein. Wurde vor ihrem Tod gefoltert. Hatte tiefe Schnittwunden an ihren Unterarmen. Sie war geschieden und hatte Stress mit ihrem Ex-Mann. Ihr Zelt wird momentan von der Spurensicherung untersucht.«

»Das ist alles?«

»Was soll es sonst geben?«

»Wir könnten jetzt so weitermachen, aber da hätten wir beide nichts davon. Ich frage mich sowieso, was uns dieses Spiel bringen soll. Du weißt wie ich, dass wenn es hart auf hart geht, Behauptung gegen Behauptung steht. Es gibt keine Zeugen und irgendwie habe ich das Gefühl, dass unsere Antworten zwar ehrlich sind, sie uns aber nicht wirklich weiterbringen, wenn du verstehst, was ich meine.«

»Das können wir ändern.« Nordens Stimme wurde kalt. »Werden wir noch konkreter. Weißt du, wer die Morde hier auf dem Mittelaltermarkt begangen hat?«

Als würde ihm sein Leinenhemd zu eng, was bei dem weiten Schnitt eigentlich völlig unmöglich war, rutschte der Mann unruhig in seinem Rollstuhl hin und her.

»Das ist mal 'ne Frage. Fühlt sich an wie ein Keulenschlag, aber ich werde sie genauso beantworten. Ja, ich weiß das, und damit du dir die nächsten Fragen wieder schenken kannst, liefere ich dir auch gleich die Antworten dazu. Alle Morde wurden von ein und demselben Mann verübt und es ist einer der Stuntmänner vom Turnierplatz. Zufrieden?«

Nordens Gesicht zeigte keinerlei Regung.

»Ich bin auf deine nächste Frage gespannt.«

»Dann will ich dich nicht zappeln lassen«, erwiderte der Mann im Rollstuhl. »Habt ihr eine Idee, warum Agnetha ermordet wurde?«

Jetzt war es Norden, der den Rücken durchdrückte.
»Es gibt drei Verdächtige: Den Ex-Mann, den Waffenschmied und einen Unbekannten, der die Frau regelmäßig besucht zu haben scheint. Vielleicht eine Affäre. Jedenfalls tippen alle auf Eifersucht als Motiv. Ein Beziehungsdrama. Der Hauptkommissar denkt, dass dieser Mord nichts mit den beiden anderen zu tun hat. Der Ex sitzt bereits in Untersuchungshaft und wird verhört. Aber auch der Waffenschmied steht noch ganz oben auf der Verdächtigenliste. Immerhin soll es Probleme in der Beziehung gegeben haben und der Mann kennt sich aus. Er weiß, wie Armbrüste funktionieren, auch wenn er momentan keine anbietet. Übrigens auch keine Pfeile – die sind ihm nämlich gestohlen worden.«
»So, so, eine Beziehungstat also. Die menschliche Tragödie: Wir können nicht ohne das andere Geschlecht leben, aber mit ihm klappt es noch weniger. Willst du wissen, wo sich der wirkliche Mörder jetzt in diesem Moment gerade aufhält?«
Norden antwortete mit einer Gegenfrage:
»Warum soll ich etwas fragen, was ich ohnehin schon weiß? Sag mir lieber, wie viel Zeit uns noch bleibt.«
»Wirst du noch früh genug mitbekommen. Wenn sich der Marktmeister brav bei allen bedankt hat, beenden zwei Fanfarenbläser die Veranstaltung und nebenbei unser Spiel.«
»Dann möchte ich als Nächstes wissen, wer auf mich geschossen hat!«
»Bist du etwa nachtragend? So hätte ich dich gar nicht eingeschätzt. Aber bitte, es sind deine Fragen. Der Armbrustpfeil war ein Abschiedsgruß vom Ritterlager. Nicht von unserem Mörder, aber von einem seiner Freunde. Norden, du hast mehr Glück als Verstand gehabt, denn dieser Mann schießt sonst besser.«

Anstatt die nächste Frage zu stellen, hatte der Münzenschneider damit begonnen, einen Lederbeutel zu öffnen und sich eine Zigarette zu drehen.
»Man dreht sich seine Tüten besser, bevor der Schmerz kommt. Dann zittern die Finger nicht so«, sagte er, bevor er das Papier anleckte. »Kommen wir zu meiner nächsten Frage: Was glaubt der Hauptkommissar, was hinter dem Tod der Seifensiederin steckt?«
Norden runzelte die Stirn.
»Das Gleiche hast du mich vor fünf Minuten schon einmal gefragt. Vielleicht hättest du ein Bier weniger trinken sollen.«
Der Mann nickte. Umständlich kramte er ein Feuerzeug aus einer Seitentasche seines Rollstuhls und zündete sich seine Zigarette an.
»Vielleicht hast du recht! Vielleicht möchte ich aber dieses Mal auch nur eine ehrliche Antwort von dir hören. Eine Beziehungstat!« Er rümpfte die Nase. »Dass ich nicht lache! Du enttäuschst mich. Keine Lügen und kein Joker, das hatten wir abgemacht.«
Während dichter, süßer Rauch das Gesicht des Mannes umgab, trank Norden seine Flasche leer.
»Ich habe dir gesagt, was ich weiß. Genau das hat der Hauptkommissar mir gegenüber erwähnt«, log Norden. »Du darfst nicht vergessen: Offiziell habe ich mit diesen Ermittlungen hier überhaupt nichts zu tun. Bin im Urlaub. Zelte seit Donnerstag unten an der Nahe. Purer Zufall, dass ich das alles mitbekommen habe.«
Groß wie ein Eurostück leuchtete die Zigarettenglut vor dem Mund des Münzenschneiders auf.
»Dann stell gleich noch eine Frage.«
Norden runzelte die Stirn.
»Du selbst hast keine mehr?«

Als der Mann im Rollstuhl mit den Schultern zuckte, fuhr Norden fort. »Also gut. Meine Frage dreht sich um Agnethas Standnachbarin. Hat die Frau vom *Tintenklecks*-Zelt irgendetwas mit den Morden zu tun?«
Das Lachen des Mannes endete mit einem Hustenanfall. Rauch kam ihm dabei aus Nase und Mund.
»Nicht das Geringste – außer, dass sie den Typ mit dem Ziegenbart anhimmelt, aber das dürfte dich weniger interessieren. Nur wenn wir schon dabei sind, über Nebensächlichkeiten zu sprechen, dann beantworte mir doch auch gleich diese Frage: Ist dein Freund, der Prediger, wirklich Pfarrer oder ist er auch bei der Polizei?«
Norden grinste.
»Ein waschechter Pfarrer«, antwortete er. »Hat sein Zelt neben meinem aufgebaut. Ich mache mir übrigens Sorgen um ihn. Wir wollten uns vorhin an der Bühne treffen. Da ist er aber nicht aufgetaucht. Hast du eine Ahnung, wo er gerade steckt?«
Noch während der Münzenschneider Norden seine Zigarette anbot, begann er zu nicken.
»Hab ich! Wird Zeit, dass du mich das fragst.« Entspannt lehnte sich der Mann in seinen Rollstuhl zurück. »Er atmet. Hat vielleicht etwas Kopfschmerzen, aber er lebt.«
Nachdem Norden einen tiefen Zug gemacht hatte, gab er die Zigarette zurück.
»Hatte mir so etwas gedacht. Lass mich raten. Wieder deine Freunde vom Ritterlager, nur diesmal jemand mit einem Axtstiel oder einem Knüppel.«
»Etwas in dieser Richtung. Aber ich versichere dir, es geht ihm gut. Noch gut, sollte ich vielleicht sagen. Immer vorausgesetzt, dass meine Informationen stimmen. Die Leute sind einfach nervös geworden. Ihr beiden habt eure Nase zu tief in alles hineingesteckt. Das gefällt manchen Menschen nicht. Dann werden sie ungehalten. Machen

Dinge, die sie später bereuen. Einen Priester zu töten, beispielsweise. Hängt sicher auch davon ab, wie der restliche Abend verläuft. Die Leute haben mitunter einen komischen Humor. Ich habe da leider keinen Einfluss darauf.«
Norden musterte den Mann, als würde er auch so, ohne Fragen zu stellen, die richtigen Antworten finden.
Während draußen die Besucher des Mittelaltermarktes zu klatschen begannen, war er aufgestanden.
»Jetzt dauert es sicher nicht mehr lange, bis alles vorbei ist«, sagte er, während er um den Rollstuhl herumging.
»Dann stell deine Frage, nutze die letzte Gelegenheit, die bleibt, um wenigstens etwas Licht ins Dunkel zu bringen.« Zur Überraschung des Münzenschneiders schüttelte Norden den Kopf.
»Ich habe keine Fragen mehr an dich.« Er stand jetzt zwischen dem Bett und der Truhe des Mannes. »Alles, was ich noch wissen muss, finde ich in diesem Holzkasten, da bin ich mir hundertprozentig sicher.«
Der Münzenschneider hatte seine Zigarette weggeworfen und sich mit seinem Rollstuhl auf der Stelle gedreht. In seinem Blick lag Neugier und Verachtung.
Norden bückte sich und hob den Deckel an. Das Licht einer der Laternen leuchtete wie eine batterieschwache Taschenlampe den Inhalt der Kiste aus. Norden sah auf Anhieb, was dort lag. Der Seifenblock war ähnlich groß wie die, die er und der Pfarrer in Agnethas Zelt gefunden hatten. Nur war dieser in zwei Hälften zerbrochen. Als Norden sich die beiden Teile genauer anschaute, sah er, dass die ausgehöhlten Löcher auf beiden Seiten deutlich größer waren als die, in denen die Seifensiederin ihr Erspartes aufbewahrt hatte.
»Dieser hier hat ein Rosenblatt am oberen Rand. Sicher unterscheidet ihn dieses rote Etwas von allen anderen. Ist schon ein cleveres Versteck, so ein riesiges Stück Seife.«

Norden schob seine Hand so weit er konnte in die Öffnung hinein. »Du kannst es auseinanderschneiden, aushöhlen und etwas darin unterbringen. Anschließend machst du die Schnittstellen etwas warm oder nimmst ein paar Tropfen Wasser und fügst beide Seiten wieder zusammen. Die Seifensiederin wusste sicher bestens, wie so etwas geht. Sobald du etwas nachmodelliert hast, sieht wieder ein Block wie der andere aus. Das perfekte Versteck, solange dir niemand einen Strich durch die Rechnung macht«, stellte Norden fest, als er den Deckel der Truhe zuwarf. »Falls doch, hat dir auch die beste Tarnung nichts genutzt. Dann war alles umsonst und das bloß, weil ein Dieb cleverer war als der andere. Kommt sicher nicht oft vor, dass man dir deine Beute abjagt?«
Norden stand jetzt vor dem Rollstuhl des Mannes und schaute auf ihn herunter.
Der Münzenschneider kniff die Lippen zusammen, bevor er den Kopf schüttelte.
»Es gibt keine Antworten mehr. Unser Spiel ist aus, du hast die Fanfaren gehört. Die Leute trinken ihre Becher aus und vergnügen sich anschließend miteinander in ihren Betten.«
Norden nickte.
»Wird wohl so sein. Nur du wirst dich mit niemandem mehr vergnügen. Dein Spiel ist nämlich aus, mein Lieber. Wie fühlt sich das an, wenn man am Ende selbst der Narr ist, wenn jemand anderes die Diebesbeute, den Lohn deiner Arbeit, zu Geld macht und auf Nimmerwiedersehen verschwindet. Genau das werde ich nämlich tun.« Norden setzte jetzt alles auf eine Karte. »Den Schmuck verkaufen, mich in die Karibik absetzen, für den Rest meines Lebens Tequila Sunrise trinken und mir nur noch Gedanken darüber machen, welche Dame ich auf meinen nächsten Segeltörn mitnehmen werde.«

Norden grinste. »Eigentlich hätte das dein Text sein sollen. Wenigstens könnte ich mir vorstellen, dass du so etwas Ähnliches zu deinem Spiegelbild gesagt hättest. Hast du wirklich geglaubt, dass ich vorhin hierhergekommen bin, um nach dir zu sehen? Ich habe in deine Kiste hineingeschaut und so mancherlei gefunden. Komische Sachen und weniger komische. Haarspangen, Waschlappen, Damen-Unterwäsche und Gürtel, aber auch zwei Beutel voller Schmuck. So funktionieren wir Menschen nun einmal, die Miesen genauso wie die noch Mieseren. Wir haben alle unsere Träume, nur dass deiner hier endet und meiner vorhin erst begonnen hat.«

Norden hatte sich für einen kurzen Moment zur Seite gedreht, um seine Hand zwischen zwei Zeltplanen zu schieben und einen Blick nach draußen zu werfen. Im gleichen Augenblick war der Mann im Rollstuhl aufgesprungen und vorgeschnellt. Er hatte mit seinem Kopf auf Nordens Magengrube gezielt, aber weil der einen Angriff erwartet hatte, war der Stoß ins Leere gegangen. Norden hatte nur sein Gewicht verlagern und mit seinen Händen den Oberkörper des Mannes von sich wegstoßen müssen. Wie ein getretener Hund jaulte der Münzenschneider auf, als sein Kopf auf dem Boden aufschlug. Als er sich aufrichtete, sah Norden die Platzwunde an dessen Stirn und das dünne Blutrinnsal, das ihm übers Gesicht zu laufen begann.

»Erwarte bloß kein Mitleid«, rief Norden, riss den Mann hoch und wuchtete ihn in seinen Rollstuhl. Auch wenn er noch halb benommen war, versuchte er sich zu wehren und erneut aufzuspringen. Norden blieb keine andere Wahl, als ihm einen trockenen Schlag mit der Faust gegen die Schläfe zu geben. Augenblicklich sackte der Mann in sich zusammen. Norden hatte genügend Zeit, um zu der Truhe zurückzugehen, einen dicken Ledergürtel herauszunehmen und den Mann damit anschließend an seinen Rollstuhl zu fesseln. Wie ein eng verschnürtes, menschliches Paket saß der Münzenschneider in seinem Stuhl, die Arme fest an den Körper gebunden, bevor er langsam wieder zu sich kam.

»Mir würden noch viel kreativere Sachen einfallen, die ich jetzt liebend gern mit dir machen würde, aber das ist bloß die dunkle Seite in mir. Die spricht nämlich ununterbrochen mit deinen Opfern. Am lautesten mit Agnetha.«

»So?« Der Mann schien Nordens Worte lustig zu finden. »Dann grüß sie schön von mir, diese miese Schlampe. Wollte mich betrügen. Mich! Als würde ich sie so einfach davonkommen lassen. Du kannst denken, was du willst. Die Frau hat bekommen, was sie verdient. Ich wusste, dass sie mir das Versteck nicht verraten würde, ganz egal, was ich mit ihr anstelle. Also musste ich mir Finn schnappen. Mutterliebe ist noch das stärkste Druckmittel, wenn du etwas aus einer Frau herausbekommen willst.«

»Und warum hast du sie dann noch foltern und töten müssen?«

»Pah, foltern, dass ich nicht lache. Habe doch nur ein bisschen an ihrer Haut herumgekratzt, so wie an dem Kürbis. Und getötet habe ich sie schon gar nicht. Habe sie lediglich für ihr Schicksal zurechtgerückt. Die Frau hätte genauso gut überleben können. Bin doch kein Psychopath, nur ein Pragmatiker, du erinnerst dich. Okay, okay, die paar Schnitte an ihrem Unterarm waren vielleicht doch etwas tiefer als nur Kratzer. Nenne es eine Art Revanche. Was klaut die Frau auch meine sauer verdienten Schmuckstücke. Dabei hatte ich sie nur gebeten, die Sachen für mich aufzubewahren und zu transportieren. Sie sollte den Schmuck bis nach Freiburg mitnehmen. Dort hätten wir uns auf dem nächsten Markt wieder getroffen und sie hätte ihn mir zurückgeben sollen. Dafür sollte sie einen Anteil bekommen. Aber auf einmal wurde die Dame gierig und ab da ging alles schief.« Der Münzenschneider spuckte eine Fontäne aus Speichel und Blut auf den Boden. »Zuerst taucht da dieser Hausbesitzer auf, in dessen Keller ich meine Beute vom letzten Jahr versteckt hatte, und dann auch noch dieses Miststück vom LKA. Ist doch nur logisch, dass ich beide observieren musste, ich hatte keine Lust ...«

»Augenblick.« Norden schnitt dem Mann den Satz ab. »Du meinst den Mann in dem Eisenkäfig?«

»Quatsch. Der war nur ein Zeuge. Hat gesehen, was er niemals hätte sehen dürfen. Ich rede von dem Haus, in dem ich Finn versteckt hatte. Das war auch letztes Jahr während des Mittelaltermarktes unbewohnt. Dort hab ich die ganze Beute meiner Einbrüche deponiert. Dachte mir, es gäbe keinen besseren Ort, um die Sachen abzulegen, bis Gras darüber gewachsen ist. War ja auch so. Diesen hohlen Stein in der Kellerwand hätte niemand gefunden. Der Typ hat das Haus nur an Wochenenden genutzt und das auch nur selten. Aber letzten Donnerstag musste er ausgerechnet dort erscheinen. Wollte ihn gar nicht töten. Habe etwas zu fest zugedrückt. Als das dann passiert war, dachte ich, dann könnte ich auch gleich richtig aufräumen. Die Tuchschneiderin begann überall unangenehme Fragen über mich zu stellen. Vielleicht hat sie mich bei einem meiner nächtlichen Spaziergänge beobachtet. Ich hatte zu viel investiert, um einfach abzuhauen, hatte zu lang in diesem verfluchten Rollstuhl gesessen und allen etwas vorgespielt. Wer verdächtigt schon einen Mann, der nicht mehr laufen kann. Ich hatte keine Wahl. Habe bloß das getan, was mir für mich am besten erschien.«

»Ich weiß. Genauso, wie ich weiß, dass du auf anderen Mittelaltermärkten mit deinen Einbrüchen den gleichen Erfolg hattest. Und die Beute hast du anschließend sicher auch in unbewohnten Häusern oder sonstwo versteckt.«

»Und ob. Deshalb ist mir diese verdeckte Ermittlerin ja auf die Schliche gekommen. Hat Termine und Schlagzeilen in den Zeitungen verglichen. Auch wenn es ihr schwergefallen wäre, mir etwas nachzuweisen, musste ich sie töten. Es stand zu viel auf dem Spiel. Ich habe bisher nie ein Stück der Beute bei mir gehabt. Habe mir kleine Nester angelegt, die ich immer erst ein Jahr später leer räumen wollte. Wie ein Eichhörnchen habe ich das gemacht.«

»Wohl eher wie eine Ratte, die drücken sich auch nur im Dunkeln herum. Aber wahrscheinlich tue ich den fiesen, kleinen Nagern damit unrecht. Tiere sind nicht so grausam.«

»Da ist etwas dran.« Der Münzenschneider versuchte so etwas wie ein Lächeln. »Du bist das beste Beispiel dafür. Machst nach außen hin einen auf Saubermann und schnappst dir bei der ersten Gelegenheit meinen Schmuck. Kannst froh sein, dass es so viel ist. War längst nicht in jeder Stadt so.«

»Ich proste dir in Gedanken mit meinem Cocktail zu, wenn ich im Liegestuhl am Pool sitze.« Norden machte eine entsprechende Geste. »Aber da sind noch ein paar Dinge, die mich interessieren. Was hast du beispielsweise mit der Leiche von dem Hausbesitzer gemacht?«

»Du hast es schon wieder vergessen, unser Spiel ist vorbei. Finde es selber heraus. Ich erzähle dir bloß, was ich erzählen will. Es waren nur Joker im Spiel.«

»Stimmt. Wer hat gesagt, dass die Fragen wirklich ehrlich beantwortet worden sind? Das hier ist ein mittelalterlicher Markt. Alles ist Bühne, Schau, Gaukelei und fühlt sich irgendwie unecht an – auch wenn ich das alles sehr mag, versteh mich da nicht falsch. Dich konnte ich auch gut leiden, wenigstens bis ich dich zum ersten Mal im Verdacht hatte, dass du hinter allem steckst.«

Der Mann im Rollstuhl begann zu blinzeln.

»Als wenn mich das interessieren würde. Sag mir lieber, welchen Fehler ich gemacht habe. Ich bin ein Krüppel, mich übersieht man oder hat bestenfalls Mitleid mit mir und meinen toten Beinen.«

»Und genau die haben mich auf deine Spur gebracht. Du hast gesagt, dass du im Haus geschlafen hast.«

»Na und?«

»Vor dem Haus ist eine Treppe. Die schafft niemand mit gebrochenem Rückgrat.«

»Du vergisst die Garage. Die hat einen Zugang zum Treppenhaus. Außerdem, wer sagt dir, dass mir niemand beim Stufensteigen geholfen hat?«

»In der Garage steht ein Auto. Das kann da nicht weg, solange dein Zelt davorsteht. Habe den Durchgang gesehen, aber der ist zu schmal für einen Rollstuhl. Und einen anderen Eingang habe ich nirgendwo gefunden. Genauso wenig wie die Laternenverkäuferin gesehen hat, dass dir jemand geholfen hat; außer beim Zeltaufbau natürlich. Die Frau hat scharfe Augen und sie ist eine der letzten, die abends ihren Stand dichtmacht. Da geht dir sicher ein Licht auf.«

»Ach, lass mich doch in Ruhe. Das muss man mir erst einmal beweisen. Wie hast du eben gesagt? Hier ist alles Gaukelei. Unser Spiel war ein Teil des Ganzen. Wir haben Bier getrunken, uns unterhalten, da schneidet man schon einmal auf. Was hast du schon konkret gegen mich in der Hand? Dass ich laufen kann? Spontanheilung, ein Wunder. Lass uns niederknien, Bruder. Bei dem, was ich gesagt habe, steht Aussage gegen Aussage. Binde mich also los, sonst schreie ich den halben Markt zusammen.«

»Dann müsste ich dich schon wieder zum Schweigen bringen. Das solltest du uns beiden ersparen. Lass uns lieber noch etwas länger dieses Spiel spielen. Ich will wissen, was du und dein Freund, der Notarius, mit dem Pfarrer gemacht habt. Zwing mich nicht dazu, dir einen Knebel in den Mund zu stecken und nach dem Messer zu suchen, mit dem du die Seifensiederin gequält hast.«
Der Mann im Rollstuhl versteckte seine Gedanken hinter einem Schmunzeln.
»Geht dir das doch so nah oder willst du bloß retten, was zu retten ist? Du musst mich für ganz schön blöd halten. Ich werde dir genauso wenig sagen, wo du den Prediger findest, wie ich dir nicht sage, wo ich die Leiche von dem Hausbesitzer versteckt habe. Das wären Insiderinformationen. Könnte uns gefährlich werden, also werde ich einen Teufel tun und mich und meine Freunde nicht in Gefahr bringen.«
Norden stand auf, ging zu dem Tisch neben dem Rollstuhl und griff nach einer vollen Bierflasche.
»Du verstehst sicher, dass ich dir keine anbiete«, sagte er, während er sie öffnete. »Ich mag es nicht Menschen zuzuprosten, die ich widerlich finde. Aber ich habe Durst und du hast recht, das Bier ist großartig.« Norden zog den dreibeinigen Hocker zu sich heran und setzte sich neben den Rollstuhl. »Weißt du eigentlich, dass ich dir den ganzen Quatsch mit eurer Ritterbruderschaft und den Freunden vom Lager keine Sekunde lang geglaubt habe?«
Der Münzenschneider runzelte die Stirn und verzog im gleichen Augenblick das Gesicht.
»Tut die Wunde weh?«, fragte Norden. »Das ist gut so. Ich werde dich jetzt noch einmal zum Schmunzeln bringen und dir erzählen, was ich glaube, was passiert ist.

Anschließend kannst du entscheiden, ob ich das Messer suchen soll oder ob du mir nicht doch lieber eine Antwort geben möchtest.«

Der Mann im Rollstuhl verzog den Mund, blieb aber stumm.

»Also dann: Ich glaube, dass du ein Dieb bist. Jemand, der neidisch auf das ist, was andere haben. Krank bist du obendrein. Deine ganz besondere Sammlung in dieser Kiste spricht da eine deutliche Sprache. Du sammelst Trophäen. Hast die Frauen überfallen oder die Sachen von der Wäscheleine gestohlen. Aber das ist nur deine perverse Seite. Mag sein, dass du vom Pferd gestürzt bist, dass du dir die Knochen gebrochen hast und dass du seither die Versicherung betrügst. Dabei hast du rasch gemerkt, dass es mehr Vor- als Nachteile hat, wenn man den Leidenden mimt. Irgendwann ist dann dieser Ziegenbartmann vor deinem Zelt aufgetaucht. Vielleicht kanntet ihr euch auch schon von früher. Er arbeitet bei einer Versicherung. Verkauft wahrscheinlich auch Hausratpolicen, weiß also, bei wem es etwas zu holen gibt. Während alle Mitleid mit dem Münzenschneider und seiner Behinderung haben, schleicht der sich nachts aus dem Zelt und bricht in die Häuser ein, die sein Komplize vorher ausgewählt hat. Das funktioniert auch alles ganz prima, nur darf man niemals das Diebesgut sofort verkaufen und es schon gar nicht mit sich führen. Also versteckt man außer dem Bargeld den Schmuck irgendwo, wo ihn niemand vermutet. Das Ziegenbärtchen verkauft auch Gebäudeversicherungen, also weiß er, wo Häuser stehen, die nur am Wochenende genutzt werden. Dort bricht man ein und sucht sich in aller Ruhe einen sicheren Platz für die Beute.

Wenn im nächsten Jahr wieder Mittelaltermarkt in der gleichen Stadt ist, kommt man zurück, holt seine Beute ab und zieht weiter. Einziges Risiko: Man kann beim erneuten

Einbruch überrascht werden. Und dann ist da noch der Transport zum nächsten Markt. Im zurückliegenden Jahr könnte ja jemand bei der Polizei clever gewesen sein und seine Hausaufgaben gemacht haben. Jemand wie Bettina Schirner. Auch wenn sie für das LKA eigentlich in einer ganz anderen Sache ermittelt, findet sie zufällig oder weil sie eine Nase für so etwas hat die Zusammenhänge zwischen den Einbrüchen und den Terminen der zeitgleich stattfindenden Mittelaltermärkte. Es könnte gefährlich werden. Also sucht man nach einer redlichen Person, der man die Beute anvertraut und die sie einem beim vereinbarten Treffen auf dem nächsten Markt wieder aushändigt. Ein weiterer Komplize will zwar auch seinen Anteil, aber das ist das kleinere Übel. Gesucht wird jemand, der noch weniger verdächtig erscheint als ein ehemaliges Mitglied der *Hasardeure*, der seit einiger Zeit im Rollstuhl sitzt. Nachdem das erledigt ist, könnte alles glatt laufen – aber du hast noch einmal Pech. Die Frau, der man meinte vertrauen zu können, wird plötzlich habgierig. Wahrscheinlich beginnt sie Fragen zu stellen oder will einfach mehr Geld. Ihr Ex-Mann will ihren gemeinsamen Sohn zurückhaben. Prozesse drohen. Für Agnetha ist dieser Alleingang aber ihr Todesurteil. Ein Hasardeur lässt sich nicht erpressen. Aber wo hat die Seifensiederin die Beutel mit dem Schmuck versteckt? Sie weigert sich, das zu sagen. Bestimmt hattest du vor, die Teile in Frankreich zu verkaufen. Aber die Behörden sind dir auf den Fersen. Du weißt nicht, wie viel von ihrem Wissen die Tuchschneiderin schon weitergegeben hat. Du willst den Plan ändern. Aber die Seifensiederin denkt gar nicht daran. Panik ist ein schlechter Ratgeber. Man wird leichtsinnig. Es gibt Zeugen, man verliert Teile des Diebesgutes. Dein erstaunter Gesichtsausdruck zeigt mir, dass du nicht einmal bemerkt hast, dass dir eine Perle abhanden gekommen ist.

Das muss an dem Abend passiert sein, als du deine Beute abgeholt hast und den Hausbesitzer erledigen musstest. Wahrscheinlich hast du in dem Zimmer aus dem Fenster geschaut, um zu sehen, ob die Luft rein ist. Oder du hast dich in den alten Sessel gesetzt und nach dem Mord erst einmal Luft holen müssen. Dabei ist dir dann der Beutel hingefallen oder es ist bei der Rangelei passiert. Jedenfalls ging das Collier kaputt und die Perle rollte neben den Sessel. Später warst du dann noch einmal hier, nachdem du die Tuchschneiderin und den armen Kerl im Eisenkäfig erschossen hast. Und kurz nachdem du aus dem Haus geklettert bist, hast du mir anschließend einen Fausthieb verpasst. Das war übrigens ein Fehler, einer, der dir das Genick brechen wird.«
»So?« Als wäre er aus seinem Dämmerzustand aufgewacht, meldete sich der gefesselte Mann zu Wort. »Du meinst also auch, dass ich dich besser gleich hätte abservieren sollen. Damals dachte ich, drei Morde wären erst einmal genug. Außerdem war ich dermaßen überrascht. Die Gasse war quasi dichtgemacht. Vorn und hinten standen Polizisten. Wer kann denn ahnen, dass man über einen Vogel wie dich stolpert. Also wenn du denkst, dass es ein Fehler war, dich nicht gleich umzubringen, magst du recht haben, aber jeder bekommt seine zweite Chance.«
»Um was zu tun? Mich zu töten?« Norden lachte. »Dazu musst du mich erst einmal finden. Ich weiß zwar nicht, wie viel deine Beutestücke bringen werden. Hehler zahlen selten mehr als zwanzig Prozent vom tatsächlichen Wert. Für ein Flugticket und zwei Sabbatjahre wird es trotzdem reichen. Sonst hättest du sicher nicht so einen Aufwand betrieben und drei Menschen umgebracht. Werde mir nachher alles in aller Ruhe anschauen und dann entscheiden, wohin mein Flug geht.«

Als wäre das sein Stichwort gewesen, begann der Münzenschneider sich wie ein Entzugskranker hin und her zu werfen. Er drehte ruckartig seinen Oberkörper und versuchte dabei aufzustehen.
»Ich bring dich um, ich ...« Es gelang ihm nur, seine Hände zu Fäusten zu ballen.
»Du wirst niemanden mehr umbringen. Dafür werde ich sorgen.« Norden war aufgestanden und um den Rollstuhl herumgegangen. Während der Mann darin versuchte, mit seinen Zähnen nach ihm zu schnappen, griff Nordens Hand in das Seitenfach des Rollstuhls. Kurz darauf hielt er ein Paar Handschuhe und ein Messer in den Händen.
»Passen wie angegossen«, stellte er einen Augenblick später fest. »Wenn jetzt noch das Messer nur halb so scharf ist, wie es aussieht, wird das eine unangenehme Sache für dich.« Norden betrachtete die krumm gebogene Klinge mit Faszination und Ekel zugleich. »Ich frage dich jetzt zum letzten Mal, wohin ihr den Prediger verschleppt habt. Danach setze ich mich vor dich hin und mache die Augen zu. Dann bist du für mich nicht mehr als ein Klumpen Lehm, ein Stück Material, aus dem ich meine neue Skulptur herausschnitzen werde. Das mache ich immer so. Mit geschlossenen Lidern, intuitiv. Meine Hände sind dann meine Augen. Das Ergebnis schaue ich mir erst später an.«
Jetzt begann der Mann zu schreien. Norden machte es ihm sofort nach. Nur klang das bei ihm viel mehr nach lautem Singen und Lachen. Rasch griff er nach dem ersten Stück Stoff, das er in die Finger bekommen konnte, hielt dem Mann grob die Hand über die Nase und als der nach Luft schnappte, steckte er es ihm in den Mund.
»Letzte Chance.« Norden hatte sich wieder auf den Hocker gesetzt. »Wo habt ihr den Prediger eingesperrt? Du vergisst, dass ich mich auch an keine Regeln halten

muss. Ich habe mich entschieden, die Seiten zu wechseln. Aber der Pfarrer ist mein Freund und einen Freund lässt man nicht im Stich.«
Mit einer einzigen Bewegung hatte Norden das krumme Messer dem Mann unterhalb vom Haaransatz an die Stirn gesetzt. Sofort lief ein dicker Tropfen Blut träge Richtung Nase. »Sehen wir mal, was wir da Schönes und Neues erschaffen können. Wie hat es Meister Rodin einmal ausgedrückt: *Kunst ist nichts als Empfindung*. Ich bin gespannt, was wir beide fühlen werden.«
»Hmh, hmh.« Der Mann im Rollstuhl schien es sich anders überlegt zu haben. Der Schweiß vermischte sich mit dem Blut auf seiner Stirn, seine Schnappatmung und sein hassverzerrtes Gesicht zeigten die Kapitulation an. Als Norden ihm den öligen Lappen aus dem Mund zog, war er lammfromm.
»Du bist verrückt, völlig verrückt.« Er japste, als hätte er gerade erst einen Marathonlauf beendet. »Aber ich will einen Deal. Ich will nicht leer ausgehen. Du gibst mir die Hälfte der Sachen zurück.« Der Mann biss zwischen den Sätzen die Zähne zusammen. »Muss ich denn ausgerechnet an den einzigen verrückten Bullen kommen, der hier herumläuft?«, fluchte er.
»Ich bin kein Polizist. Aber ich nehme dir das nicht übel. Sag mir, wo ihr den Pfarrer hingebracht habt. Dann werden wir sehen.« Nordens leise Worte klangen einschüchternder, als wenn er sie geschrien hätte.
»Hinter dem Zelt des Baders ist eine Mauer. Dahinter ein Garten mit einem tiefen Betonbecken. Sieht wie ein kleiner, leerer Pool aus. Die Leute, denen der Garten gehört, pumpen ihr Brunnenwasser rein und wässern anschließend ihr Gemüse. Der Bader lässt sein Wasser dorthin aus den Zubern ab. Als der Notarius, wie du ihn nennst, den Prediger dort reingeworfen hat, war das Becken noch

trocken. Würde mich an deiner Stelle beeilen. Der Pfarrer war wohl nicht bei Bewusstsein, als mein Freund ihn dort abgelegt hat, und seine Hände waren hinter dem Rücken gefesselt.«

Instinktiv wusste Norden, dass der Münzenschneider ihn loswerden wollte, aber dass er wahrscheinlich auch die Wahrheit sagte. Vielleicht hoffte er, dass während Nordens Abwesenheit der Mann mit dem Ziegenbart auftauchen würde, oder er wollte selbst nach einem Ausweg suchen. Aber Norden hatte keine Wahl. Er wusste, dass der Pfarrer in Schwierigkeiten steckte, sonst wäre er längst wieder aufgetaucht. Wilde Gedanken jagten ihm durch den Kopf. Er musste seine Rolle weiterspielen.

»Das erklärt auch, warum ich im Zelt des Baders eine Armbrust gefunden habe«, rief Norden, warf Handschuhe und Messer achtlos beiseite und verließ eiligst das Zelt.

KAPITEL 34

Auch wenn die Bühne mittlerweile leer war und es langsam dunkel wurde, waren draußen immer noch unzählige Marktbesucher unterwegs. Nur Polizisten sah er keine. Norden hastete durch die Gassen. Minuten vergingen. Erst in einer Seitenstraße wurde er fündig. Schnurstracks lief er auf die erste Polizeistreife zu.

»Wir haben unseren Mörder«, schleuderte er dem Mann und der Frau in Uniform die Worte entgegen. »Im Zelt des Münzenschneiders.« Er deutete in die entsprechende Richtung. »Habe ihn an seinen Rollstuhl gefesselt. Sein Komplize ist noch auf freiem Fuß. Ein Mann ungefähr in meiner Größe mit dunklen Haaren und Ziegenbärtchen. Trägt einen schwarzen Umhang. Benachrichtigen Sie Hauptkommissar Bender. Sie dürfen den Münzenschneider auf keinen Fall aus den Augen lassen. Ich komme, sobald es geht, zurück zu dem Zelt.«

Es war Norden völlig egal, wie verworren das alles klingen mochte. Wichtig war nur, keine Zeit zu verschwenden. Also rannte er wieder los, als wäre ihm Poe's *Roter Tod* auf den Fersen. Schon von Weitem sah Norden, dass keine Gäste mehr in den Zubern saßen. Die Töchter des Baders waren gerade damit beschäftigt, Krüge und Becher zusammenzuräumen, als Norden ins Zelt stürmte. Ein kurzer Blick in eine der Wannen reichte aus, um ihm für einen Moment die Luft zu nehmen. Die riesige, hölzerne Badewanne war bereits zu über der Hälfte leergelaufen. Ein Blick in die zweite zeigte ein ähnliches Bild. Norden sah die dicken Feuerwehrschläuche, durch die das Wasser abgelassen wurde. Ohne zu zögern riss er die hintere Zeltplane auf und stand im nächsten Moment vor einer Mauer, die ihm bis zum Kinn reichte. Während die

Schläuche unten in einer schmalen Öffnung zwischen den Steinen verschwanden, wirkte die Mauer wie ein nur schwer zu überwindendes Hindernis. Seine noch verbliebene Kraft zusammennehmend sprang er an den Sandsteinen hoch und stützte sich so gut es ging ab. Mit dem Kopf über die Mauerkrone spähend versuchte Norden das Geschehen hinter der Wand zu erkennen. Während unter ihm das Wasser wie ein plätschernder Bach in den Nachbargarten floss, schaffte er es irgendwie, seinen restlichen Körper auf die Mauer zu hieven. Zum Glück war es noch hell genug, um im Garten unter ihm Einzelheiten erkennen zu können. Er sah die Beete, die Büsche, das Betonbecken, das dunkle Wasser, den Mond, der sich darin spiegelte, und eine Gestalt, die dort lag. Norden sprang herunter in das Becken und griff im nächsten Moment nach dem Tweedumhang des Pfarrers. Der lag mit dem Gesicht nach unten und versuchte seinen Kopf hochzuhalten. Mit auf den Rücken gefesselten Händen und zusammengebundenen Füßen schien sich der Pfarrer nicht rühren zu können. Trotzdem versuchte er es. Grunzende Laute waren dabei zu hören, während das Wasser in dem Becken immer höher stieg. Als Norden den Körper auf den Beckenrand bugsiert hatte, schnaubte und hustete der Pfarrer.

Norden drehte ihn auf die Seite und zog ihm den Knebel aus dem Mund.

»Keine Sekunde zu früh«, flüsterte ein sichtlich erschöpfter Pastor mit matter Stimme. »Wenn Sie jetzt noch so freundlich wären und mir diese Fesseln abnehmen würden, wäre ich Ihnen unendlich dankbar.«

Norden machte sich daran, die Kordel, mit der die Hände und die Füße des Pfarrers zusammengebunden waren, zu lösen. Das war leichter gesagt als getan.

»Greifen Sie in meinen Jutebeutel. Da ist ein Schweizer Messer. Und sparen Sie sich Ihren Kommentar. Es ist mir so egal, ob das nun gegen die Regeln auf einem Mittelaltermarkt verstößt oder nicht. Hauptsache, ich bekomme wieder Blut in meine Gliedmaßen und dieser Alptraum ist vorbei. Sie haben sich ganz schön Zeit gelassen, mein Lieber. Scheinen etwas außer Form zu sein.«

»*Monsignore* sollten ganz still sein. Lässt sich erst eins auf den Schädel geben und ertrinkt dann um ein Haar in einem Vogelbecken.«

Der Pfarrer rieb sich die Hände, als er sich aufrappelte.

»Von wegen Vogelbecken. Das Ding ist erbärmlich tief.«

Der Geistliche legte Norden die Hand auf die Schulter.

»Aber es ist noch einmal alles gut gegangen. Danke.«

Norden hatte alle Hände voll zu tun, den Pfarrer beim Notarzt am Haupteingang abzuliefern.

Bis zuletzt hatte Pfarrer Klinger darauf bestanden, Norden zum Zelt des Münzenschneiders zu begleiten. In kurzen Sätzen hatte Norden dem Pastor erzählt, was die letzten Stunden über passiert war.

»Aber Sie sind klitschnass und die Beule an Ihrem Hinterkopf muss auch untersucht werden.«

»So wie Ihre Wunde von heute Nachmittag?«

»Das war etwas völlig anderes.«

»Stimmt. Ihre war eigentlich ein Riss und der hätte genäht werden müssen«, blieb der Pfarrer uneinsichtig.

»Sie können ja nachkommen. Sobald der Notarzt Sie unter die Lupe genommen hat und Sie sich etwas Trockenes angezogen haben, kommen Sie zum Zelt des Münzenschneiders. Wird wie erwartet eine lange Nacht werden, Sie erinnern sich«, versuchte Norden den Pfarrer aufzumuntern.

»In spätestens einer halben Stunde bin ich wieder fit«, rief der Geistliche, aber da war Norden schon wieder unterwegs. Er hatte Pastor Klinger in sichere Obhut übergeben. Jetzt ging es darum, dem Hauptkommissar einen Mörder vorzustellen.

Schon von Weitem sah Norden das Aufgebot an Polizisten, das vor dem Zelt des Münzenschneiders stand. Letzte Feiernde lungerten mit ihren Tonbechern ebenso vor dem Zelt herum wie andere Händler, die auch versuchten, einen Blick ins Innere zu werfen.

Norden nickte der Frau vom Laternenstand zu, bevor er einen der Polizisten ansprach.

»Ich bin für dieses Chaos verantwortlich«, sagte er und fragte nach dem Hauptkommissar. Ein anderer Beamter, der Norden erkannte, gab seinem Kollegen ein Zeichen. Daraufhin ließ dieser ihn durch. Lang bevor Norden das Zelt betrat, hörte er Stimmen, die durcheinander sprachen. Der Münzenschneider saß noch fast genauso in seinem Rollstuhl, wie Norden ihn verlassen hatte. Nur hing sein Kopf jetzt auf seiner Brust und das eben noch beige Leinenhemd war vorn dunkelrot eingefärbt. Der Griff eines Messers ragte aus der Brust des Mannes. Fast schien sich dessen Stirn auf der Waffe abzustützen. Während sich der Kommissar mit einem Taschentuch den Schweiß vom Gesicht wischte, untersuchte ein Arzt den noch immer mit einem dicken Gürtel im Stuhl fixierten Mann. Norden schnappte gerade noch die Bemerkung »Kann noch keine halbe Stunde her sein« auf, als der Kommissar sein Erscheinen bemerkte.

»Ich hoffe, Sie haben eine wirklich gute Erklärung für diese Schweinerei«, sagte er anstelle einer Begrüßung. Nordens Augen versuchten alles um ihn herum mit wenigen Blicken zu erfassen. Als Künstler hatte ihn sein fotografisches Gedächtnis selten im Stich gelassen. Jetzt suchte er nach den Unterschieden, den Veränderungen in der Kulisse, die es seit seinem Abgang aus diesem Zelt hier gegeben haben musste.

»Er hat noch gelebt«, sagte er nach einer Weile. »Als ich ihn vor einer gefühlten Stunde verlassen habe, hat dieser Mann noch gelebt.«

»Und wie erklären Sie sich das hier?« Norden bewunderte den sachlichen Ton in der Stimme des Chefermittlers.

»Sie müssen die ganze Geschichte hören, Herr Kommissar. Dieser Mensch hat unser Mitleid nicht verdient. Er ist der Mörder, der mit einer Armbrust erst Ihre Kollegin vom LKA und dann den Mann im Eisenkäfig erschossen hat. Und er hat den Tod der Seifensiederin auf dem Gewissen. Darüber hinaus soll es noch einen weiteren Toten geben, aber das ist ein anderer Teil der Geschichte. Wir sollten uns einen ruhigen Platz suchen. Dann erzähle ich Ihnen, was passiert ist – wenigstens alles, was ich weiß oder zu wissen meine.«

Der Hauptkommissar nickte und gab seinem Assistenten ein kurzes Zeichen, sie zu begleiten.

»Wo sollen wir hingehen?«

»Das ist jetzt ein Tatort. Ihre Kollegen werden hier ihre Arbeit machen wollen. Wir sollten zum Zelt des Baders gehen. Ist nicht weit weg und irgendwie auch ein Tatort. Da stehen Bänke und Tische und wir sind relativ ungestört.«

»Also gut«, stimmte der Hauptkommissar Nordens Vorschlag zu.

»Ihre Leute sollten sich um die Zeltplanen hinter der Kiste kümmern. Da muss unser Mörder eingestiegen sein. Als ich das Zelt vorhin verlassen habe, waren die Stoffbahnen nämlich geschlossen. Jetzt klafft da eine Lücke.«

Der Hauptkommissar nickte und gab die entsprechenden Anweisungen.

Im Badezelt waren die großen Holzbottiche zwischenzeitlich leergelaufen. Die beiden Töchter und die Frau des Baders saßen an einem der Tische und aßen und tranken etwas.
»In welchem der kleineren Zelte schläft der Herr des Wassers seinen Rausch aus?«, fragte Norden. Wie auf Kommando zeigten drei Daumen in ein und dieselbe Richtung.
»Dann bräuchten wir das andere Zelt. Ihr baut das alles doch sicher erst morgen früh ab.«
»Du kannst Gedanken lesen, Norden. Bediene dich, du kennst ja mittlerweile den Weg.«
Während Norden und die beiden Kommissare hinter einer Plane verschwanden, wandten sich die drei Frauen wieder ihrem späten Abendessen zu.
Noch bevor die drei Männer sich gesetzt hatten, begann Norden mit seiner Erzählung. So wahrheitsgemäß wie möglich berichtete er von seinem ersten Verdacht, über die Fragen und Antworten, die sich der Münzenschneider und er sich gegenseitig gestellt und gegeben hatten, und über seinen Plan, den Mann aus der Reserve zu locken.
»Er hatte schon dreimal gemordet. Auf einen Weiteren kommt es so jemandem nicht mehr an. Es ging mir darum, den Pfarrer rechtzeitig zu finden. Ich wusste, dass er in unmittelbarer Gefahr war und hatte keine Ahnung, wo ich hätte suchen sollen.«
»Dann hat also der Komplize, der Mann in dem schwarzen Umhang, den Münzenschneider im Rollstuhl erstochen?«
Norden zuckte mit den Schultern.
»Das überlasse ich Ihrer Fantasie und den Spuren, die wir finden werden.«
»Gutes Thema, Norden«, warf der Hauptkommissar ein. »Auch wenn wir Ihre Aussage haben, dass der Mann die Morde gestanden hat und es einen Komplizen gab, fehlen Beweise dafür.«

»Aber die gibt es! Lauter Indizien, die wir finden werden und die richtig zusammengesetzt eine schlüssige Beweiskette liefern werden.«

»Dann lassen Sie mal hören.«

»Da ist das Messer des Mannes. Wir werden mit absoluter Sicherheit Blut und Reste von der Kürbisschale an der Klinge finden. Außerdem die Fingerabdrücke unseres Mörders, aber auch meine.« Norden ignorierte die fragenden Blicke der Kommissare und fuhr fort. »Dann sind da noch die Handschuhe und dieses Arzneifläschchen in seiner Truhe. Sie erinnern sich, ich habe einen Blick hineingeworfen. Neben dem hohlen Seifenblock und etlichen anderen merkwürdigen Dingen war da auch eine kleine grüne Flasche. Ich verwette meine Künstlerpension darauf, dass sie vom Stand des Kräuterwagens ist und ein flüssiges Schlafmittel enthält. Der kleine Finn wäre ja um ein Haar an einer Überdosis gestorben. Und auch Agnetha wird er das Zeug eingeflößt haben. Unser Labor wird da sicher fündig werden. Und dann ist da noch der tote Hausbesitzer. Wenn wir lang genug suchen, werden wir die Leiche schon finden. Der Münzenschneider sagte, dass er den Mann erwürgt hat. Gute Chancen, DNA-Spuren an der Leiche zu finden. Und das Wichtigste zum Schluss, der Komplize.«

Der Hauptkommissar nickte.

»Was ist mit ihm?«

»Der Mann hat unserem Münzenschneider die Tipps gegeben, unter welchen Adressen es etwas zu holen gibt. Zieht sich an wie Machiavelli, ist aber bei Weitem nicht so intelligent wie sein Vorbild. Finden Sie und verhören Sie ihn. Der Mann wird auspacken.«

»Dann hat dieser Typ höchstwahrscheinlich auch am Ritterlager mit der Armbrust auf Sie geschossen. Oder bringe ich da etwas durcheinander?«

»Das werden wir erst wissen, wenn wir ihn geschnappt haben, Herr Kommissar. Aber ich bin mir sicher, dass es so gewesen ist. Die ganze Geschichte von der Beteiligung der *Hasardeure* war für mich nur eine Finte. An der Sache mit dem Mädchenhandel mag etwas dran sein, aber damit hat unser Münzenschneider nichts zu tun. Die Leute vom Ritterlager haben ihre eigenen Sorgen, da kann man sich nicht noch um ein Ex-Mitglied kümmern. Reicht gerade, dass man aus alter Verbundenheit beim Auf- und Abbau des Zeltes hilft. Vielleicht haben sich der Typ mit dem Ziegenbärtchen und unser falscher Rollstuhlfahrer so kennengelernt. Sicher ist, dass er Pfarrer Klinger überfallen und den Priester anschließend über diese Mauer geworfen hat.« Norden zeigte auf ein dunkles Stück Wand im Rücken der Kommissare. »Seine Armbrust hat er jedenfalls liegen lassen. Das gute Stück samt Bolzen hatte ich einem Ihrer Beamten gegeben.«
Der Hauptkommissar seufzte, als würde ihm das Atmen immer schwerer fallen.
»Was für ein Schlamassel. Vier Tote – und der Komplize des Mörders ist immer noch auf der Flucht. Müller, Sie kümmern sich jetzt als Erstes um die Identität des Mannes. Er ist ja wohl einer vom Organisationsteam und seine Kleidung ist alles andere als unauffällig. Geben Sie eine Suchmeldung an alle Beamten auf diesem Rummelplatz und kommen Sie erst wieder, wenn Sie diesen Gestörten in Gewahrsam genommen haben.«
»Meine Beschreibung haben Sie notiert?«, fragte Norden. Kopf nickend verschwand der junge Kommissar in der Dunkelheit vor dem Zelt.
»Sie wissen schon, dass ich Sie jederzeit festnehmen könnte, Norden?« Wieder seufzte der Hauptkommissar. »Sie sind auch ein Verdächtiger. Waren von Anfang an dabei, hätten schon den ersten Mord begehen können.

Sie kannten die Opfer, wenigstens einige davon, und Sie könnten sich die ganze Geschichte auch nur ausgedacht haben. Vielleicht geht es ja wirklich nur um einen anderen Dieb, der dem eigentlichen Räuber die Beute abjagt. Sie könnten dieser andere sein.«

»Und warum sollte ich das getan haben?«

»Sagen Sie es mir. Vielleicht brauchen Sie Geld oder Sie sind der Kopf der Bande, der alles ausgeheckt hat. Auch Kommissare haben Fantasie.«

»Und warum nehmen Sie mich dann nicht fest?«

Der Chefermittler stand auf. Seine grauen Augen schienen die letzte Farbe verloren zu haben.

»Fragen Sie mich das, wenn Sie gelogen haben, im Gefängnis sitzen und ich Sie dort eines Morgens besuche.«

»Einverstanden.«

»Und was machen Sie bis dahin? Sie wissen, dass ich morgen früh Ihre Aussage und die von Ihrem Pfarrerfreund auf meinem Tisch haben möchte.«

»Mittwoch reicht hoffentlich auch noch. Ich bin völlig durch den Wind und muss meinen Kopf erst wieder freibekommen. Falls Sie mich suchen sollten, finden Sie mich unten auf der Nahewiese. Das letzte Zelt, das dort noch steht, wird meines sein. Ich hatte seit Donnerstag genug Menschen um mich herum. Jetzt brauche ich nur den Himmel, die Sterne und das Wasser.«

»Tun Sie, was Sie für richtig halten«, sagte Kommissar Bender resigniert. »Noch etwas. Der zweite Ermittler vom LKA hat sich zu erkennen gegeben. Der Mann verkauft unten am Ritterlager Honig. Hat mir gesagt, dass das Dezernat 23 in Zusammenarbeit mit dem SEK noch heute Nacht zugreifen werde. Die Gefahr, dass sich unsere Rittersleute morgen in alle Winde zerschlagen, war den Herren dann wohl doch zu groß. Sie meinen genug Beweise für den Menschenhandel zusammen zu haben, um diesen Sumpf trocken zu legen.«

»Umso besser.«

Als der Hauptkommissar gegangen war, warf Norden einen Blick in das Hauptzelt. Die Frau des Baders saß neben ihren Töchtern. Zum Niederknien schön, dachte Norden wieder, aber es wäre nicht richtig. Bevor sich ihre Augen begegnen konnten, machte er sich auf den Weg. Er hatte noch etwas zu erledigen.

Das Zelt von Hermine und Gero sah noch genauso aus wie am Nachmittag. Kein einziges Teil hatten sie weggeräumt. Lediglich ein Tuch war über das *Mäuselabyrinth* mitsamt seinen Bewohnern gedeckt worden. Dafür brannten im Zelt unzählige Laternen. Norden sah durch die Leinenbahnen die warmen gelben Lichtkegel. Gemütlich und einladend sah das aus – wie eine Herberge aus Stoff, die auf Gäste zu warten schien. Norden steckte seinen Kopf durch den Eingang und versuchte sich bemerkbar zu machen.

»Niemand zu Hause?« Seine Stimme klang merkwürdig hohl im Inneren des Zeltes, die von Hermine dagegen so hell und jugendlich wie immer.

»Komm herein. Seit wann bist du schüchtern? Wir sind hier hinten.«

Norden fand die beiden neben ihren Betten, auf dicken Schaffellen in Klapp-Holzsesseln sitzend.

»Wobei störe ich euch?«

»Wonach sieht es denn aus?«, fragte Gero, bevor Hermine die Antwort lieferte.

»Du störst gar nicht. Wir hatten gehofft, dass du dein Versprechen halten würdest. Wir erholen uns von dem Trubel und hören dem Markt zu. Es gibt nichts Besseres, um abzuschalten, als im Halbdunkel zu sitzen und den Geräuschen der Nacht zuzuhören. Haben wir auf jedem Markt so gemacht. Dann müssen wir das auf unserem letzten erst recht tun.«

»Nimm den Hocker und setze dich zu uns«, sagte Gero, bevor er wieder die Augen schloss. »Auch wenn du vielleicht denkst, dass sich die Geräusche am Ende eines Marktes alle gleich anhören, sind sie doch jedes Mal anders.«

»Inwiefern?«

»Du enttäuschst mich, mein Lieber. Ich dachte, jemand, der Bilder malt, würde verstehen, was ich meine.«

»Mache ich auch, aber ich möchte eure Gedanken hören.«

»Dann tue ich dir den Gefallen«, schaltete sich Hermine ein.

»Für mich klingen das Murmeln und die Stimmen da draußen wie ein Orchester. Vom hellen Kichern bis zu einem dumpfen Brummen, das mich an einen probenden Männerchor erinnert, ist alles vertreten. Dazwischen hörst du die Geräusche der Händler, die es nicht abwarten können und die gleich nach dem Fanfarenstoß damit beginnen, ihre Stände abzubauen. Da klingen aneinanderschlagende Zeltstangen wie Triangeln und hier und da liegt ein orgelähnliches Raunen in der Luft. Das werde ich alles vermissen.«

»Wenn du auch sicher nicht alle Geräusche vermissen wirst. Die von Polizeisirenen beispielsweise«, warf Norden ein.

»Das haben wir natürlich auch mitbekommen. Wenn es auch keine Sirenen waren. Eher ein Durcheinander von Männerstimmen und Funkgeräten. Kann nicht weit weg gewesen sein. Was war da eigentlich los?« Hermine schaute Norden mit fragenden Augen an.

»Noch ein Toter. Lothar, der Münzenschneider. Jemand hat ihm ein Messer unter den Rippenbogen gestoßen. Muss gleich tot gewesen sein.«

»Ein unangenehmer Mensch«, stellte Gero fest.

»Und ein Mörder und ein Dieb«, ergänzte Norden, der mittlerweile auf dem Hocker zwischen den beiden saß. »Die Nächte auf La Gomera werden ihre eigenen Geräusche haben. Ich hatte gehofft, dass ihr euch alles noch einmal überlegen würdet, aber ihr habt, wie ich höre, sogar schon das Zelt verkauft.«

»Und alles, was du hier sonst so siehst. Wir brauchen bloß zwei große Koffer und etwas Handgepäck«, warf Gero ein. »Ganz oder gar nicht, das war schon immer unser Motto. Sich lieber die Zunge verbrühen, als etwas Lauwarmes trinken.«

Norden nickte und musterte den Mann, der mit geschlossenen Augen direkt unter einer der Laternen saß.

»So schätze ich dich ein. Ich hoffe, dass ihr genug Geld für alles bekommen habt.«

»Mach dir da mal keine Sorgen. Sicher werden wir etwas mehr Geld brauchen als früher, aber dafür haben wir gesorgt. Für vier, fünf Jahre wird es schon langen.« Hermines Stimme klang zuversichtlich.

»Du meinst wegen des Hauses, der Möbel und der Medikamente?«, fragte Norden.

»Du weißt von Geros Krankheit? Der Arzt sagte, es wäre wie ein Marathonlauf. Alle Männer kämen irgendwann ins Ziel und bekämen diesen Krebs, der eine früher, der andere später. Nur hat Gero die aggressivste Form erwischt. Die Therapie ist teuer.«

»Und du meinst, das würde alles entschuldigen?«, fragte Norden.

Während Gero die Augen öffnete, richtete sich Hermine in ihrem Sessel auf.

»Nicht alles, mein Lieber. Aber vieles. Wir sollten darüber reden. Aber erst, wenn ich dir etwas zu trinken geholt habe. Bitte entschuldige meine Unhöflichkeit. Worauf hast du Lust?«

»Was trinkt Gero?«

»Meine Spezialmischung: Löwenzahntee mit einem Fingerhut voll Gin. Gibt nichts Besseres, um sich zu entspannen.«

»Dann nehme ich das auch«, sagte Norden.

»Nimm meinen auch gleich mit«, beeilte sich Gero, trank seinen Becher leer und gab ihn seiner Frau.

Während Hermine im Dunkeln verschwand, hatte Norden aus seiner Hosentasche das Tuch mit der Perle darin herausgekramt. »Was denkst du, was das ist, Gero?«, fragte er, während er dem Mann die murmelgroße, matt schimmernde Perle präsentierte.

Der alte Mann kniff die Augen zusammen, als würde er so im Dämmerlicht besser erkennen können, was da auf Nordens Hand lag.

»Hmh. Eine Perle, eine große«, antwortete er, als gäbe es dazu nicht mehr zu sagen.

Norden betrachtete das perfekt runde Stück Perlmutt zwischen seinen Fingern.

»Sie ist einer der Gründe für vier, vielleicht für fünf Morde«, erklärte er schließlich. »Kaum zu glauben, wozu Menschen fähig sind. Und wenn es nur um ein bisschen Schmuck geht. Etwa wie diese Perle. Im Prinzip bloß ein kantiges Sandkorn, ein Fremdkörper, der Jahrzehnte lang eine Muschel so sehr gequält hat, dass sie Schicht um Schicht darum legen musste, um weiterleben zu können. So etwas ist uns Menschen dann fünfhundert Euro wert. Oder einen Mord. Natürlich ging es bei diesen Morden um mehr als um die paar Hundert Euro. Genau genommen hatte der Dieb die Perle, die zu einem Collier gehört,

das er letztes Jahr gestohlen hat, sogar verloren. Aber es geht um das Grundsätzliche. Wir Menschen tauschen wertvolle Dinge gegen Geld oder andere wertvolle Dinge wie Häuser, Flugtickets und Medizin.«
In diesem Moment tauchte Hermine neben ihnen auf. Ihr kleines Gesicht wirkte im Laternenlicht faltiger als sonst.
»Ihr müsst den Tee noch etwas ziehen lassen, sonst ist er zu schwach und entfaltet nicht seine volle Wirkung.«
»Also sollten wir ihn doch lieber lauwarm trinken«, sagte Norden schmunzelnd und nahm ihr den Becher ab.
»Das kann jeder machen, wie er will, beim Tee und bei allen anderen Sachen.«
Gero hatte seinen Becher vor sich auf den Tisch gestellt. Zum ersten Mal sah Norden, dass die prankenartige Hand des alten Mannes zitterte.
»Wann geht euer Flug?«
»Nachmittags um drei. Morgen früh kommt der Sohn von der Laternenverkäuferin und dann machen wir die Übergabe«, antwortete Hermine. »Ich habe mich geweigert etwas einzupacken. Der Standaufbau ist mir schon schwer genug gefallen. Soll sich doch derjenige drum kümmern, der den ganzen Kram kauft. Wir nehmen nur das Geld und die zwei Koffer.«
»Und was wartet in La Gomera auf euch?« Norden griff wieder nach dem Becher und atmete tief den aufsteigenden Dampf ein.
»Eine kleine Finca, ein endloser Himmel und keinerlei Pflichten«, erwiderte Hermine.
»Verstehe. Ihr lasst alles zurück, inklusive eurem Gewissen. Ich bewundere eure Zielstrebigkeit. Ich weiß nicht, ob ich das könnte. Irgendwann werde ich vielleicht auch vor dieser Frage stehen und spätestens dann werde ich es wissen.«

»Du kannst den Tee jetzt sicher trinken«, sagte Hermine und lächelte Norden an, als dieser den Becher noch einmal vor sich abstellte.

»Alles zu seiner Zeit. Ich möchte euch noch kurz erzählen, was im Zelt des Münzenschneiders vorhin passiert ist. Sein Komplize, der Mann mit dem Ziegenbärtchen und dem schwarzen Umhang, ist in sein Zelt eingedrungen und hat den im Rollstuhl sitzenden Mann mit einem Stich ins Herz getötet. Ihr müsst vorsichtig sein. Dieser Mensch ist auf der Flucht. Ein äußerst gefährlicher Zeitgenosse. Versteckt seinen miesen Charakter hinter einer Fassade aufgesetzter Freundlichkeit. Habt ihr euer Zelt überprüft? Ich hatte eben das Gefühl, dass sich da hinten etwas bewegt hat. Da, da! Jetzt schon wieder.« Norden war aufgesprungen, genauso wie Gero und Hermine.

Alle hatten sie in die gleiche Richtung geschaut. Mit einer Laterne war Gero losmarschiert, während Hermine sich rasch einen dicken Knüppel gegriffen hatte und in einigem Abstand folgte.

»Hier ist niemand. Du musst dich geirrt haben.« Die Laterne wie ein Nachtwächter vor sich hin und her schwenkend, leuchtete Gero die Ecken aus.

»War sicher alles etwas viel für dich«, versuchte Hermine eine Erklärung zu finden.

»Der Mann mit dem Ziegenbart ist gefährlich. Hat meinen Freund, den Pfarrer, hinterrücks überfallen, ihn niedergeschlagen und in ein Wasserbecken geworfen. Um ein Haar wäre Pastor Klinger ertrunken.«

Als Gero jetzt zurückkam, warf er Hermine einen langen Blick zu, der diese wohl beruhigen sollte.

»Wir werden doppelt wachsam sein«, sagte er und setzte sich wieder auf sein Schaffell.

»Werden es nicht zulassen, dass uns irgendjemand einen Strich durch unsere Pläne macht«, ergänzte die Frau. »Das haben wir uns geschworen, Gero und ich.«
Der alte Mann und Norden griffen nach den vor ihnen stehenden Bechern mit dem Löwenzahntee.
»Ja, lasst uns darauf anstoßen. Ist doch völlig egal, ob mit Tee oder mit Met«, sagte sie und trank einen großen Schluck aus ihrem Holzbecher. Gero und Norden machten es ihr nach.
»Ihr wisst schon, dass ich euch nicht so gehen lassen kann und werde?« Es war der Tonfall in Nordens Stimme, der so gar nicht zu diesem Augenblick passen wollte.
»Was meinst du?«, fragte Hermine mit gerunzelter Stirn.
»Ich glaube, das wisst ihr beiden sehr genau. Aber wir können dieses Spiel gern noch weiterspielen.« Norden öffnete sein Leinenhemd am Hals etwas mehr. Ihm war warm und er spürte, wie sich Schweißtropfen auf seiner Stirn bildeten.
»Nicht der Mann mit dem Ziegenbärtchen hat seinen Komplizen erstochen, das warst du, Gero. Und ihr beide wart es auch, die den Seifenblock in der Truhe des Münzenschneiders gefunden und geöffnet haben. Ich habe euch vor dem Zelt gesehen, wäre fast mit euch zusammengestoßen, dachte, ihr wäret auch auf dem Weg zur Bühne, um den Feuer-Akrobaten zu sehen. Dabei habt ihr nur die Abwesenheit des Mannes im Rollstuhl ausnutzen wollen. Euch ist sicher der Schreck in die Knochen gefahren, als ihr mich gesehen habt. Schließlich wisst ihr, für wen ich arbeite.«
»Du fantasierst, aber das ist normal«, sagte Hermine und es klang fast bedauernd.
Es war stickig in dem Zelt und der Tee tat sein Übriges. Norden wischte sich den Schweiß von der Stirn.

»Ich fantasiere nicht. Bin nüchtern und zornig. Nicht so sehr, was den Tod des Münzenschneiders anbelangt. Mehr weil ihr beide Agnetha und ihren Sohn hintergangen habt. Die Frau könnte immer noch leben, wenn ihr bloß ehrlich gewesen wärt. Ich bin sicher, dass sie hierher gekommen ist und euch um Rat gefragt hat. Ihr kanntet euch lang genug, sie hat euch vertraut. Und was habt ihr gemacht? Ihr habt euch alles angehört, ihr gesagt, dass sie den Schmuck nicht zurückgeben sollte, und habt sie nach ihrem Versteck gefragt. Vielleicht habt ihr sogar angeboten, sie zu unterstützen und die Sachen hier bei euch zu verstecken. Aber da ist die Frau nicht drauf eingegangen. Sie wollte nur eure Meinung, den Rest würde sie schon allein hinbekommen. Ich glaube nie und nimmer, dass Agnetha vorhatte, die ganze Beute für sich zu behalten. Dafür, das wusste sie natürlich nur zu gut, war der Münzenschneider zu gefährlich. Aber ein größerer Anteil war sicher herauszuschlagen. Wie dumm von ihr und wie schäbig von euch. Ich hätte die Frau noch retten können, hätte sie sicher gefunden, bevor ein Armbrustbolzen sie getötet hat. Ihr hättet nicht mehr tun müssen, als mir zu sagen, wer hinter allem steckt. Der Rest wäre meine Aufgabe gewesen.«

»Das weiß ich mein, Lieber.« Die Frau nippte erneut an ihrem Becher. »Du solltest noch einen Schluck trinken. Die Luft ist so grässlich trocken im Zelt. Ich möchte es dir nämlich erklären. Du sollst wissen, dass alles anders geplant war. Eigentlich hatten Gero und ich schon Samstagnacht vor, uns in Agnethas Zelt zu schleichen und den Seifenblock zu holen. Ich hatte alles so schön vorbereitet. War extra am Stand des Waffenschmieds und habe dem Mann und Finn etwas zu trinken gebracht. Das Schlafmittel darin war harmlos; doch nicht einmal ein im Zelt geblasener Dudelsack hätte die beiden in dieser Nacht aufwecken können. Agnetha wollte ich auch etwas davon anbieten, aber du hast damals bei ihr im Zelt gesessen. Da war mir das Risiko zu groß, dass du aus purer Höflichkeit auch einen Becher aus der gleichen Flasche trinken würdest. Du hast einen wachen Verstand. Wer weiß, welche Schlüsse du am nächsten Morgen daraus gezogen hättest. Eigentlich bist du also an allem schuld. Hättest du nicht solange mit der Frau herumgeflirtet, würde sie jetzt wahrscheinlich noch leben.«

»Du bist verrückt, Hermine.« Norden flüsterte die Worte fast.

»Nenne es, wie du willst. Es ändert eh nichts mehr. In deinen Tee habe ich nämlich noch etwas anderes getan. Keinen Fingerhut Gin und kein Schlafmittel. Gefleckter Schierling heißt das Kraut. Schon Sokrates hat sich damit vergiftet. Es wird nicht lange dauern, dann wird das Gefühl aus deiner Haut verschwinden, es wird dir immer schwerer fallen zu atmen und irgendwann wird dein Herz stehen bleiben. Gero und ich werden dann hinunter zum Haupteingang gehen und ein letztes Marktbier trinken, so wie wir das jedes Jahr gemacht haben. Wenn wir zurückkommen, werden wir dich tot in Geros Sessel sitzend vorfinden. Ich werde am Boden zerstört sein. Kann mir nicht erklären, wann und warum du noch einmal hergekommen bist und vor allem habe ich keine Ahnung, weshalb und wie du ausgerechnet hier gestorben bist. Das Fläschchen mit dem Schirlingssaft habe ich vor drei Jahren auf einem Mittelaltermarkt in der Schweiz gekauft. Die gehen dort viel entspannter mit dem Thema Sterbehilfe um als hierzulande. Werde nachher mit Gero zum Fluss gehen, um noch einen Blick auf das große Lagerfeuer zu werfen. Die Flasche werde ich dann im Fluss versenken. Du siehst, wir hinterlassen keine Spuren. Sind viel zu alt, um noch für irgendetwas zu taugen. Wir warten doch bloß noch auf Gevatter Tod. Nur dass wir das auf La Gomera tun wollen. Du wirst ihn eher treffen, aber damit kommt mein Gewissen klar. Die Frage hattest du mir doch gestellt.«

Norden spürte, wie ihm der Mund immer trockener wurde, wie ihm die Worte, die zu sagen blieben, immer schwerer fielen.

»Es tut mir Leid, Hermine. Dein La Gomera hat keinen Morgen, keinen Himmel, kein Meer, keine Sonne und keinen Mond.« Er richtete sich auf. In seinem Blick lag Mitleid. »Ich wusste, dass ihr beide hinter dem aufgebrochenem Seifenblock und dem Mord an dem Münzenschneider stecken musstet. Nur so hat alles zusammengepasst. Ihr hättet den Mann sicher nicht töten müssen, aber so war es sicherer. Vielleicht hatte Agnetha dem Münzenschneider verraten, dass sie mit euch über ihren Erpressungsversuch und das Versteck der Beute gesprochen hatte. Wahrscheinlich nur mit euch. Der Mann hat ihren Sohn entführt und sie selbst gefoltert. Ihr konntet ja nicht wissen, dass ich dem Mann kurz zuvor erzählt habe, dass ich es war, der ihm die Beute weggeschnappt hat. Musste das tun, um ihn unter Druck zu setzen, um zu erfahren, wo sein Komplize den Pfarrer hingebracht hatte. Zum Glück hat er das geschluckt. Ihr beide hattet die Sorge, dass er derjenige sein würde, der euch einen Strich durch die Rechnung macht. Der Mann hätte nicht aufgehört euch zu jagen. Dafür war die Beute und sein Hass auf euch sicher zu groß.«

Das Lächeln im Gesicht der alten Frau passte so gar nicht zu Nordens Worten.

»Ich sag es ja, ein wacher Geist. Nur komisch, dass du nicht längst nur noch ein Geist bist«, flüsterte sie mit emotionsloser Stimme und an ihren Mann gerichtet fragte sie: »Gero, du hast doch gesagt, ein Fingerhut voll würde genügen.«

Es war Norden, der antwortete.
»Das ist sicher auch so.« Mit seinen Fingern tastete er nach dem Puls des grauhaarigen Mannes, der regungslos neben ihm in seinem Sessel saß.
Hermine war aufgesprungen und stand jetzt neben Gero. Als könnte sie das Leben in ihren Mann wieder hineinschütteln, zog und zerrte sie an ihm herum. Mit schlaffen Armen und starrem Blick ließ der leblose Körper das alles mit sich machen. Irgendwann sackte die alte Frau in sich zusammen. Neben dem Sessel kniend hatte sie ihren Kopf auf die Brust ihres toten Gattens gelegt.
Norden verstand nur das Wenigste von dem, was die Frau schluchzend vor sich hin murmelte.
Das Wort ›grausam‹ war mehrmals dabei. Norden griff nach seinem Holzbecher und trank ihn leer.
»Vielleicht bin ich das wirklich. Aber glaube mir, ich wünschte mir nichts mehr, als wenn ich mich eben getäuscht hätte. Ich habe die Becher vertauscht, als ihr beiden auf der Suche nach einem möglichen Eindringling losgestürzt seid. Ich hatte gehofft, dass mein Verdacht unbegründet war. Wir haben uns gemocht, Hermine. Du und ich und Gero. Ihr habt mir letztes Jahr den Kopf zurechtgerückt und mir eine Richtung gegeben. Ich dachte, das würde etwas zählen.«
Die alte Frau richtete sich auf. Auch wenn sie geschluchzt hatte, war nicht eine Träne in diesen kalten Augen.
»Als wenn das wichtig wäre«, sagte sie. »Nichts ist mehr wichtig, wenn du alt wirst. Dann geht es nur noch um deine eigene Haut und ums Überleben. Du bist ein grausamer Mann, Ulf Norden. Ich hoffe, dass du steinalt wirst und dein Verstand und deine Sinne wach genug sind, um mitzubekommen, was mit dir und um dich herum passiert.«

Norden war aufgestanden. »Ihr habt mir keine andere Wahl gelassen. Ich ahnte das mit Agnetha, wusste, dass ihr wenigstens mit dem Diebstahl und dem Mord etwas zu tun hattet. Ich habe gehofft, dass dieser Gedanke, dass ihr mich töten würdet, bloß um euren Plan nicht zu gefährden, völlig absurd sein würde. Wie du siehst, ist mein Leben absurd.«
Norden spürte ihre Blicke, ohne die alte Frau anzuschauen. »Ich werde jetzt hinunter zum Fluss gehen und mir das große Lagerfeuer anschauen. Was du tust, musst du selbst entscheiden. Morgen früh werde ich Hauptkommissar Bender erzählen, was hier eben passiert ist.«
Ohne sich noch einmal umzudrehen, hatte Norden das Zelt verlassen. Draußen war es kühler. Ein barmherziger Wind trieb die herbstliche Luft durch die Gassen der Altstadt.
Kurz vor dem Haupteingang begegnete ihm Pfarrer Klinger.
»Alles erledigt?«, fragte ihn der Geistliche mit müder Stimme.
»Was es zu erledigen gab«, erwiderte Norden. »Und Sie?«
»Ein paar blaue Flecken und eine Beule am Hinterkopf. Nichts, was man nächste Woche nicht wieder vergessen hat.«
»Das klingt doch gut, Hochwürden. Dann sollten wir runter zum Lager der Gewandeten gehen und das große Feuer bestaunen.«
Der Pfarrer war stehen geblieben.
»Nehmen Sie es mir nicht übel, Norden, aber das ist nichts für mich. Ich glaube, dass Sie das alles allein viel eher genießen können.«
»Wie heißt die Dame?«
Der Pfarrer schüttelte den Kopf.
»Das ist nicht der Grund. Sie wollten abschalten, den Kopf freibekommen. Stattdessen gehen Sie gebückt daher, als säßen zwei Affen auf Ihren Schultern.«

»Das sieht nur so aus. Bei meiner Körpergröße geht man automatisch gebückt. Also, lenken Sie nicht ab! – Wie heißt die Dame?«

Der Pfarrer seufzte.

»Eliza. Ihre Eltern kommen wohl aus Portugal, da schreibt man den Namen mit einem z.«

»Wir sprechen aber schon von der gleichen Frau?«, fragte Norden.

»*Si, señor.* Die Dame, der Sie mich mittags vorgestellt haben. Wir waren uns auf Anhieb sympathisch. Hatten uns kaum getrennt, als dieser Schatten kurz vor dem Zelt des Baders mir eins übergezogen hat. Der Rest ist Geschichte. Frage Sie auch gar nicht, was es in unserem Fall sonst noch für Wendungen gegeben hat. Können wir alles später besprechen oder viel später, wie Sie mögen.«

»Dann wünsche ich *Monsignore* einen entspannten Abend. Wann wollen Sie Ihr Zelt abbauen?«

»Morgen im Laufe des Tages. Werde ich Sie dann noch sehen?«

Norden nickte.

»Bleibe noch etwas. Habe jede Menge zu verarbeiten.«

»Kann ich helfen?«

Norden schüttelte den Kopf.

»Die Fragen muss ich mir selbst beantworten. Dieser Fall hat mir Angst gemacht. Ich habe eine Seite an mir kennengelernt, die ich so nicht für möglich gehalten hätte.«

Der Pfarrer seufzte.

»Rufen Sie mich an, wenn Sie Ihr Handy wiedergefunden haben. Ich bin die Nummer Ihrer Telefonseelsorge.«

Norden versuchte zu lächeln.

»Wir hören voneinander.«

Sie standen jetzt an der Stelle des Weges, an der man sich entscheiden konnte. Den offiziellen, sicheren, vom Mond ausgeleuchteten Pfad zum Lager der Gewandeten oder die Böschung, die Abkürzung dorthin.

»Genießen Sie die Nacht und die Dame.«

Der Pfarrer hatte sich gerade schon umgedreht, um wieder Richtung Altstadt loszugehen, als ihn Nordens Frage zurückhielt.

»Für wen war eigentlich das zweite Medaillon, das Sie am Samstag bei dem Münzenschneider gekauft haben?«

Der Pfarrer schmunzelte.

»Für eine gute Freundin.«

»Und für wen war das, das Sie heute erworben haben?«

»Auch nicht für Sie.« Das Schmunzeln wurde noch etwas breiter. »Für jemanden, den ich gern besser kennenlernen möchte.«

»Hab ich mir doch gedacht«, sagte Norden und verschwand in der Dunkelheit.

KAPITEL 35

Wie lange er geschlafen hatte, wusste er nicht. Es war hell geworden, dann wieder dunkel. Dazwischen hatte er am Fluss gesessen und in seinen Gedanken gelesen. Die Zeit war schwer wie Blei. Norden hatte versucht alles um sich herum auszublenden. Die Geräusche eines Zeltlagers, das abgebaut wurde, Sirenen, die näher kamen und sich wieder entfernten, und Menschen, die auftauchten und wieder verschwanden.
Als er an diesem Morgen aus seinem Zelt kroch, lag Nebel über dem Fluss. Über einem kleinen Feuer hing ein Topf, der Nordens Kaffeewasser zum Kochen brachte.
Während er die tanzenden Flammen beobachtete, sah er aus den Augenwinkeln den Vogel, der in nicht allzu großer Höhe über der Wiese zu kreisen schien. Schwarz war er und groß, ein Rabe eben. Als er auf einem der Bäume unweit des Zeltes landete, hatte Norden gerade Kaffeepulver und heißes Wasser in seinen Becher geschüttet. Das war der Moment, als aus dem Nebel vor ihm langsam eine Gestalt auftauchte und sich auf ihn zu bewegte. Eine Caspar-David-Friedrich-Stimmung mit einer sehr weiblichen Hauptdarstellerin und einem krächzenden Raben. Zum Glück hatte Norden eine zweite Tasse in seinem Gepäck.

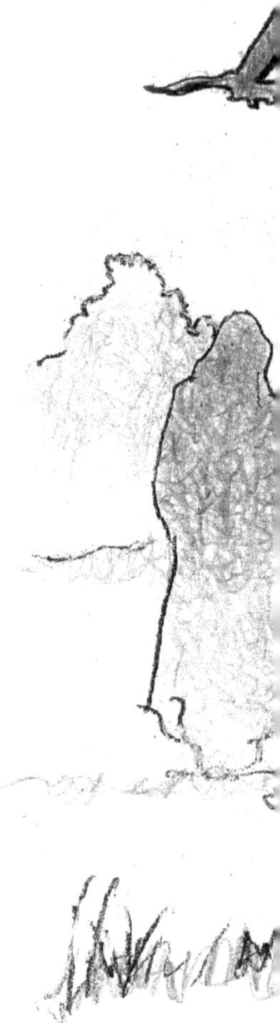

WER IST WER?
HAUPT- UND NEBENDARSTELLER

Ulf Norden | Künstler, Maler und Fotograf. Als seine Frau ermordet wird, lässt er sein altes Leben hinter sich und wechselt in den Polizeidienst. Seither Dozent für Audio- und Videotechnik am KT, der sogenannten LKA-Akademie in Mainz.

Pfarrer Klinger | Evangelischer Pfarrer. Liebt alles Schöne, Bilder von Macke und Marc, seinen Maserati und die kleinen und großen Fehler, die die Menschen zu dem machen, was sie sind. Unterstützt Norden beim Lösen seiner Fälle.

Andreas Bender | Pragmatischer Hauptkommissar aus Mainz, der nur wegen einem Diensthilfeersuchen suchen auf dem Mittelaltermarkt ermittelt. Hat wenig Verständnis für die Menschen, die der Realität mit Kostümen und Festen entgehen möchten.

Agnetha | Die Seifensiederin. War früher Lehrerin an einer Realschule. Hat ihren Beruf an den Nagel gehängt, um sich nur noch um wohlduftende Seifen zu kümmern. Zieht mit ihrem Sohn von einem Mittelaltermarkt zum nächsten.

Finn | Agnethas sechs Jahre alter Sohn. Der Junge verbringt die meiste Zeit des Jahres auf Märkten und Ritterturnieren. Lebt zusammen mit seiner Mutter in einem Zelt oder im Wohnmobil.

Benno | Der Ex-Gatte der Seifensiederin ist ebenfalls Lehrer. Er hatte sein Aussteigerleben irgendwann satt und ist wieder in seinen alten Beruf zurückgekehrt. Liebt seinen Sohn Finn über alles.

Roland | Ein Waffenschmied. Der aktuelle Mann an Agnethas Seite. Fährt ebenfalls von Markt zu Markt und verkauft dort Schwerter, Armbrüste und Langbogen.

Hermine | Die gute Seele vom *Mäuselabyrinth*. Zusammen mit ihrem Mann schlagen die beiden seit Jahrzehnten ihre Zelte auf Mittelaltermärkten auf. Ebernburg soll ihr letzter Markt werden. Sie wollen nach La Gomera übersiedeln.

Gero | Hermines Mann und ständiger Begleiter. Liebt mittelalterliche Musik und Kinder.

Lothar/ Rollo | Der Münzenschneider. War früher Stuntman auf Ritterturnieren. Hat sich vor zwei Jahren bei einem Sturz vom Pferd das Rückgrat gebrochen und sitzt seither im Rollstuhl.

Thomas Unger | Der Notarius. Verkauft im richtigen Leben Versicherungen und schlüpft auf dem Mittelaltermarkt ins Gewand eines Notars. Legt Wert auf Authentizität seiner Kleidung und gibt dafür viel Geld aus.

Der Bader | Seine Zelte mit den hölzernen Badewannen und den Massagetischen gehören zu den Attraktionen der mittelalterlichen Märkte. Als Physiotherapeut bietet er häufig Zusatzdienste an. Trinkt zu viel und führt eine offene Ehe.

Lana | Ist die unglaublich schöne Ehefrau des Baders.

Perlentaucherin | Die Dame handelt auf dem Markt und in ihrem Hotelzimmer mit außergewöhnlichem Schmuck.

Lydia | Sie arbeitet als Wahrsagerin unten am Turnierplatz. Hält einen Raben als Haustier, der nicht eben zimperlich mit den Ratsuchenden und Bekannten der Mittdreißigerin umgeht.

Tintenkleckserin | Steckt ihre spitze Nase gern in die Angelegenheiten anderer Leute. Liebt Tinte und Papier.

Bolzenhans | Der Mann betreibt zusammen mit seinem Bruder die *Pfeil-und-Sehne*-Stände.

Bettina Schirner | Die Tuchschneiderin. Stirbt durch einen Armbrustbolzen.

Die Handlung spielt auf dem alljährlich im September stattfindenden und weit über die Grenzen der Region bekannten Mittelaltermarkt in Bad Münster am Stein, Ortsteil Ebernburg.

Nordens Skizzen

Ermittlungsakte Mittelaltermarkt

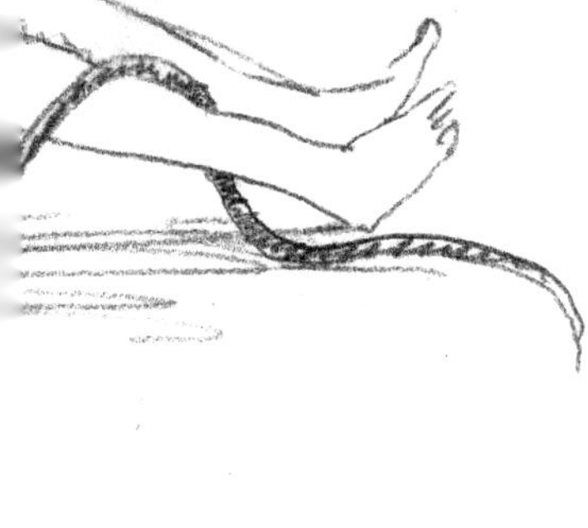

Die sechs Bände der Kriminalromanreihe um den Fotografen und Ermittler Ulf Norden und den weltlichen Pfarrer Klinger erscheinen als Künstleredition im Wind und Sterne Verlag.

Band 1 Mondblond
Band 2 Septemberspiele
Band 3 Honigwein und Sensenweib
Band 4 Löschpapier* (60-seitige Kurzgeschichte)
Band 5 Wellenwut
Band 6 Alabastermorde (Ende 2019)

* **Löschpapier** wurde als 60-seitige Kurzgeschichte mit Ulf Norden und Pfarrer Klinger in der Shortstory-Sammlung »Das zwischen Männern und Frauen – Die dunkelgrauen Geschichten« veröffentlicht.
(ISBN 978-3-946186-76-2)

KÜNSTLEREDITION:
Jeder Band dieser Reihe wird als Hardcover mit Schutzumschlag und Innenillustrationen aufgelegt.
Von jedem Titel gibt es auch eine limitierte und nummerierte Auflage von 50 Exemplaren, die vom jeweiligen Künstler auf dem Vorsatzblatt mit einem farbigen Aquarell versehen worden sind.
Verfügbarkeit und Preise auf Anfrage.

www.windundsterne-verlag.com
windundsterneverlag@gmail.com

MONDBLOND | 3. AUFLAGE

Autor: Lars Winter
Illustratoren: Wolfgang Keller und Ralf Schlüter

Nur wenige Stunden nach der Beerdigung des Architekten Arthur Norden findet man in der Trauerhalle die Leiche einer jungen Frau. Wer war die geheimnisvolle Schöne mit dem mondblonden Haar, die keiner der Gäste zu kennen scheint? Wenige Tage später wird auf dem Pfarrhausgelände die Gemeindesekretärin ermordet. Zusammen mit dem außergewöhnlich weltlichen Pfarrer Klinger macht sich Ulf Norden, Künstler und Dozent an einer LKA-Akademie, auf die Suche nach den Zusammenhängen und dem dunklen Geheimnis, das beide Fälle miteinander verbindet. Eine Spur führt die beiden nach Sizilien und einem düsteren Familiengeheimnis. Die Sünden der Väter holen sie ein – und weitere auf den ersten Blick abstrakt und sinnlos erscheinende Morde können nicht verhindert werden. Erst spät erkennen sie die Wahrheit hinter der Wahrheit ...
Der erste Teil der Kriminalroman-Reihe um den Künstler im Polizeidienst, Ulf Norden, und den weltlichen Pfarrer Klinger.

376 Seiten, 12 Illustrationen,
Buchformat: 21 cm × 13 cm
Hardcover mit Schutzumschlag
€ 16,90 (D)
ISBN: 978-3-946186-43-4
Auch als eBook erhältlich

SEPTEMBERSPIELE | 2. AUFLAGE

Autor: Lars Winter
Illustrator: Wolfgang Keller

Sanfte Hügel, üppiges Grün und verschlafene Ortschaften: Die Gegend zwischen Hunsrück und Pfälzer Wald ähnelt einer Postkartenkulisse. Schlagartig wird diese Idylle durch den Tod eines jungen Mädchens zerstört. Wer hat die toten Pferde am Glanufer auf dem Gewissen? Wer ist die geheimnisvolle Frau, die abends in den Weinbergen sitzt und Cello spielt?
Und wer bringt den Tod in Deutschlands Provence? In ihrem zweiten Fall suchen der Künstler Ulf Norden und Pfarrer Klinger den Wolf in Menschengestalt, einen Wolf, der sich zwischen die Schafe geschlichen hat.
Der zweite Teil der Kriminalroman-Reihe um den Künstler im Polizeidienst, Ulf Norden, und den weltlichen Pfarrer Klinger.

304 Seiten
Buchformat: 21 cm × 13 cm
Hardcover mit Schutzumschlag
€ 16,90 (D)
ISBN: 978-3-946186-52-6
Auch als eBook erhältlich

DAS ZWISCHEN MÄNNERN UND FRAUEN

Autor: Lars Winter
Illustratoren: Andreas Noßmann und Wolfgang Keller

Wo es Liebe gibt, existieren zwangsläufig auch die dunklen Puzzleteile unserer Gefühle: Eifersucht, Neid, Geiz, Ekel, Gier und Hass.
Diese großartige Sammlung ungewöhnlicher Kriminal-Short-Stories bietet nervenkitzelnde Geschichten, schräge Ideen und Einblicke hinter die Fassaden scheinbarer Normalität. Immer geht es um das Zwischenmenschliche, das mal als Auslöser, mal als Motiv der Verbrechen dient. Hier wird mit dem Kopf gemordet – und mit dem Herzen. So lernen Sie drei Witwen kennen, die alles andere als traurig zur Beerdigung ihres Exgatten gehen – treffen eine verliebte Sekretärin, deren blauäugiger Freund es nicht so ernst mit ihr meint, wie sie das gerne hätte – und ein Makler stellt sich vor, der wirklich jedes Haus verkauft.
Als Bonus und – als Premiere im Wind und Sterne Verlag – gibt es die erste Kurzgeschichte unseres erfolgreichen Ermittlerduos Ulf Norden und Pfarrer Klinger.

344 Seiten,
Buchformat: 21 cm × 13 cm
Hardcover mit Schutzumschlag und Lesebändchen
€ 16,90 (D)
ISBN 978-3-946-186-76-2
Auch als eBook erhältlich

WELLENWUT

Autor: Lars Winter
Illustrator: Wolfgang Keller

Der Rhein von seiner mörderischen Seite. Ein alter Schulfreund, heute der Besitzer einer Reederei, bittet Ulf Norden um Hilfe. Merkwürdige Dinge sind auf den letzten Fahrten der Commedia dell'arte, einem Hotelschiff der beson-deren Art, passiert. Kurzentschlossen nehmen Norden und Pfarrer Klinger die Einladung an, zehn Tage auf dem schwimmenden Luxusliner zu verbringen.
Komfortable Kabinen und der luxuriöse Wellnessbereich sorgen für die Erholung, Feinschmecker-Restaurants und Piano-Bars für die niveauvolle Unterhaltung der Reisenden. Die Stimmung an Bord ist ausgelassen, bis eine Tote im Whirl-pool gefunden wird – ertrunken, weil eine schwere Hantel ihren Kopf unter Wasser gedrückt hat. Der Kapitän ist Optimist und glaubt an einen Unfall. Aber spätestens der zweite Todesfall lässt keine Zweifel mehr zu. Was als unbeschwerte Urlaubsreise von Amsterdam nach Basel geplant war, wird mehr und mehr zum Alptraum für alle Beteiligten.

324 Seiten
Buchformat: 21 × 13 cm
Hardcover mit Schutzumschlag und Lesebändchen
€ 16,90 (D)
ISBN: 978-3-946186-46-5

PUPPENMOND | 2. AUFLAGE

Autor: Paul Coswig / **Illustrator:** Wolfgang Keller

13. Jahrhundert. Das Leben ist hart und kalt wie ein Wintertag. Zusammen mit seiner Familie und seinen Puppen zieht der Dockenspieler von Markt zu Markt. In ihrem Pferdewagen reisen auch dunkle Geschichten und rabenschwarze Gedanken durchs Land.
Ein junger Löffelschnitzer ist augenblicklich von den Puppen und ihrem Spiel fasziniert. Er will sich dem Meister der Docken anschließen, ist dafür bereit alles Wichtige hinter sich zu lassen. Auf ihrem Weg Richtung Süden begegnen sie ihrem Schicksal, werden mehr und mehr Teil eines Spieles, dessen Regeln jemand anderes geschrieben hat ...
Erster Teil der atemberaubenden Geschichte aus dem Mittelalter, um einen händelosen Puppenspieler, seinen Lehrjungen und ihre magischen, hölzernen Geschöpfe.

»Und die Puppen?«
»Anfassen darfst du sie, aber lass dich nicht auf ihr Spiel ein, sonst verdrehen sie dir noch den Kopf und ehe du dich versiehst, hast du selbst einen hölzernen Schädel und Splitter im Herzen.«

160 Seiten, Buchformat:
22cm × 14,5 cm
Hardcover mit Schutzumschlag und Lesebändchen
€ 14,90 (D)
ISBN: 978-3-946186-48-9

ZERWÜHLT – EIN BETT ERZÄHLT SEINE GESCHICHTE | 2. ERWEITERTE AUFLAGE

Autor: Lars Winter
Illustrator: Wolfgang Keller

Ich bin Anfang und Ende, Himmel und Hölle, bin Bühne und Kerker, eine Kulisse für Komödien und Dramen – ein Resonanzboden für Lust und Ekel.
In mir wird gezeugt, geboren und gestorben. Mein Rahmen aus Holz und Metall quietscht und stöhnt unter der Last von Körpern und ihrem Rhythmus, meine Matratze ist das Löschpapier für Schweiß, Blut und Tränen.

Ich bin die Welt – reduziert auf oft weniger als zwei Quadratmeter. Ein kantiges Bett für runde Phantasien …

Ein Bett erzählt Geschichten.
Hundert Jahre
in Text, Bildern
und rauen Momentaufnahmen.

160 Seiten, Buchformat: 20,7 cm × 13,2 cm × 1,8 cm
Hardcover mit Schutzumschlag und Lesebändchen
€ 15,00 (D) | ISBN 978-3-946-186-63-2

Zerwühlt
Ein Bett erzählt seine Geschichte
LARS WINTER

AUTOR:
1958 in Kassel geboren, kam über Henry Slesar, Cornell Woolrich und Agatha Christie früh mit Kriminalgeschichten in Berührung. Er schreibt und veröffentlicht unter dem Pseudonym Lars Winter Kriminalromane, Kurzgeschichten, Kinder- & Jugendbücher und betextet deutschsprachige Rock- und Popmusik. Er hat in den wilden Siebzigern Lyrik geschrieben, erotische Kurzgeschichten verfasst und versucht mit allen Sinnen ein Thema zu erfassen. Er ist verheiratet, hat drei Kinder und wohnt in einer alten Villa in Deutschlands Provence.

autorlarswinter@gmail.com

ILLUSTRATOR:

Wolfgang Keller wurde 1965 in Pirmasens geboren. Nach einem Kommunikationsdesign-Studium in Freiburg mit dem Schwerpunkt Illustration war er als Grafikdesigner für einen Stuttgarter Verlag tätig – danach als freier Illustrator und Designer in Freiburg. Seit 1999 illustriert und veröffentlicht er als Künstler und Autor grafische Erzählungen.
Für Wolfgang Keller steht das Erzählen mit Bild und Wort im Zentrum seines künstlerischen Schaffens.

art@w-keller-design.de
www.wk-art-tales.blogspot.com